易碎物

FRAGILE THINGS

林嘉倫、吳維剛 譯

尼爾 蓋曼

短篇精選 III

Neil Gaiman

獻給雷・布萊伯利與哈蘭・艾利森，
及已故的羅伯・雪格萊，
這一行的大師

易碎物

目錄

編輯體例說明

一、尼爾・蓋曼短篇精選共有《煙與鏡》、《M，專屬魔法》、《易碎物》三本作品，其中《煙與鏡》與《M，專屬魔法》有四篇重複收錄的篇章，分別為〈巨魔橋〉、〈別問傑克〉、〈騎士精神〉與〈代價〉。《易碎物》與《M，專屬魔法》亦有四篇重複收錄的篇章，分別為〈十月當主席〉、〈指南〉、〈在派對上怎麼跟女孩搭訕〉與〈太陽鳥〉。

因《M，專屬魔法》的編選架構出自作者特殊用意，為完整保留其意，且避免重複性過高，徵得版權所有人同意，上述八篇不輯入中文版《煙與鏡》與《易碎物》。而原《煙與鏡》與《易碎物》序文中分別為此八篇故事所撰的說明文字，亦徵得版權所有人同意，改附於《M，專屬魔法》書中該八篇作品之前。

二、本書中註解皆為譯者或原編輯所註，僅在此特別感謝譯者之用心。

導讀

最易碎，卻也最堅韌綿長的存在

臥斧

他們全都假裝自己是孤兒，他們的記憶就像火車
在漸行漸遠時越來越小
而你記不得的那些，告訴你忘不了的那些：
歷史在每個夢境裡，都安置了一個聖人

——〈Time〉，Tom Waits

閱讀尼爾．蓋曼長篇時，會發現一種迷人的特質。這種特質在蓋曼的長篇以及他與大衛．麥金（Dave McKean）合作的圖像小說（Graphic Novel）裡明顯地出現——不受字數及篇幅限制的空間中，蓋曼巧妙地將日常與幻想結合，揉絞了從古老寓言及近代傳奇裡提煉出來的元素，舒緩寫意地敘述，呈現出一種不急不徐的基礎旋律，沒有太過煽情、激動、讓人急著追讀的步調，卻仍會讓手停不下翻頁的動作，純粹只因為好奇，想要瞧瞧：這位領頭漫遊的嚮導，會把世界引到什麼地方去？

前幾年讀了他的短篇集《煙與鏡》，則大為驚豔。

第一層驚奇來自蓋曼的敘事基調——那種原以為只存在於長篇當中的迷人閒適，在短篇有限的篇幅當中居然仍舊存在；故事情節或許透著邪惡，或許染著不祥，但卻總仍有種氣味古老的悠然，彷彿說著：別急，故事就是會這麼開展的，咱們等著瞧就是。另一層豔羨則來自蓋曼說故事的魔力：這本集子裡有些故事自童話、傳說或者近代幾位恐怖／奇幻大師作品當中取材，角色包括了天使、聖誕老人與白雪公主，許許多多的創作者都使用這些角色重述過故事，但蓋曼切入的角度與陳述的方式，卻總有一種獨特的魅力；這種魅力，讓故事變得格外「好看」。

這是蓋曼的個人特色：一種能讓故事吸引力倍增的說書魔法。

就拿收錄在《易碎物》這本短篇集的第一個故事〈綠字的研究〉（A Study in Emerald）來說吧：如果是個光看篇名就下意識露出微笑的讀者，那麼一定已經知道，這是一篇對〈血字的研究〉（A Study in Scarlet）的仿作——〈血字的研究〉是大名鼎鼎的福爾摩斯登場作品，從主述者華生醫生初識福爾摩斯開始講起，記述他們一起參與的首宗案件——關於福爾摩斯這個角色的仿作有一大堆，其中不乏許多成名推理作家向原作者道爾（Arthur Conan Doyle）的致敬之作；不過，就連恐怖大師史蒂芬．金（Stephen King）寫的那篇仿作，都沒有摻進任何超自然色彩，畢竟，福爾摩斯的世界，是個充滿邏輯思維、理性至上的世界。

不過，〈綠字的研究〉卻對此做出挑戰。

蓋曼在《易碎物》的前言裡提及，這篇故事是應邀寫的，編輯的要求是「一個福爾摩斯撞進洛夫克萊夫特筆下世界的故事。」——洛夫克萊夫特（H. P. Lovecraft）是廿世紀初的恐怖／奇科幻小說大師，生前雖然不甚得意，但後起的此類型作者對他的作品大多十分推崇——洛夫克萊夫特筆下的恐怖世界是全然反理智的，除了常有神經兮兮疑神疑鬼的主角之外，還會出現來自遠古充滿陳舊腐朽氣息的惡意怪物。理性邏輯的推理故事如何加入非理智的狂亂恐怖？蓋曼不但在〈綠字的研究〉中做了場漂亮的演出，贏得了二〇〇四年的雨果獎（Hugo Award，奇科幻作品的專門獎項）短篇小說獎，還因此被福爾摩斯迷所組成的「貝克街非正規軍」（Baker Street Irregulars）納為會員。

諸如此類的例子，在《易碎物》這本集子裡可以舉出好幾篇。〈蘇珊的問題〉（The Problem of Susan）與著名的「納尼亞傳奇」（The Chronicles of Narnia）有關，〈創造阿拉丁〉（Inventing Aladdin）則源自《一千零一夜》……從前輩大師們的作品中找到某些元素（無論是角色、場景、故事類型或者某些無以名之的設定技巧）加以發揮，聽起來似乎是種簡單方便的創作方式，實際上卻有許多執行困難：只要搭配稍有不巧，故事看起來就會是東拼西湊不成模樣的失敗版科學怪人，就算情節好不容易搞通順了，還是可能會有讀者認為用字遣詞不夠優美、角色形象不夠精準，直言這樣的東西只算是大師作品的拙劣模仿，甚或被冠上褻瀆的罵名——不過，蓋曼的創作完全沒有這種問題。因為蓋曼並非單純地挪用既有設定，而是巧妙地利用自己的見解及敘事技巧加以轉換：〈蘇珊的問題〉談到兒童文學對讀者的影響，〈創造阿拉丁〉講到故事創作的過程，於是這些作品不再是某部經典的仿作，而成了蓋曼版本、獨一無二的全新作品，就算不認識原初的作品，仍會讀到一個絕妙的故事。

除此之外，《易碎物》中還藏著其他有趣的創作來源。

例如〈雀小姐失蹤案始末〉（The Facts in the Case of the Departure of Miss Finch）靈感來自美國插畫名家Frank Frazetta替科幻小說系列「Savage Pellucidar」繪製的著名封面畫作，〈歌利亞〉（Goliath）是蓋曼應邀替電影《駭客任務》（The Matirx）寫的短篇（後來也收入「The Matrix Comics」第一集中），〈十五張彩繪吸血鬼塔羅牌〉（Fifteen Painted Cards from a Vampire Tarot）是以塔羅牌為主題的系列短篇作品，〈幽谷之王〉（The Monarch of the Glen）裡則能見到《美國眾神》的角色們再度登場……這些故事本身就已經能夠提供有趣奇妙的閱讀經驗，倘若再對照蓋曼在前言當中一一細數的由來，那麼這些故事便成為前往更多奇妙世界的起點，就此行去，還有其他令人目不暇給的天地。

所有作品當中，或許該特別談談〈怪怪小女生〉（Strange Little Girls）當中這些短短的故事。

二〇〇一年，美國創作歌手Tori Amos找了十二首原先由男性樂手創作的曲子，以女性的觀點重新詮釋演出，她替每首曲子創造了一個女性角色，親自飾演拍照，還請了與自己私交甚篤的蓋曼替每個角色各寫一篇短文；當初唱片內頁裡摘錄了部分文句，完整短文則只在同名演唱會的刊物當中發表。Amos的《怪怪小女生》專輯是換個角度演唱原就存在的歌曲，蓋曼的創作則是再加上另一種觀點的故事。能夠在《易碎物》中一口氣讀到這十二則極短篇（當然，閱讀時搭配Tori Amos的專輯更佳），感覺彷若透過另一雙眼睛重新審視習以為常的世界，有種奇妙的疏離，以及熟悉的安心。

這或許就是蓋曼故事當中，最最吸引人的核心。

Amos《怪怪小女生》專輯裡的翻唱曲中，有一首是Tom Waits的〈時間〉（Time），歌詞裡的這句「而你記不得的那些，告訴你忘不了的那些」（And the things you can't remember tell the things you can't forget），與蓋曼在《易碎物》前言中提及的「故事」本質，有著某些奇妙的契合——蓋曼說道，故事的組成材料並不堅固耐久，但許多故事卻比所有說過它們的人更長壽，有些甚至比創造它們的國家存活得更久；或許正是因為好故事會在閱聽者的內裡某處扎根，就算不一定能夠被完全記得，但在令人無法忘懷的物事裡頭，卻永遠有它們低低的耳語。如此易碎卻又堅韌綿長，這是所有好故事的特色。

讀完《易碎物》後，看看自己的心；將會發現，那兒也刻下了這種感覺。

臥斧，雄性。念醫學工程但是在出版相關行業打滾。想做的事情很多。能睡覺的時間很少。工作時數很長。錢包很薄。覺得書店唱片行電影院很可怕。隻身犯險的次數很頻繁。出版：《給S的音樂情書》（小知堂）、《塞滿鑰匙的空房間》（寶瓶）、《雨狗空間》（寶瓶）、《溫啤酒與冷女人》（如何）、《馬戲團離鎮》（寶瓶）、《舌行家族》（九歌）、《沒人知道我走了》（天下文化）、《碎夢大道》（讀癮）、《硬漢有時軟軟的》（逗點）、《抵達夢土通知我》（衛城）、《FIX》（衛城）。喜歡說故事。討厭自我介紹。

序

「我覺得……回想這輩子，我寧願把時間都浪費在易碎物上，也不願老是在逃避道德債。」夢裡腦海中忽地迸出這句話，醒來後我把它寫下，但不確定這句話究竟是什麼意思，或到底指的是什麼。

大約八年前，這本幻想故事集本來打算叫《這些人應該要知道我們是誰，而且要明白我們在這裡》（*These People Ought to Know Who We Are and Tell That We Were Here*），出自紐約《先鋒報》週日版的「小尼莫」漫畫專欄（現在可以在阿特・斯匹格曼[1]的《無塔陰影下》〔*In the Shadow of No Towers*〕找到漂亮的彩色再版）其中一格對話框。原構想是寫成一系列短篇故事，每則故事都是不同敘述者既狡猾又靠不住的夫子自道，告訴我們他們是誰——以及他們也曾在這裡。十二個人，十二則故事，這是初衷，然而初衷卻不敵現實人生的摧殘。當我開始動筆寫這些你們即將讀到的短篇，它們紛紛依照各自所需，長成不同形式，有些用第一人稱說出人生片段，有些則否。有篇故事一直拒絕成形，跟我耗了一整年的時間才肯開口；有篇故事則是在身分上屢屢做些雖微小卻有效的手腳，意謂它非得用第三人稱不可。

我慢慢集結這本書，麻煩的是原本的書名似乎已經不適用了，正巧這時 One Ring Zero 樂團出了《*As Smart as We Are*》這張專輯，我聽到他們唱出了我之前夢到的詞，不禁納悶我當初所謂的「易碎物」究竟是什麼意思。

反正這似乎是個不錯的短篇集書名，畢竟易碎物比比皆是，人如此易碎，夢與心亦然。

綠字的研究

這篇是為我朋友麥克·瑞夫（Michael Reaves）與約翰·佩藍（John Pelan）合編的文集《貝克街疑雲》（*Shadows Over Baker Street*）寫的故事，麥克送來的簡報上說：「我要一個福爾摩斯撞進洛夫克萊夫特筆下世界的故事。」我答應是答應了，私底下卻認為這設定非常有問題：畢竟福爾摩斯的世界是個全然理性的世界，推崇的是抽絲剝繭解決謎題，而洛夫克萊夫特的創作卻毫無理性可言，他筆下的神祕事件對人類的理智可說是致命的打擊。如果我打算寫個結合兩類元素的故事，就一定得找出一種能公平對待洛夫克萊夫特與亞瑟·柯南·道爾爵士的有趣方法。

我小時候很喜歡菲利浦·若澤·法默[2]的「沃爾德·牛頓」（Wold Newton）系列，裡頭把十幾個虛構人物塞進同一個世界，而且那世界合情合理。我也非常高興能看到我朋友金·紐曼（Kim Newman）與艾倫·摩爾（Alan Moore）建立起屬於他們的沃爾德·牛頓

---

1 Art Spiegelman（1948-），美國漫畫家，名作《鼠族》（*Maus*）曾獲普立茲獎。

2 Philip José Farner（1918-2009），美國科幻小說家。

家族——分別是「吸血鬼紀元」（Anno Dracula）系列與「非凡紳士聯盟」（The League of Extraordinary Gentlemen）系列，這兩個系列的世界觀與前者一脈相承。看起來很好玩，不知我是不是也能試試看。

我腦海裡的故事素材結合得比一開始希望的還好（寫作就像烹調，有時不管怎樣，蛋糕就是發不起來，但有時卻又好吃得出人意料）。〈綠字的研究〉贏得二〇〇四年八月的雨果獎最佳短篇小說，這依舊令我引以為傲。而次年我發現自己莫名其妙成為「貝克街非正規軍」[3]的一員。這篇小說功不可沒。

仙靈舞曲

其實不怎麼像詩，可是大聲念出來非常有趣。

密室

這篇故事是應南西・基爾派翠克（Nancys Kilpatrick）與侯德（Holder）兩位編輯之邀而寫，他們要我為他們編的文集《局外人》（*Outsiders*）寫點「哥德式」的東西。我認為藍鬍子的故事及其各式變體大概是所有故事中最哥德的，所以作了一首藍鬍子的詩，場景就設在我當時待的一間房子裡——屋內幾乎全空。「心煩意亂」（Upsetting）是蛋頭學者所謂的

「混成字」，意思介於「煩惱」（upsetting）與「不安」（unsettling）之間。

恐怖欲望夜祕密宅邸中無臉奴隸的禁錮新娘

一個冬夜，我在東克羅伊登火車站的第四、第五月臺之間著手以鉛筆寫下這則故事。我當時二十二，快二十三歲。打好字後，我把稿子交給認識的兩位編輯看，一位嗤之以鼻，說這東西不合他胃口——老實說他不認為這真有可能合誰胃口；另一位看了之後面露同情，把稿子退給我，解釋說這篇文章無法刊登，因為它是一堆鬼扯淡。我把稿子丟到一邊，心中慶幸沒被更多人讀到，讀了又嫌棄，丟人現眼。

這故事就一直擺著沒人讀，從資料夾流浪到箱子再到盆子，從書房到地窖再到閣樓，就這樣過了二十年。每次我想起它，都只是慶幸自己沒有拿去發表。有一天，我受邀為一本叫《哥德！》（*Gothic!*）的文集寫篇故事，突然想起閣樓上的這份草稿，於是上樓把它找出來，看看是不是還有得救。

我開始讀起〈禁錮新娘〉，讀著讀著就微笑了起來。我發現它其實很好玩，簡單俐落，是個很棒的小故事——笨拙的部分多半屬於剛出道的作家難免會有的缺點，其實不難修正。

3 Baker Street Irregulars，本為柯南・道爾筆下一群協助福爾摩斯辦案的街頭流浪兒，於一九三三年成為全球第一個福爾摩斯書迷俱樂部的名稱。

我用電腦打了另一份草稿，與第一份相隔二十年，並將標題縮短成現在這樣，送去給編輯看（雖然至少有一個讀者覺得它是鬼扯淡，不過那似乎是少數）。〈禁錮新娘〉不但被收進好幾個「年度最佳」選集，還被選為二〇〇五年軌跡獎最佳短篇。

我不大確定這給了我們什麼教訓。但我想，有時你的故事只是沒碰到有緣人，畢竟大家各有所好。而我仍不時會懷疑閣樓上的箱子裡還藏了些什麼。

好男孩值得嘉獎、記憶中的燧石巷

其中一個故事的靈感來自莉莎・史奈林—克拉克（Lisa Snellings-Clark）的一尊雕塑，雕的是一個男人，他跟我小時候一樣手中抱著低音大提琴；另一個故事則是為了要收錄在一本真實鬼故事選集。大多作者的作品都比我的更能讓人滿足。不過我的故事有個優點：它是真的，百分之百。這些故事最初收錄在《夢想國的冒險》（*Adventures in the Dream Trade*），這本選集收錄了一大堆導讀和零零碎碎的東西，於二〇〇二年由新英格蘭科幻小說協會出版社出版。

關門時刻

麥可・謝朋[4]正在編一本類型故事集，他想證明故事的趣味是多麼無邊無際，順便幫組織募款：一個專為增進孩童讀寫能力的機構「瓦倫西亞街八二六號」（826 Valencia）。（出版時，該書改名叫《麥斯威尼恐怖故事傑作選》〔*McSweeney's Mammoth Treasury of Thrilling Tales*〕）。他邀我寫篇故事，我問他是不是因為還缺幾種類型沒人寫——果然沒錯。他想要一篇走M．R．詹姆斯[5]路線的鬼故事。

於是我著手寫篇像樣的鬼故事。不過最後的成品與其說是詹姆斯風，其實跟我喜歡的羅伯特．艾克曼[6]「怪譚」路線更像。（然而，我寫完後卻發現它也是個俱樂部故事意思就是你不用多花錢就能多看一種類型）。這個故事被收進幾個「年度最佳」選集，也獲選二〇〇四年軌跡獎最佳短篇故事。

故事中的場所都真有其地，我只是稍加修改名稱。例如第歐根尼俱樂部其實是漢威街的特洛依俱樂部。而有些人事物也是真的——真實度超乎任何人的想像。我一邊寫，一邊發現自己很想知道那間小遊戲屋還在不在，還是已經被拆了蓋新房子？但我承認，我沒興致真的跑去求證。

4 Michael Chabon（1963-），美國作家，代表作為《卡瓦利與克雷的神奇冒險》。
5 M. R. James（1862-1936），英國中古史學家與鬼故事作家，最重要的成就是打破前人的哥德風窠臼，改採用現實、當代的題材。
6 Robert Aickman（1914-1981），英國超自然短篇小說家，將自己這類作品稱為「怪譚」（Strange stories）。

林中物

「wodwo」或「wodwose」，意思是樹林裡的野人。這篇是為泰芮・溫德琳（Terri Windling）和艾倫・達特羅（Ellen Datlow）編的文集《綠人》（*The Green Man*）而寫。

苦味研磨咖啡

二〇〇二年我寫了四個短篇，我認為這篇最好，不過卻沒得獎。這篇是為我朋友娜洛・霍普金森[7]編的選集《魔咒：魔法故事》（*Mojo: Conjure Stories*）寫的。

他人

關於這篇無限循環小故事的靈感，我是何時何地獲得的呢？我不記得了。我只記得自己草草寫下這點子和第一行後，就開始疑惑它究竟是不是原創。我依稀有印象，小時候好像看過佛瑞德克・布朗[8]還是亨利・庫特納[9]寫過類似的東西？我忍不住要懷疑別人可能早就寫過。因為這構想似乎太過優雅、高明，也太完整。

約一年後，我在飛機上看完手邊的雜誌，無聊之餘便清查起故事筆記，然後接著把它寫完——沒等飛機降落就大功告成。接著，我打電話念給幾個博學多聞的朋友聽，詢問是否有誰之前看過，結果他們都說沒有。我寫短篇通常是因為有人邀稿，但這是破天荒第一次，有個故事自動自發生長出來。我把它投給《奇幻與科幻雜誌》（*Magazine of Fantasy and Science Fiction*）的編輯高登・凡・傑爾德（Gordon Van Gelder），他收下後改了篇名，我認為改得不錯（我原本取的名字叫〈來生〉〔Afterlife〕）。

我很多作品都是在飛機上寫的。開始《美國眾神》時，我在飛往紐約的班機上寫了篇故事。我很肯定這故事一定會收進本書，卻始終找不出適合的位置，直到整本書都寫完，它還是沒有落腳處。於是我把它做成聖誕卡送出去後就忘了這回事。幾年後，幫我的作品出版限量豪華精裝本的Hill House出版社把它當成自家的聖誕卡，分贈給客戶。

它一直沒有標題，我們不如就叫它……

製圖家

敘述故事最好的方法就是講出來，你了嗎？人若想向自己和世界描述一個故事，唯一的

---

7 Nalo Hopkinson（1960-），牙買加非裔女作家，作品凸顯女性意識，並大量使用西印度群島的克里奧方言。

8 Fredric Brown（1906-1972），美國小說家，作品充分融合科幻與推理元素。

9 Henry Kuttner（1915-1958），美國奇幻、科幻與恐怖小說家，亦為洛夫克萊夫特筆友圈的一員。

方法就是講出來。這是一種求得平衡的動作，也如同一場幻夢。地圖越精確，就與實際環境越相像。如果可以，就讓實際環境成為最最精確的地圖。同時，因為地圖是這麼精確，也導致它完全無用。

故事就是實際環境的地圖。

這點不能忘記。

大約兩千年前，中國有個皇帝，他醉心為轄下版圖製作地圖，斥費鉅資，在御花園的湖心島上重建一個具體而微的中國——順帶一提，因為湖水又深又冷，因此出了不少人命。島上的矮丘就代表群山，細流就代表江河；繞島一周得花皇帝整整兩刻鐘。

每天東方剛露出魚肚白，會有百人或涉灘、或游水地來到島上，小心翼翼修補被天氣弄壞、野鳥損害，或被湖水沖毀的地標，也會移除或重建現實中真的被洪水、地震、山崩摧毀的帝國領土，好確實反映宇內情勢。

皇帝洋洋得意了大半年，又漸漸覺得無法饜足。他開始在睡前盤算要做另一份地圖。這次要分毫不差地重現四海皇輿，一廬一舍一殿、一樹一丘一獸，都得以原寸實際複製。

這計畫非同小可，實行下去必然國用為竭，也得投下更多人力心力：需要有人勘測丈量，需要測量員、人口普查員、畫師，也需要製模師、陶工、建築工、工匠，還得要六百名專業占夢師來揭露藏於樹根地底、深山洞穴、海中萬物的本質——畢竟，若能把有形與無形的帝國都包含在內，這地圖才算有價值。

皇帝的計畫就是這樣的。

一夜，圓月當空，右丞相與皇帝一起在御花園散步，出言進諫。

「陛下得明白，」右丞相說：「您的打算……」

然而他甫一開口就沒了勇氣，噤聲不語。此時一尾白鯉破水而出，將明月的倒影擊碎成千百點流光，每一點流光又儼然各成一輪小月亮，沒多久，眾月又重新聚成一輪完整的金黃倒影，懸在夜空一色的水中；夜色是濃豔至極的紫，絕不可能誤認成黑。

「辦不到嗎？」皇帝平靜地問道。君王最平靜的時候，也是最危險的時候。

「陛下有旨，自然絕無辦不到之理，」右丞相說：「但此事所費甚鉅，製作地圖將會耗盡府庫，將土地填滿地圖，則會傾盡城市與農田。如此這般，您留給子孫的天下將貧弱難治。我是您的大臣，若不直言，則有失職之罪。」

「也許你說的對，」皇帝說：「也許吧。但我若接納你的進言，忘記我的地圖世界，將計畫束之高閣，它依然會陰魂不散苦苦糾纏我，我會睡不安寢、食不甘味。」

他頓了頓，花園遠處傳來一陣夜鶯啾鳴。「不過，這地圖世界……」皇帝老實說：「才剛剛開始，我從開工就迫不及待想看看自己的大作。」

「完工後會是什麼樣子？」右丞相平靜地問道。

皇帝說：「一份涵蓋全帝國疆域的地圖。每棟房子都用與實物同樣大小的房子代替，每座山也以山標記，樹也用一模一樣的樹木來表示；河川與人，都是如此。」

右丞相在月光下深深一揖，恭敬地落在皇帝身後幾步，尾隨他走回皇宮，一面走一面凝神思索。

史載，皇帝從此一睡不醒——嚴格說來，史書並沒有寫錯。不過史書也沒有說無人弒君。皇長子繼位為新君，他對地圖和製圖都沒什麼興趣。

湖心島變成野鳥和各種水鳥的安樂窩，因為沒人會驅趕牠們。鳥兒啄小土山築巢，湖水逐步將水岸蠶食鯨吞。終於，某天小島完全遭到遺忘，只剩湖泊。

地圖和製圖家都不在了，但土地留了下來。

紀念品與珍寶

本篇的副標是「愛的故事」，原本形式是漫畫——至少部分算是。它是我為奧斯卡．札瑞特[10]編輯的黑幫漫畫選集《倫敦暗夜》（*It's Dark in London*）寫的，繪者是沃倫．普利斯[11]。沃倫畫得很棒，可是我對故事不大滿意，我想知道那個自稱史密斯的男人究竟是怎麼變成今天這副模樣。阿爾．薩倫托尼歐[12]要我為他負責編的文選《九九九》（*999*）寫篇故事，我暗自斷定，如果再寫個史密斯和艾利斯先生的故事鐵定很有趣。於是他們在本書的另一個故事中又再次登場。

我想這位惹人嫌的史密斯先生還有不少故事好說，尤其是關於他最後究竟是怎麼與艾利斯先生分道揚鑣的。

雀小姐失蹤案始末

這篇靈感來自：有人給我看一幅法蘭克．佛列茲塔[13]的畫，要我據此寫篇故事，那幅畫畫了兩側各跟著一頭老虎的蠻族女子。我想不出故事，於是決定改談雀小姐的遭遇。

怪怪小女生

……這其實是一系列，共十二個極短篇，是我配合多莉．艾莫絲的專輯《怪怪小女生》寫的。多莉受到辛蒂．雪曼[14]和歌曲本身啟發，幫每首歌都創造了一個角色，我則幫每個角色都寫了篇故事。這些故事不曾收錄在別處，只有發表在演唱會場刊上。專輯內頁也零散摘錄了部分文句。

10 Oscar Zarate（1942-），阿根廷漫畫家、插畫家。
11 Warren Pleece，DC漫畫公司旗下英國漫畫家。
12 Al Sarrantonio（1952-），美國科幻與恐怖小說家。
13 Frank Frazetta（1928-），美國漫畫家、插畫家，奇幻畫派先驅。
14 Cindy Sherman（1954-），美國攝影師，作品多為自拍。她以自己的身體為創作媒介，扮成各種類型的女人，探討女性在社會中的角色。

哈勒昆情人

莉莎．史奈林—克拉克是個雕刻藝術家，多年來，我一直很喜歡她的作品。有本叫《奇異吸引力》（*Strange Attraction*）的故事集以莉莎設定的摩天輪為基礎，讓一群優秀作家擔任乘客，一同合作。有人問我能不能以售票員為靈感寫篇故事；該售票員的形象是個笑嘻嘻的哈勒昆。

於是我寫了。

一般而言，若是沒人動筆，故事是不會自己冒出來的。不過我對這篇印象深刻，因為它真的是自己迸出第一句。而接下來的過程也很有趣，就像看著哈勒昆快樂地手舞足蹈、翻著筋斗，度過情人節，而我不過是個會議記錄。

哈勒昆是義大利即興喜劇中的搗蛋鬼，臉戴面具、手揮魔杖，是個看不見的頑童；他的戲服上布滿菱格紋；他愛小乳鴿，費盡心機追求她、討她歡心。故事一面行進，他會碰到醫生、小丑之類的樣板人物，然後改變途中遇見的每一個人。

髮．鎖

〈金髮姑娘與三隻熊〉（Goldilocks and the Three Bears）是詩人羅伯特．沙賽筆下[15]的故事——但也可以說不是——因為在他的版本中，主角是老太婆與三隻熊。其實故事的形式與內容沒什麼問題，不過大家都知道，這故事需要的是一個小女孩，而不是老太婆，於是當大家重述故事時，就自動把主角代換成如今這位。

當然，童話故事是有傳染性的，你要麼主動染上，要麼被別人傳染，我們與早一步來到這世界的先人擁有同樣一個故事（現在輪到我說故事給孩子聽，當年我也曾聽父母與祖父母說故事，我因此覺得自己像某種神奇事物或生命之流的一部分）。我動筆寫這篇給女兒瑪蒂時她才兩歲，現在她已經十一歲了，我們還是會分享故事，只不過現在故事都在電視或電影裡。我們會讀同一本書，然後一起討論，但我不再念給她聽——然而就連念給她的故事，也只是我自己編出來說給她聽的拙劣替代品。

我相信我們有義務為彼此說故事，如果說我這輩子還可能有什麼信仰，我猜這就差不多算是了。

蘇珊的問題

我脖子疼得要命（而且還嘔吐了），苦不堪言。我完全不知道自己是怎麼回事。旅館幫我找的醫生告訴我這是流行性感冒，然後列出他認為能讓我舒服點的止痛藥和肌肉鬆弛劑。

---

15 Robert Southey（1774-1843），英國浪漫主義作家，與華茲華斯（William Wordsworth）和柯立芝（Samuel Taylor Coleridge）並稱「湖畔詩人」。

我從單子上選了一種止痛藥，跌跌撞撞走回旅館房間，馬上就昏過去。我無法動彈也無法思考，更無法抬起頭。到了第三天，助理蘿倫找了我的家庭醫生跟我通話，他說：「我不喜歡透過電話問診，不過我認為你得的應該是腦膜炎。」而他說的沒錯。

我的腦子過了好幾個月才清楚到可以寫作，本篇是我康復後的第一次嘗試，感覺就像重新學步。這篇是為阿爾·薩倫托尼歐的幻想故事選集《飛翔》（*Flights*）寫的。

我小時候看過上百次「納尼亞」系列，長大後也為小孩朗讀過兩次，這部作品有許多地方我都很喜歡，可是每次讀它，我都覺得作者對蘇珊的安排大有問題，而且極度不爽。我猜我是想寫個跟原著一樣的故事——問題很大，而且令人不爽（雖然是不同方面的）——然後順便談談兒童文學的驚人威力。

你想那會是什麼感覺？

有人邀請我為一本文集寫篇故事，主題是石像鬼，現在截稿期限快到了，我發覺自己腦子一片空白。

我想到的是：石像鬼通常是放在禮拜堂或大教堂屋頂上，保護建築物，不知道會不會有哪隻石像鬼被放在別的東西上當守護神呢？比如說一顆心……

事隔八年我才第一次重讀它，並且發現自己對裡頭的性描述有點震驚。不過我對這篇的不滿程度大概只有普通而已。

我的一生

這篇怪異小獨白是寫來搭配某本書裡的一張大嘴猴照片，那本書裡有兩百張大嘴猴照片，書名毫無懸念，就叫《大嘴猴》（*Sock Monkeys*）。攝影師是亞恩・史文森（Arne Svenson）。他們給我看的那張照片上的大嘴猴看起來日子過得挺苦，但也挺有意思。

那時我有位老朋友剛開始幫《世界新聞週刊》[16]撰稿，對我而言，編故事給她讓我相當快樂。我開始猜想，有沒有可能在世界上某個角落，有某個人正過著世界新聞週刊式的人生。這篇文章在《大嘴猴》裡的排版是散文形式，不過我比較喜歡排成斷行。只要有足夠的酒精和一隻洗耳恭聽的耳朵，這故事鐵定能永遠說下去。（偶爾會有人在我的網站上留言，問我介不介意他們用這篇或我其他文章做試聽稿，我不介意。）

十五張彩繪吸血鬼塔羅牌

現在還剩下七個大阿爾克納[17]的故事沒寫，我答應畫家瑞克・貝瑞（Rick Berry）說我總有一天會寫完，到時候他就可以開始畫了。

---

16 *Weekly World News*，專門追蹤奇聞軼事的美國惡搞小報，題材有外星人、貓王復生、尼斯湖水怪與大腳怪等，內容多荒誕不經。

飼者與食者

本故事源於我二十多歲時做的一場噩夢。

我喜歡夢，也很了解夢。我知道夢的邏輯不等於故事邏輯，你很難把夢帶回現實世界，變成故事。因為一到夢醒時分，黃金將變成樹葉，絲綢會化為蛛網。

即便如此，你還是能從夢裡帶回一些什麼：氣氛、關鍵時刻、人物、主題。但就只有這一次，我有記得把整個故事帶回來。

一開始我把它寫成漫畫劇本，由多才多藝的馬克・白金漢[18]擔任繪者，後來又嘗試把它改編成一部色情恐怖片的大綱（故事叫〈吃掉了：電影中的場景〉〔Eaten: Scenes from a Moving Picture〕），但我始終沒拍成這部電影。幾年後，我的編輯史帝夫・瓊斯（Steve Jones）問我願不願意找個被我遺忘的短篇，重新改寫，收進他編的《遠離黑夜》（*Keep Out the Night*）文集中。於是我想起這篇，捲起袖子開始打字。

鬼筆菇確實美味，可惜摘下來不要多久就會化成一灘噁心的黑墨，所以你絕對不會在商店看到它。

疾病製造者哮吼症

編輯要我為一本談虛構疾病的書寫個條目，那本書是《薩克萊・T・羊頭博士的不可思議疑難雜症隨身指南》，傑夫・梵德米爾與馬克・羅伯斯合編（*The Thackery T. Lambshead Pocket Guide to Eccentric and Discredited Diseases*, edited by Jeff VanderMeer and Mark Roberts）。我覺得呢，寫一種會製造虛構疾病的虛構疾病也許滿有意思的。寫本篇時，我借助了一種被世人遺忘已久的電腦程式——babble[19]，以及一本積滿灰塵、家庭醫生專用的皮面參考書。

末了

我試圖想像聖經的最後一書。

談及替動物命名時，我發現「耶提」一字的字面意思是「那邊那東西」，這下我可樂壞了。

（「快看！勇敢的喜馬拉雅山嚮導，那邊那東西是什麼玩意兒？」

「耶提[20]!?」

「了解！」）

---

17 Major Arcana，指塔羅牌的組合，一般稱「大祕儀」、「大牌」或「王牌」，包含編號零至二十一，共二十二張牌。

18 Mark Buckingham，英國漫畫家，結婚時蓋曼曾擔任他的儐相。

19 吉姆・寇瑞松（Jim Korenthal）於一九九一年創造的文章產生器，使用者可以載入文字文件，與程式中內建的名家作品結合，形成滔滔不絕卻又充滿玄機與詩意的廢話。

20 Yeti，即喜馬拉雅山雪人。

歌利亞[21]

「他們要你寫篇故事，」幾年前我的經紀人說：「要放在一部還沒上映的電影官網上，那部電影叫《駭客任務》，他們會把劇本拿給你看。」我興致勃勃地讀完，然後寫下這篇故事。大概在電影上映前一週，文章放上網站，至今仍在那兒。

在一輛停在奧克拉荷馬州圖沙市和肯塔基州路易斯維爾市之間某個地方的灰狗巴士上的鞋盒裡找到的幾頁日記

幾年前，我為朋友多莉．艾莫絲的「心靈旅程」（Scarlet's Walk）演唱會場刊寫下這篇。當我得知它被選進某本「年度最佳」選集，實在是高興死了。這故事只能勉強說是受到「心靈旅程」之啟發。我想寫個關於身分認同、旅行與美國的故事，就像一篇迷你版《美國眾神》姊妹作。故事中的一切——包括所有解答——都恰好差之毫釐、無法觸及。

那天，飛碟來了

那週我正好在紐約錄製小說《星塵》的有聲書，所以便在旅館房間完成這則故事。我邊寫邊等某輛車來接我。編輯暨詩人芮恩．葛雷夫斯（Rain Graves）邀請我為她的網站 www.

spiderwords.com寫兩首詩，而我發現這首詩當眾朗讀的效果不錯，我覺得很高興。

創造阿拉丁

有件事一直令我百思不解——這裡的百思不解意義上等同超級火大——我不時會看到討論民間故事或童話故事的教科書，書中總要解釋這些故事為何會沒有作者，甚至宣稱想找出民間故事作者的行為本身就很荒謬。這類書籍或文章想給人一種印象：所有故事都是碰巧讓人發現，或是經過改編。其實也是沒錯……不過故事總是從某個地方或某個人的腦袋迸出來的吧？故事始於人心，既不是手工製品，也不是什麼自然現象。

我讀過一本學術書籍，書上這麼說：童話故事中凡是有人睡著，這個故事就是因夢境而生。古時候的人分不清現實與夢，醒後重述的夢境就成了我們的童話故事——不過該理論打從一開頭就充滿漏洞。因為故事——那種口耳相傳保存下來的故事——蘊含敘述的邏輯，而非夢的邏輯。

故事是編故事的人編的。如果編得好，自然傳唱不絕——這裡頭是有魔法的。

莎赫札德的敘述者身分是虛構的。每晚每晚都要聽故事的妹妹與凶殘國王也一樣。《一千零一夜》是個虛構的概念，裡頭的故事從各地蒐集而來，阿拉丁一角更是相當晚近才出

---

21 Goliath，聖經中的非力士巨人，被大衛以石擊斃。

現，它被法國人收進《一千零一夜》距今才一百多年。這也是故事起源的另一種解釋，反正它的起源絕對跟我寫的不一樣，儘管如此……

幽谷之王

這個故事之所以會出現、之所以會存在，都要歸功我對蘇格蘭偏遠地區的喜愛。那裡能看見大地之骨架，天空是蒼茫的白，美得讓人屏息，彷彿比世界上任何角落都要偏僻。寫完長篇版《美國眾神》兩年後，我很高興能再度追上影子的腳步。

羅伯特・席維伯格[22]要我為他第二本《傳奇》（*Legends*）合集寫個中篇小說，而且他不介意我發展《無有鄉》或《美國眾神》的中篇番外。我開始寫《無有鄉》中篇番外時遇到一些技術上的問題（那故事叫〈侯爵究竟是怎麼找回外套的〉〔How the Marquis Got His Coat Back〕，不過我總有一天會寫完）。我在諾丁丘的一間公寓裡開始動筆〈幽谷之王〉，當時我正在那裡執導一部短片，片名叫《約翰・波頓傳記短片》（*A Short Film about John Bolton*）。某個冬夜，我瘋狂趕稿完成這篇小說——我現在便是在當時寫作的湖濱小屋打這篇導讀。挪威朋友艾瑟琳・伊文森（Iselin Evensen）是第一個告訴我「森林女妖」傳說的人，還協助糾正我的挪威語。一如《煙與鏡》中的〈灣狼〉，本篇也受到「貝武夫」影響。寫本篇時，我很確定我和羅傑・艾佛瑞合寫的貝武夫劇本永遠拍不成電影——但我當然是錯的。安潔莉娜・裘莉在勞勃・辛密克斯執導的片中詮釋格蘭德爾之母，不過跟這個版本比起來，兩者存在巨大的形象反差。我覺得十分有趣。

這些故事和詩一開始分別發表在眾多不同書刊上，我要感謝所有編輯，特別是我在美國和英國的編輯珍妮佛・布雷（Jennifer Brehl）與珍・莫培絲（Jane Morpeth），我不僅要感謝她們的幫助，更要感謝她們的耐心。另外也要向我的文學經紀人——令人敬畏的麥瑞莉・海飛茲（Merrilee Heifetz）以及她遍布世界各地的狐群狗黨致謝。

寫下這些時我突然想到，我們認為易碎的物品其實大多具備強韌的特性。小時候我們會拿蛋來玩，表演些把戲給大家看，而它們其實等同足以承重的迷你大理石臺；也有人說，如果蝴蝶在某個特定地點拍翅膀，就可能在海洋的另一端造成颶風；心或許會碎，它的肌肉卻是最強韌的。它能打出血液、供給全身，一分鐘跳七十下，幾乎不會發抖出錯——而且持續一輩子。夢是最細緻、最虛無縹緲的事物，但就連它，到頭來也可能難以磨滅。

故事就像人，像蝴蝶，像鳴鳥的蛋、人心，還有夢，都是易碎物，它的組成並不那麼堅固耐久，不過是二十六個字母，以及幾個標點符號，或飄在空中的字句，由聲音與思想構成——抽象又不可見，一說出口即刻消失。試問：世上還有比它更脆弱的東西嗎？有些故事不過闡述一些人探險與大展神威的過程，或奇蹟與妖怪的傳說。這些故事簡單又渺小，卻比所有傳誦它們的人更長壽，有的甚至比孕育它們的國家流傳更久。

---

22 Robert Silverberg（1935-），美國科幻小說家，曾獲雨果獎、星雲獎。

雖然我不信本書中的任一個故事有這麼了不起，但能把它們集結在一起，幫它們找一個家，方便大家閱讀與記憶，我依舊很高興。

希望你們閱讀愉快。

尼爾・蓋曼

二〇〇六年春季第一天

綠字的研究

1 新朋友

繩索劇團剛結束精采絕倫的歐洲巡迴表演，他們在許多**歐洲皇族**面前獻藝。這齣優異的戲劇表演融合**喜劇**和**悲劇**，贏得各國皇室的喝采和讚賞。**繩索劇團**在此宣布，四月將到哲瑞巷的皇家宮廷劇院表演，**場次有限**。演出劇目包括《雙胞胎弟弟湯姆！》、《最小的紫羅蘭花販》、《舊日支配者[23]降臨》（最後一齣劇碼是充滿歡樂的史詩鉅作）。每一齣都是獨幕劇！現在就可以到售票口購票。

我想，一切應該是因為這浩瀚宇宙吧。萬物底下的龐然巨怪，還有夢的黑暗。

不過這只是我的胡言亂語，請原諒我，我一向拙於文辭。

因為我需要找住處，希望有人分攤租金，才因緣際會遇到這人。我們是透過一位朋友介紹，結識於倫敦大學聖巴特醫學院的化學實驗室。「我看得出你去過阿富汗。」當他這麼對

23 Great Old Ones，克蘇魯（Cthulhu）神話中的邪神。

我說，我不禁目瞪口呆。

「真厲害。」我說。

「這沒什麼。」穿著白色實驗袍的陌生人說；此人即將成為我的朋友。「從你抱著手臂的方式看來，我知道你受過傷，而且受傷方式十分特別；你經歷日晒，膚色很深，舉止像是軍人。考慮到你肩傷的性質，及阿富汗穴居人的傳統——我們帝國裡根本沒幾個地方可以讓軍人晒得這麼黑、又受這樣的折磨。」

這樣一分析聽起來當然簡單。不過話說回來，這一切似乎一直都是這麼簡單。我的確晒得跟栗子一樣，而且正如他所觀察，我受過折磨。

阿富汗的神祇和人民都很野蠻，不願接受白廳[24]、柏林甚至莫斯科的統治，也不想講道理。我被分發到阿富汗的丘陵地，隸屬第X軍團。而只要戰事維持在丘陵地和山地，我們的作戰條件就能說是勢均力敵。然而，一旦小規模戰火往下延燒到洞穴和黑暗之中，情勢就超出我們能力，完全無力可回天。

我絕不可能忘記地底湖泊平滑如鏡的水面，以及湖中浮現之物（那眼睛眨啊眨），更忘不了那玩意兒升起時隨之傳來的低聲吟唱；聲音在四周繚繞，就像鋪天蓋地的蒼蠅，不停嗡嗡作響。

我能活下來算是奇蹟一場。不過，雖然我活了下來，回到英格蘭時精神狀態卻已分崩離析。那水蛭般的嘴巴觸碰過的地方都烙下永難磨滅的印記，霧般慘白的痕跡滲入我早已垮下的肩膀皮膚。我曾是名神槍手，但這時的我一無所有，只剩下滿滿對地底世界驚駭的恐懼。

這也意味，我寧願從退伍金拿出六便士搭雙輪雙座出租馬車，也不願意付一便士搭地鐵。

儘管如此，倫敦的霧和黑暗安撫了我的心，並接納了我。第一任房東把我趕了出來（因為我半夜會尖叫）；我的確去過阿富汗，可現在我已不在那裡了。

「我半夜會尖叫。」我告訴他。

「有人說我會打呼，」他說：「而且我作息不規律，還常拿壁爐架做射擊練習；我會在客廳跟客戶見面；我很自私，重視隱私，也容易覺得無聊。這樣你會有問題嗎？」

我微笑，搖搖頭，伸出手。我們握了手。

他替我們在貝克街找到一間公寓，那裡非常適合兩位單身漢住。因為我惦記著這位朋友提過的隱私問題，努力壓抑不要問他靠什麼維生。儘管如此，還是有許多事情挑起我的好奇心：訪客不分日夜，隨時都有人來找他。而當他們來訪，我總會離開客廳、回到臥室，並思考著他們跟我朋友到底有什麼共同點：有個蒼白女子，眼睛生著骨白色的眼翳；有個矮小男人，模樣像外務推銷員，有個肥胖的時髦男子，身穿絲絨夾克——諸如此類。有些人常來，但大多數人只來一次，跟他說完話就離開。離開時若非滿臉困擾，就是心滿意足。

他對我來說是個謎。

有天早上，我們正在享用房東太太準備的美味早餐，我朋友搖搖鈴，喚了好心的房東太

24 Whitehall，英國首都倫敦西敏市內的一條道路，位於英國國會大廈和特拉法加廣場之間，是英國政府機要所在地，因此也是英國政府的代名詞。

太過來。「大約四分鐘後會有位男士跟我們一起用早餐，」他說：「餐桌需要再加個座位。」

「好，」她說：「我會再多放幾條香腸到烤爐。」

我的朋友又繼續瀏覽早報，我等著他解釋給我聽——直到等得不耐煩。我終於忍不住開口問：「我不明白：你怎麼知道客人再過四分鐘就會上門？你又沒收到電報或訊息。」

他淡淡微笑，「難道你沒聽到幾分鐘前有馬車轔轔？馬車經過時速度還放慢，顯然駕駛正在指認我們的門牌；接著馬車又加速前進，開到梅利本路去。馬車和出租馬車通常會在火車站和蠟像館前讓乘客下車。也就是說，如果有人想在這兒下車，又不想太引人注目，就會比照辦理。而從那裡走路到這裡只需要四分鐘……」

他瞄了瞄懷錶，我在此時聽到外頭傳來爬樓梯的腳步聲。

「進來吧，雷斯垂德[25]。」他叫道，「門已經開了，你的香腸才剛從烤爐拿出來。」

有個男人打開門（想必他就是雷斯垂德），然後小心地在身後關上。「我不該吃，」他說：「……不過說實在，我今天早上根本沒時間吃早餐，所以好好享用幾條香腸應該也很合理吧。」

這個矮男人我之前看過好幾次。他的言行舉止簡直就像賣橡膠玩具或專利偽藥的推銷員。

等房東太太離開房間，我朋友才說：「你這回到訪顯然是攸關國家大事。」

「老天！」雷斯垂德的臉色霎時刷白，「這件事應該還沒傳開吧？拜託不要告訴我已經傳開了。」他把香腸、燻鮭魚片、印度燴飯、烤吐司在盤子上堆成小山，手卻在微微顫抖。

「當然還沒，」我朋友說：「不過你都來了這麼多次，我早就能聽出你馬車輪的聲音：反覆振盪的高八度升G音。況且，如果蘇格蘭場[26]的雷斯垂德警探無視被人發現的風險，義無反顧走進倫敦唯一的諮詢偵探的客廳——來之前還沒吃早餐。可想而知，這絕不是什麼普通案子。因此，此案涉及高層人士，並且還攸關國家安危。」

雷斯垂德用餐巾紙抹抹臉頰上的蛋黃，我不禁注視著他。他的模樣跟我心目中理想的警探有點距離。不過話又說回來，我這朋友看起來也跟我心中理想的諮詢偵探不太像（我們就先別管諮詢偵探是什麼了）。

「我們或許該私下討論這事。」雷斯垂德邊說邊瞄了我一眼。

我朋友露出調皮的微笑，肩上那顆腦袋搖了搖，好像聽到了一個只有自己能懂的笑話。

「沒這回事，」他說：「兩顆腦袋總是勝過一顆，而且你跟我們之一說話不就等於跟我們兩人說話嗎？」

「如果我干擾——」我生硬地開口，可是他示意我安靜。

雷斯垂德聳聳肩，過了片刻才說：「對我來說都沒差。如果你能解決案子，我就能保住工作；如果你解決不了，我就會丟掉工作。你就用自己的方式解決吧，反正也不可能再更糟了。」

---

25 Lestrade，「福爾摩斯」系列小說中的警探。

26 即倫敦警察總部。

「如果歷史真的給了我們什麼教訓，那就是情況永遠有更糟的可能。」我朋友說：「我們什麼時候去夏地奇？」

雷斯垂德的叉子掉了下來。「惡劣！」他驚聲喊叫，「你根本是拿我尋開心，你什麼都知道！你這無恥——」

「沒人告訴我案子細節，只不過有位警探走進我公寓，靴子和褲管新沾了某種黃芥末色的泥土，因此我推斷他剛去過夏地奇區霍伯斯巷的出租公寓——因為倫敦似乎只有那裡才有黃芥末色泥土。這是我推理出來的，請你見諒。」

雷斯垂德警探一臉不好意思。「你這麼一說，」他說：「好像滿顯而易見的。」

我朋友把盤子一推。「這是當然。」他語氣有點煩躁。

我們搭出租馬車到倫敦東區。雷斯垂德警探早就離開我們、走到等在梅利本路的馬車邊。

「你真的是諮詢偵探？」我說。

「倫敦唯一——或許是世上唯一。」我朋友說：「我不辦案，只提供建議。別人會把他們解決不了的問題告訴我，他們會描述情況給我聽，而我有時能順利解決。」

「那麼來找你的那些人——」

「——大多是警官，有些自己也是私家偵探。」

那天早上天氣很好，不過我們正在聖吉爾貧民窟邊緣顛簸而行。這是小偷和歹徒的聚集處，位於倫敦市中心，就像美麗的賣花女孩生在臉上的腫瘤。出租馬車內只透入一絲光線，相當微弱昏暗。

「你確定要我跟你一起去嗎？」

我朋友在回答時眼睛眨都沒眨一下。「我有種感覺，」他說：「我覺得我們注定要並肩作戰——至於是過去還是未來，我就不知道了。雖然我是個理性的人，但我也知道好搭檔千金難買。我第一眼見到你就知道你值得信任，可以像相信自己一樣相信你。所以沒錯，我要你跟我一起去。」

我臉紅了，好像還說了些不知所云的話。打從阿富汗回來至今，我第一次覺得自己活在世上還有些價值。

2 房間

維多生命泉源！神奇之電流！四肢和下體缺乏精力嗎？回想年輕歲月時，你是否只剩羨慕？是否已遺忘肉體的歡愉？**維多生命泉源**幫你起死回生，連苟延殘喘的老馬也能再次成為意氣風發的種馬！再委靡不振也會生龍活虎。泉源成分為祖傳祕方，糅合現代科學之精華。若您想收到**維多生命泉源**愛用者所簽署的使用效果證明，來信倫敦市奇普街1B，V．馮．F[27]公司收。

27 指科學怪人的製造者維多．馮．法蘭肯斯坦（Victor Von Frankenstein）。

那是夏地奇區一棟廉價出租公寓，前門有個警察，雷斯垂德叫了他的名字，權充招呼，然後就領我們進去。我正準備進屋時，我這位朋友在門階蹲下來，從大衣口袋掏出一把放大鏡，檢視鍛鐵製靴子刮泥板上的泥巴，還用食指戳了戳，一直弄到滿意了才放我們進去。

我們走上樓，案發房間相當容易辨識，因為門口有兩名魁梧的警察守在兩旁。

雷斯垂德向那兩人點點頭，他們站到一旁，讓我們進去。

我說過，我並非職業作家，我知道自己無法用精闢的言詞形容這裡的情況，所以我在描寫時有些猶豫不決。儘管如此，我還是描述了，而且恐怕得繼續描述下去：那間小臥室兼起居室中發生了謀殺案。屍體……或說屍體的殘骸仍留在地板上。我雖看見了屍體，可是起先並沒有認出來。我看到的反而是受害者喉嚨和胸口濺灑出的體液：顏色從膽綠色到草綠色，盡數滲入破爛的地毯，噴灑到壁紙。有那麼一瞬間，我在心中想像那是某位凶殘畫家的作品，而這位畫家想要創造的是一幅翠綠色的畫作。

過了彷彿百年之久，我才低頭去看屍體。它遭到開膛破肚，模樣活像是屠夫砧板上的兔子。我試圖想弄清楚自己看到的是什麼玩意兒，於是脫下帽子。我朋友也一樣。

他跪下來查看屍體，檢視傷痕和切口，然後拿出放大鏡，走到牆壁旁，凝視一團團乾掉的膿汁。

「我們檢查過了。」雷斯垂德警探說。

「是嗎？」我的朋友說：「那你們是怎麼解讀這個的呢？我認為這應該是一個字。」

雷斯垂德走到我朋友站立的地方抬頭看了看。在雷斯垂德頭頂稍高的地方，褪色的黃壁紙上有個字，全是大寫，以綠色血液寫成。「R-A-C-H-E……」雷斯垂德把字母拼出來，「他顯然是想寫『*Rachel*』（瑞秋），不過受到了阻撓……我猜嫌疑犯是個女人……」

我朋友什麼都沒說，只是走回屍體旁，把屍體的手掌一一拿起來看：指尖完全沒膿汁。

「我想現在應該可以確定那個字並非出自王子殿下之手——」

「你憑什麼說——」

「親愛的雷斯垂德，請不要懷疑我的智力。這具屍體顯然不是普通人士，從他血液的顏色、手腳的數量、眼睛和臉的位置，在在表示他身上流著皇室血液。雖然我說不出他屬於哪國皇室，不過我斗膽推測，他是某日爾曼公國的皇儲……嗯不對……或許是第二順位繼承人……」

「實在太厲害了。」雷斯垂德遲疑片刻，說：「這位是波希米亞的法蘭茲·德拉戈王子，他應維多利亞女王邀請到阿比昂[28]度個假，透透氣……」

「你的意思是看看戲、召召妓、賭個博吧。」

「隨你怎麼說。」雷斯垂德一副懶得爭辯的模樣，「不管怎樣，你幫我們找到不錯的線索，讓我們知道要找個叫瑞秋的女人。不過我認為我們也可以找到。」

「我一點也不懷疑。」我的朋友說。

他進一步檢視房間，還刻薄批評了警察好幾次，說他們穿著靴子走來走去，早就弄糊了

28 Albion，英格蘭的舊稱。

腳印，還胡亂移動物品。這樣一搞，如果有人想重建前晚的現場，將會極度不便。

儘管如此，他似乎對門後的一小塊泥土相當感興趣。

我的朋友在壁爐旁發現某種像灰燼或泥土的東西。

「你們有沒有看到這個？」他問雷斯垂德。

「一般說來，」雷斯垂德回答，「身為女王陛下的警察，是不會對壁爐裡的灰燼感興趣的。那種地方本來就會有灰啊。」說著說著，他自己咯咯笑了起來。

我的朋友拈起一撮灰燼，在指間搓了搓，聞聞指上的殘餘物，最後將地上剩的灰燼刮起，倒入一只玻璃瓶，塞好瓶塞，放入大衣內側口袋。

他站起來，說：「屍體怎麼辦？」

雷斯垂德說：「皇宮會派自己的人來處理。」

我朋友對我點點頭，我們一起走到門邊，然後他嘆了口氣。「警探，如果你要找這位瑞秋小姐，可能會徒勞無功。舉例來說吧，『*Rache*』也可能是德文，意思是『復仇』。你不如去查查字典，這字還有其他意思呢。」

我們抵達階梯底部，走上外頭街道。「你在今天早上之前從沒看過皇室的人吧？」他問。我搖搖頭。「嗯，如果沒有心理準備，這種景象確實讓人害怕——我的好友，你怎麼在發抖呢？」

「沒事的，我過一下就好。」

「散步會有幫助嗎？」他問。而我表示贊同，我十分確定如果我不散個步，下一秒大概就會放聲尖叫。

「那就向西走吧。」我朋友指指皇宮的黑暗尖塔，我們開始散步。

「那麼……」過了一會兒，我朋友說：「你從沒親眼見過任何歐洲皇室成員？」

「我沒有。」我說。

「我想我可以肯定地告訴你，」他說，「你很快就可以親眼見到了——而且對方不會只是一具屍體。」

「親愛的朋友，你為什麼——」

他不答，只是伸手指了指一輛停靠在我們前方五十碼的黑色馬車。馬車門邊有位戴黑色大禮帽、身著長大衣的男子。他扶著打開的門，靜靜等候。馬車門上用金漆漆了阿比昂每個孩子都很熟悉的盾形紋章。

「有些邀請是不容拒絕的。」我朋友說。他脫下帽子交給那位男僕，爬入那盒子似的車廂（我很確定他臉上滿是笑容），舒舒服服地靠在柔軟的皮革椅墊上。

旅途中，我想跟他說話，但他總把手指放到脣上，示意我噤聲，然後閉上眼睛，看來深深陷在思緒中，而我則試著回想自己對德國皇室究竟有何認識。不過，除了女王的丈夫艾伯特親王是德國人外，我一無所知。

我將手放入口袋，拿出一把硬幣。棕色、銀色、黑色和銅綠。我凝視每枚硬幣上刻的女王肖像，心裡不知怎麼湧生一股愛國的驕傲，同時也伴隨流過全身的恐懼感。我告訴自己，我曾是軍人，我曾不知恐懼為何物，而且我記得那是什麼樣的感覺。有那麼一瞬間，我想起自己還能百發百中時，甚至常把自己想像成狙擊手。然而如今我的右手抖得像中風，硬幣撞出叮噹響。我只感受到無盡遺憾。

3 皇宮

再也不用等待！亨利・傑奇醫生[29]鄭重宣布推出享譽全世界的「**傑奇藥粉**」供大家使用。此藥不再只是少數特權人士的專利，誰都可以釋放出內心的自己！淨化外在和內在！有太多人——**無論男女**——心靈都受到束縛！傑奇藥粉讓你花小小的錢，超快速解放心靈！

（配方有香草和原味薄荷腦。）

王夫艾伯特親王身材高大，有著氣派的八字鬍和越來越高的髮際線——而且是個徹頭徹尾的人類——這點毋庸置疑。他在走廊上跟我們見面，對我朋友和我點點頭，但沒問我們叫什麼名字，也沒打算握手。

「女王非常生氣。」他說起話有種腔調，捲舌音都沒發出來，他說的是非藏僧氣。「法蘭茲是她挺喜歡的人，她有好幾個外甥，但只有法蘭茲能逗她開心。你一定要把凶手找出來。」

「我會盡力。」我朋友說。

「我看過你的專題論文，」艾伯特親王說：「是我叫他們去請教你的，我希望自己的決定沒錯。」

「我也這麼希望。」我朋友說。

然後那扇大門便打開，我們被帶入黑暗，來到女王的所在地。

眾人尊稱她維多利亞，因為她七百年前將我們打敗；眾人尊稱她葛洛莉亞娜，因為她輝煌榮耀[30]；眾人尊稱她女王，因為人類的嘴形念不出她的真名。她體型巨大，比我想像中還要偉岸；她蹲在陰影中注視著我們，一動也不動。

武必潑案。這句話來自陰影之中。

「這是當然的，陛下。」我的朋友說。

她的一根肢臂抖了一下，指著我：果來。

我想走，腿卻動不了。

這時我朋友過來解圍。他勾住我的手肘，扶我走向女王陛下。

泥卜要害怕，泥恆可貴，斯好搭檔。她這樣對我說，聲線是悅耳的女低音，帶著遙遠的低鳴。那根肢臂伸展、延伸，觸碰我的肩膀。有一瞬間——就只有那麼一會兒——我感受到這輩子從未有過的深沉痛楚，但下一刻取而代之的則是通透全身的健康爽快。我覺得肩膀的肌肉放鬆了。這是自阿富汗回來後我第一次不感到痛苦。

---

29 指十九世紀著名科幻小說《變身怪醫》（*Strange Case of Dr. Jekyll and Mr. Hyde*）的主角的雙重人格之一亨利・傑奇醫生（Dr. Henry Jekyll）。

30 維多利亞（Victoria）一字源自勝利（victory），葛洛莉亞娜（Gloriana）則源自榮耀（glory）。

接著我朋友走上前。雖然維多利亞在對他說話，但我聽不到她的聲音。我猜那些話也許是透過某種方式直接從她心中傳到他心裡。搞不好就是我在史書中讀到的「女王垂詢」。

他大聲地回應。

「當然了陛下，我可以告訴您，那天晚上，夏地奇區的房間裡還有另外兩人跟令外甥在一起。腳印雖然模糊，但絕對錯不了。」然後他又說：「是的，我了解……我相信是這樣……沒錯。」

我們離開皇宮時他什麼話也沒說；搭車回貝克街時，他也不發一語。

天已經黑了，我不禁納悶我們到底在皇宮裡待了多久。

漆黑如炭的煙霧彷彿伸出了手指，纏繞於路上和天空中。

回到貝克街後，我在房間的鏡子裡看著肩上原來白得像霧的皮膚，現已換成粉紅色澤。

我希望自己不是在幻想，希望那不是月光透過窗戶造成的效果。

4 表演

患了**肝病**？**膽汁分泌過多**？**神經衰弱**？**扁桃腺腫**？**關節炎**？這些疾病都可以靠專業的放血技術來治療。敝公司有成堆成捆的證明書，各位想在任何時間過來檢驗都沒問題。不要再讓外行人干涉你的健康了！我們從事放血的歷史悠久：專業放血師V. TEPES[31]——（不要忘記！發音是**特——佩——許！**）羅馬尼亞、巴黎、倫敦、惠特比。如果你試過其他沒用療法，不如來試試最棒的妙方！

我朋友是個偽裝大師——我應該已經不意外才對。然而我還是訝異。在接下來的十天，有五花八門各種詭異人士到貝克街來找他：年老的中國男子、放蕩不羈的年輕人、紅頭髮的胖女人（她以前是做哪行用膝蓋想都知道），令人尊敬的老先生（因為痛風腫脹，所以腳用繃帶綁了起來）。他們一個個走進我朋友的房間，接著他便以媲美表演廳中「快速變裝藝術家」之神速走出家門。

他不會提起那段期間自已在做什麼。他更想放鬆心情、凝視著空氣，偶爾，手邊有什麼紙就在那上頭寫筆記。坦白說，那些筆記我根本看不懂。他似乎全神貫注在此案上，連我都不禁擔心起他的健康。然後，在某天傍晚，他回家時穿了平時的一般服飾，一臉輕鬆的笑，問我是否有興趣去看戲。

「當然想去啊！」我告訴他。

「那麼就去拿觀劇望遠鏡吧，」他告訴我，「我們要去哲瑞巷。」

我本以為我們要看輕歌劇之類的，不過，那家戲院儘管名為「皇家宮廷」，卻是哲瑞巷最爛的戲院。而且坦白說，那裡其實也不太算哲瑞巷，因為戲院其實位在巷尾的沙福茲貝里大道——沙福茲貝里大道就在該處與聖吉爾貧民窟接攘。我按照朋友建議把皮夾藏起來，並

---

31 弗拉德・特佩許（Vlad Tepes）是十五世紀的瓦拉幾亞大公，吸血鬼德古拉的原型人物。

學他隨身攜帶一根結實的短木杖。

待我們在正廳的座位坐好（有位漂亮又年輕的小姐向觀眾兜售柳橙，我付了三便士買了一顆，邊吸吮柳橙邊等待開演）。我朋友悄悄地說：「你應該要感到慶幸，至少你不用陪我去賭場、妓院或精神病院。據我所知，精神病院也是法蘭茲王子喜歡造訪的場所，不過他同一個地方是不會去第二次的，除了——」

樂隊開始演奏，布幕拉了起來；我朋友不再說話。

演出相當精采，非常有自我風格，三齣戲都只有一幕，幕間穿插喜劇曲子。男主角個子很高，看起來軟弱無力（但歌喉優美）；女主角相當優雅，嗓音足以傳遍整座戲院；而丑角擅長的是饒舌歌。

第一齣戲講身分錯亂的胡鬧劇：男主角一人分飾兩角，演出一對雙胞胎。他們雖然從未見過面，但由於一連串滑稽的意外，兩人與同一位年輕小姐定下婚約，而好笑的地方在於，這位小姐一直以為自己只跟一位男士訂婚。男主角從一個身分轉換到另一個，舞臺上的門也隨之開開關關。

第二齣戲是令人心碎的故事：有位孤苦無依的小女孩，餓著肚子在雪地販賣溫室的紫羅蘭，她奶奶到最後才認出她，賭咒她就是十年前被歹徒搶走的嬰孩——但一切都太遲了，那個凍僵的小天使呼出了最後一口氣。我必須承認自己拿麻質手帕拭了好幾次淚。

最後一齣戲則是振奮人心的歷史敘事劇：劇團所有演員扮演海濱村莊的居民，時空背景設在距離現代七百年前。他們看到遠方的海洋中浮現形體，男主角歡喜地告訴村民，說那些形體都是舊日支配者，早已有人預言祂們的降臨，祂們會從拉萊耶、幽暗的卡爾克薩還有冷之高原[32]回歸。祂們原本在那些地方長眠、等待，或是靜靜度過瀕死的期間。丑角認為其他村民是吃了太多派、喝太多麥酒才幻想出那些東西。有個胖男士飾演羅馬神祇祭司，他對村民說，海中的形體都是怪物和惡魔，不摧毀不行。

劇情走到高潮，男主角拿祭司的十字架將他擊斃，並且準備在那些形體來臨時迎接祂們；女主角則演唱繚繞人心的抒情歌，劇團利用令人嘆為觀止的燈光技術，讓我們在觀看布景時就像看到祂們的影子在舞臺背後飛越天空：阿比昂的女王、埃及的黑暗者（形體似人非人）後面跟著老邁的山羊、千子之親、全中國的皇帝、專制的沙皇、新世界的統治者、南極堡壘的白女士……等等。當每道影子飛越舞臺（或看似飛越舞臺），迴廊的每條狹窄通道都傳來觀眾情不自禁的如雷喝采，直到連空氣都彷彿開始震動。月亮在上了油漆的天空升起，抵達最高點時——當最後的劇場幻術降臨——月亮一如古老的傳說，從原本的淡黃變成令人倍感欣慰的緋紅，就像今日照耀我們的月亮。

演員謝幕，布幕在觀眾的歡呼和笑聲中落下，這場表演便結束了。

32 拉萊耶（R'lyeh）是克蘇魯神話中位於太平洋深處的虛構城市名；卡爾克薩（Carcosa）最早出現在安布魯斯・畢爾斯（Ambrose Bierce, 1842-1914）的短篇故事〈卡爾克薩的居民〉（*An Inhabitant of Carcosa*），後來洛夫克萊夫特也把這個名字用到他的故事中；冷之高原（Leng）也是克蘇魯神話中的地名。

「這戲，」我的朋友說：「你覺得怎樣？」

「非常非常好。」我說。我鼓掌鼓到手都痛了。

「很好，」他露出微笑。「我們到後臺去。」

我們走到外頭，進入劇院旁的巷子、抵達舞臺後門。有個頰上長了顆粉瘤的乾瘦女子在那裡忙著編東西。我朋友拿出名片給她，她便指引我們進入大樓，爬上幾級階梯，來到了一間小小的公用梳妝室。

油燈和燭火在骯髒的鏡前搖曳不停，這裡的人似乎並不在乎男女之別，就這麼大剌剌地卸妝、脫戲服，我盡量避開不看他們，而我朋友卻神態自若。「我可以跟維內特先生說話嗎？」

他大聲問道。

一位年輕女子指了指房間深處。這名女子在第一齣戲飾演女主角的好朋友，最後一齣戲則飾演旅館老闆的風騷女兒。她叫道：「雪利！雪利．維內特！」

站起來回應的年輕男子瘦瘦的，跟剛才在舞臺燈光下相比，似乎沒了一貫的俊美外貌。他疑惑地望著我們。「能有這種榮幸真是令人不敢相信……」

「我叫亨利．肯柏里。」我朋友稍微拖長了句子，「我想你可能聽過我的名字。」

「我必須說我沒有榮幸得知您的大名。」維內特說。

我朋友拿出一張銘印的名片給他看。

男人看看名片，絲毫不掩飾寫滿臉上的興趣。「戲劇宣傳家？從新世界來的？我的天吶——這位是……」他對我微微一笑。

「他是我朋友塞巴斯蒂安，他不是做這行的。」

我低聲說了點什麼，表示自己非常喜歡表演，並跟他握手。

我朋友說：「你有沒有去過新世界？」

「我還沒有那個榮幸，」維內特說：「不過那向來是我最大的心願。」

「善良的先生，」我朋友以新世界的輕鬆隨意語氣說，「那麼，也許你可以夢想成真了——最後那齣戲——我從來沒看過那樣的東西。那是你寫的嗎？」

「不是，劇作家是我的一位好友，不過魔幻光影秀的裝置可是我設計的呢。現今的舞臺表演絕對看不到比這更厲害的。」

「可以告訴我劇作家的名字嗎？或許我該親自跟他談談——就是你那位朋友。」

維內特搖搖頭，「恐怕沒辦法，他從事某種專業工作，不希望讓大眾知道他跟舞臺有關係。」

「我了解了。」我的朋友從口袋抽出一根菸斗放進嘴裡，然後又拍拍口袋。「不好意思，」他開始說：「我忘了帶菸草袋了。」

「我抽的菸絲味道很強烈，」那位演員表示：「如果你不嫌棄——」

「當然不會！」我的朋友爽快地說：「我自己也是抽味道強烈的菸絲。」於是他將演員遞給他的菸草填滿菸斗，兩人就這麼抽起來。我朋友一面描述他對戲劇的憧憬，談論可巡迴新世界的劇碼——從曼哈頓島一路演到大陸最南端。第一幕是我們剛才看過的最後一齣，其他幾幕或許可以稍稍訴說舊日支配者統治人類及其神祇的故事。也許最後也可以談及人類沒了崇拜仰慕的皇室家族（或野蠻黑暗的世界）會發生什麼事。「不過你那位從事專業工作的神祕朋友可以擔任這齣戲的編劇，劇情要如何安排全權由他決定，」我朋友插嘴說：「我們的戲就包在他身上，不過我向你保證，你絕對猜想不到觀眾會有多少，我還會把豐厚的門票收入分給你，就給你五成分紅，如何？」

「真是太令人興奮了，」維內特說：「那我希望這不要『菸消雲散』啊！」

「不會的，先生，絕對不會！」我朋友邊說邊抽菸，被男人的笑話逗得咯咯發笑。

「明天早餐過後，請你帶那位劇作家朋友到我們位於貝克街的公寓，就大概約十點好了。我到時會擬好合約，就等您大駕光臨。」

那位演員爬到椅子上拍手要大家安靜。「劇團的各位，我有要事宣布，」他宏亮的嗓音傳遍房間，「這位是亨利．肯柏里，他是一位戲劇宣傳家，他提議帶我們越過大西洋去表演，為我們帶來名聲與財富。」

好幾個人大聲歡呼，那位丑角說：「嗯，那一定會帶來很大的改變——我們不用再吃鯡魚和醃菜了。」大夥兒聞言都笑了。

在他們所有人的微笑目送下，我們走出戲院，回到霧氣瀰漫的街道上。

「我親愛的朋友，」我說：「不論——」

「別出聲，」我的朋友說：「城裡有耳。」

於是我們不再交談，招了一輛出租馬車，爬入車廂，在查令十字路上噠噠前行。

——即便是在這種時候，我朋友還是不說話，只是從嘴裡拿出菸斗，把菸缽裡抽了一半的菸絲倒入小錫罐，蓋子蓋上壓緊，再放回口袋。

「沒錯，」他說：「那肯定就是我們要找的高個子，不然我就不是人。現在我們只能期望跛腳醫生的貪念與好奇心夠強，能讓他明天早上來見我們。」

「跛腳醫生？」

我朋友哼了一聲。「那是我幫他取的綽號。勘驗王子的屍體時，我由腳印和許多方面判斷那天晚上房間裡顯然有兩人：一個高個子，和一個跛腳矮子。除非我判斷有誤，不然我們剛才見的那位就是那個高的，而跛腳矮子則違反了醫療人員的道德操守，利用專業技巧把王子的內臟挖了出來。」

「他是醫生？」

「沒錯，雖然我很不願意這麼說，不過根據我的經驗，當醫生黑化，會比最殘忍的殺人凶手更邪惡、更黑暗。好比說酸浴殺手哈斯頓、坎貝爾——」他把普洛克斯特床[33]帶進了伊寧……」在接下來的路途中，他不斷談論這類話題。

出租馬車停靠在人行道邊。「一共一先令十便士。」馬車駕駛說。我朋友丟給他一枚二先令，駕駛接下，脫下破爛的高禮帽表達謝意。「真是太感激你們兩位了。」他喊道，馬匹

---

33 Procrustean bed，源自希臘神話，普洛克斯特將旅人綁到鐵床上，遇身高比床短者便拉長其軀、比床長者則以利斧截短。

的噠噠聲也沒入霧中。

我們走到前門。我把鎖打開時，我的朋友說：「怪了，我們這位出租馬車駕駛竟然完全不理會街角那位仁兄。」

「他們收班時都會這樣。」我指出。

「確實。」我朋友說。

那晚我夢到黑影。巨大的黑影遮蔽了太陽，我拚了命對著那些黑影呼喊，不過黑影根本不聽。

5 皮與核

就在今年！踏步邁入春天！在你的步伐裡加入彈簧！**傑克牌靴子**、**鞋子和皮鞋**，拯救你的鞋底吧！鞋跟是我們的專長。一定要來參觀我們在東區新開的衣飾百貨，裡頭專賣各式各樣的晚禮服、帽子、新奇玩意、手杖、劍杖——應有盡有。位於皮卡迪里的傑克小屋，一同迎向春天[34]！

最先到的是雷斯垂德警探。

「你在街上部署你的人了嗎？」我朋友問。

「部署好了，」雷斯垂德說：「也給他們下了嚴令，想過來的都能進去，想離開的全都逮捕。」

「你有帶手銬嗎？」

雷斯垂德不答，只是把手伸進口袋，將兩對手銬晃盪出恐怖的叮噹響。

「行了吧，」他說：「等待的時候你何不透露一下，說說我們到底是在等什麼呢？」

我朋友從口袋拿出一根菸斗，但沒把菸斗放進嘴巴，而是擺在面前的桌上，拿出前晚那只錫罐及一只玻璃瓶。我認出玻璃瓶是他先前在夏地奇區房間拿的那只。

「你看，」他說：「菸草，我認為這就足夠當作維內特先生犯罪的鐵證。」他頓了頓，拿出懷錶，小心地放到桌上。「他們到達前，我們還有幾分鐘時間。」他轉身面對我，「你對復辟黨人有多少認識？」

「他們不是什麼好東西。」我對他說。

雷斯垂德咳了一聲。「如果你要講的跟我猜的一樣——」他說：「那我們還是打住吧，已經說夠多了。」

「太遲啦，」我的朋友說：「因為有些人相信舊日支配者降臨不如我們想得那麼好。那些人都是無政府主義者，希望恢復舊日時光——也就是說，人類要掌控自己的命運。」

「我不想再聽到有人談起這種煽動的話題。」雷斯垂德說：「我得警告你——」

---

34 源自英國維多利亞時代的民間傳說人物「彈簧腿傑克」（Springheel Jack），他具有一雙彈跳力驚人的怪腿。本句取「spring」雙關，同時有「春天」與「彈簧」之意。

「我得警告你腦袋不要這麼不靈光，」我朋友說：「因為殺害法蘭茲·德拉戈王子的兇手正是復辟黨人。他們會殺人、會害人，目的就是要逼迫主人將我們拋棄在黑暗中。王子是被『*rache*』殺死的，『*rache*』是獵犬的古字，警探——如果你查過字典就會知道。而那個字也有『復仇』的意思，兇手還把他的簽名留在謀殺案發房間的壁紙上，一如畫家在畫布上簽名。只不過那人並不是殺死王子的兇手。」

「跛腳醫生！」我驚呼。

「沒錯，那晚現場有一個高個子，我會知道他的身高，是因為那個字寫在與視線平齊的地方；還有他抽菸斗，燃燒不完全的菸灰和菸渣都掉在壁爐裡。他還悠閒地拿菸斗輕敲壁爐架，身材矮的人可做不到。他的菸草是不常見的混合菸絲。房裡的腳印大多都被你的手下踏亂了，不過門後和窗邊還是有好幾個清楚的：有人等在那邊。從步距看來是個矮個兒，身體重心還放在右腿上。我在外頭步道上找到幾個清楚的腳印，刮鞋墊上不同顏色的泥土給了我更多訊息：有個高個子跟著王子走進這間公寓，過了一段時間又走了出去，在這裡這兩人過來的那位就是以駭人手法將王子開膛破肚的兇手……」

雷斯垂德發出不舒服的低呼，說不出話。

「我花了許多天回溯殿下去過的地方：我去過賭場、妓院、小食堂、瘋人院，就是為了找這位抽菸斗的人和他朋友，卻一直毫無進展。直到我想到可以看看波希米亞的報紙，並在上面尋找王子最近活動的線索。最後，我在報紙上發現一支英國劇團，上個月曾到布拉格，在法蘭茲·德拉戈殿下駕前表演……」

「老天，」我說：「那麼那位叫雪利・維內特的傢伙——」

「沒錯，他就是復辟黨人。」

我搖搖頭，因友人的才智和觀察力驚嘆不已。這時傳來一陣敲門聲。

「獵物上門！」我朋友說：「大家小心！」

雷斯垂德將手深深插入口袋（我敢說裡面一定有把手槍），他緊張地吞了吞口水。

我朋友叫道：「請進！」

門打開了。

進來的不是維內特，也不是跛腳醫生，而是在街上靠跑腿掙錢的阿拉伯小鬼。從前我們都稱這種人「街道暨散步者商號之員工」。

「請問各位紳士，」他說：「這裡有位亨利・肯柏里先生嗎？有位男士派我送一張便條過來。」

「就是我，」我朋友說：「我給你六便士。可以形容一下給你紙條的男士的外表嗎？」

小夥子先報出自己的名字（他叫威金斯），然後咬一下那枚六便士，再收起來。他告訴我們，給他便條的爽快紳士身材很高、髮色很深，而且他補充說那傢伙不斷在抽菸斗。因為我手上有便條，就擅自謄了一份。

親愛的先生：

我不會稱你亨利・肯柏里，因為那不是你的姓名。我很訝異你沒有使用本名，因為說實話，那是個好名字，甚至能為你增添榮耀。我拜讀過你許多大作，凡是能找到的我都看了——老實說，兩年前我甚至有幸與你通信，就你那篇針對《小行星力學》[35]一書發表的論文中某種異常理論探討一番。

昨晚遇到你，我感到相當有趣。以下有幾點建議，未來若是你再從事目前職業，就不會再重蹈覆轍。首先，抽菸斗的人的確可能在口袋放入從未使用的全新菸斗，還剛好沒帶菸草——不過這種可能性太低，大概就跟不懂巡迴演出酬勞該怎麼算的戲劇宣傳家一樣，實為難得。而且此人身旁還帶了一位沉默寡言的退伍軍官（如果我沒猜錯，應該是在阿富汗服役吧）。順道一提，你沒說錯，倫敦街上的確有著鬼祟的耳朵，不過你也要知道，絕不要搭乘路上看到的第一輛出租馬車。只要有心，馬車駕駛也能偷聽。此外，你還猜對了一件事：沒錯，把那混血生物引誘到夏地奇區房間的人確實是我。希望以下的說明能讓你好過些。我稍稍摸清了他的娛樂嗜好，便告訴他，我替他從康瓦耳郡的修女院擄來一個少女，她從來沒見過男性，所以只要摸摸她，讓她看看男人的臉，就能讓她徹底崩潰。如果真有這樣的女孩，在他占有她時就能盡情享用她的瘋狂，一如人類吸吮成熟的桃肉，除了果皮和果核外什麼都不留下。我看過他們這麼做，而比這更恐怖的行徑我也看過。我們不該為和平與富裕付出這種代價，這實在太昂貴了。那位善良的醫生正拿著刀等候我們，他跟我有相同的信念，我們那齣小小的演出確實是他的創作，因為他擁有娛樂群眾的技巧。我之所以送來這張便條，不是想要挑釁，看看你們抓不抓得到我。因為此時我早已遠走高飛——我，還有受人敬重的醫生都離開了，你絕對找不到我們。不過我還是要告訴你，能有你這樣不容小覷的對手，著實讓人愉快——即使那愉快只有片刻，也是無妨，你比那些地獄來的非人怪物更值得敬重。因此，恐怕繩索劇團得去找個新男主角了。在獵捕結束前、在世界盡復舊觀前，我都不會再用維內特署名，我希望你只將我視為——

Rache

雷斯垂德警探從房間衝出去喊他的手下，要小威金斯帶他們到男人給他便條的地方，彷彿覺得演員維內特會在那裡抽著菸斗等他們。我和朋友透過窗戶看到他們奔跑的模樣，不禁一齊搖了搖頭。

「警方會要求離開倫敦的每輛火車、阿比昂開往歐洲或新世界的所有船隻停駛、進行搜索，」我朋友說：「他們會通緝高個子和他的同伴——也就是身材矮胖、有點跛腳的醫生；他們會關閉每座港口，封鎖通往國外的所有道路。」

「你認為他們抓得到他嗎？」

我朋友搖頭。「雖然我也可能猜錯，」他說：「不過我敢打賭，此時他和他的朋友很可能正在一英里外的某個地方——也就是聖吉爾貧民窟。除非警方出動十數人，不然絕不會去那種地方。他們會躲在那兒，等風頭過了才出來，然後繼續行動。」

---

35 Dynamics of an Asteroid，福爾摩斯的死敵莫里亞蒂教授的得意之作，他曾誇口科學界沒有人能對這本書做出批評。

「何以見得？」

「因為……」我朋友說：「若是易地而處，我也會那麼做——順道一提，你應該燒了那張便條。」

我皺起眉頭，「可是這顯然是證物啊。」我說。

「那是危言聳聽的胡說八道。」我朋友說。

我的確該把紙條燒掉，也確實在雷斯垂德返回時告訴他我把紙條燒了，他也讚揚我做的是明智之舉。雷斯垂德保住了工作，艾伯特親王寫了張便條給我朋友，感謝他推理正確，同時也因凶手仍逍遙法外表示遺憾。

他們尚未抓到雪利．維內特（不管他的真名為何），也沒發現他殺人同夥的蹤跡，他的身分暫時被認定為退役軍醫，約翰（或詹姆斯）華生。說來也怪，我們發現他也去過阿富汗，不知我跟他有沒有見過面。

我的肩膀被女王觸摸過後情況越來越好。肉長出來了，力氣也恢復了，不久之後，我又再度成為神槍手。

幾個月前的夜裡，我在獨處時問我朋友，是否記得那位署名*Rache*的人與他通信的函件，我朋友說他記得相當清楚，還說西格森——那位演員如此自稱，還說自己是冰島來的[36]——受我朋友的理論啟發，提出某種瘋狂的論述，進一步強調質量、能量，並假定光速之間的關係。「那當然是胡言亂語，」我朋友的臉上沒洩漏任何一絲笑意，「不過卻是頗具啟發性和危險性的胡言亂語。」

皇宮終於表態，女王似乎對於我朋友在本案上的成果十分滿意，這件事就這麼劃下句點。

不過我不信我朋友會善罷甘休，他們必定要拚個你死我活，一切才會落幕。

然而，我留下了便條。在重述這段事件時說了不該說的事。若我足夠明智，其實應該把整篇文章都燒了，不過話又說回來，一如我朋友的教導：即便灰燼也能吐露祕密。於是，我把這篇文章放入銀行的保險箱中，指示要等到所有當事人過世很久後才能打開。不過，考慮到最近在俄羅斯發生的事件，恐怕那一天將比人家想像的更早來臨。

S・M・少校（退伍）[37]

八八一年，新阿比昂倫敦貝克街

36 福爾摩斯在與莫里亞蒂教授決鬥後曾詐死，隱姓埋名流亡三年，西格森（Sigerson）正是他在此期間使用的化名。

37 指莫里亞蒂教授的心腹，塞巴斯蒂安・莫蘭（Sebastian Moran），是個神槍手。

※譯注：本篇故事名稱及角色仿照柯南・道爾於一八八七年出版的《血字的研究》（*A Study in Scarlet*），福爾摩斯便是在《血字的研究》中首次登場。

仙靈舞曲

要是我返老還童，回到夢
　與死依舊遙遠的年代，
我就不會把靈魂一分為二，
　一半留在人類世界，
好讓另一半能待在家裡，
　痴心妄想追尋仙靈。
同時我的靈魂會飄蕩到
　羊腸小徑，拐進蜿蜒道路，
在那兒遇見仙女，
　微微笑，鞠個躬，親吻三下打招呼，
她會從空中摘下野鷹，
　把我釘在閃電樹上，
如果我的心遠離她、
　逃離她、疏離她，

她會把我的心包裹在群星中，
　好讓她能帶著走，
直到有一天她感到厭倦，
　索然無味，了無新意時，
她會把它丟棄在燃燒的掃帚旁，
　灰棕色皮膚的男孩會追著它跑，
他們會把它拿來玩，
　把它拉得又長又慘又細。
還會把它切成四段，
　架在小提琴上當琴弦。
他們會每日每夜，
　在我的心上演奏
一首悲傷、狂野、怪異的歌，
　聞者紛紛隨之起舞，
唱歌，旋轉，屈膝，踏步，
　跳躍，滑步，旋轉，搖擺，
直到他們眼睛亮得像燒紅的煤炭，
　全身碎裂成黃金之輪……

但如今我已不再年輕，六十年來，
我的心早已離去，
在太陽下沉的山谷之外，
　演奏難聽的音樂。
我帶著欣羨的眼神和心思旁觀，
　看那縷孤獨的靈魂，它不敢
感受在月亮之外吹拂的風，
　也聽不到仙靈舞曲。
如果你沒聽見仙靈舞曲，他們就
　不會停下來偷走你的氣息。
我小時候是個傻瓜，因此
　請用夢與死亡將我裹起。

密室

別害怕屋裡的鬼魂，那
　是妳最不需要擔心的，
我個人覺得他們的聲響令人心安，
夜晚的軋軋聲和腳步聲，
他們藏東西或搬東西的小詭計，我覺得
很可愛，一點也不會使人心煩意亂，讓這裡
　感覺更像家，
有居民的家。
除了鬼魂，沒有東西會在這裡久居，貓不會，
老鼠不會，蒼蠅不會，夢不會，蝙蝠也不會。兩天前
我看到一隻蝴蝶，
翩躚飛舞過一個個房間，
我相信她是王斑蝶，
棲息在牆壁上，在我身旁等待，

這空蕩的屋裡沒有花朵，
我擔心蝴蝶挨餓，
　於是推開一扇窗，
雙手掬成杯狀蓋住她振翅的身體，
感覺到翅膀輕吻我掌心，
然後把她放出去，看著她飛遠。

我對這裡的季節沒什麼耐心，
可是妳的來臨緩和了冬季的凜冽，
請四處逛逛，盡情探索一切，
我已在某些地方打破了慣例，如果這裡
有間房間上了鎖，妳絕不會知道，妳不會
在地窖壁爐找到白骨
　或頭髮，妳不會找到血跡，
注意：
只有工具、洗衣機、乾衣機、
　熱水器、一串鑰匙，
沒有會讓妳恐慌的東西，沒有黑暗的東西。

我或許陰沉，
但只像任何遭逢這種事的人
一樣陰沉。不幸、
漠然、痛苦，最重要的是失去。妳會看到
我眼裡揮之不去的心痛，妳渴望
讓我忘記在妳走進
房子玄關前發生的事，
妳的眼神帶著點夏日，笑容也是。

妳在這裡時，絕對能聽見
　鬼魂就在妳隔壁房間，
夜裡妳可能會在我身旁醒來，
知道有處無門的空間，
知道有處上鎖的空間，
　可是並不存在，妳會聽到
他們扭打、迴響、碰撞、重擊。

如果妳是個聰明人，妳會奔入夜裡，
　在寒冷中顫抖不停，
穿著或許是最花俏的連身裙。
　在妳奔跑時，
道路上的堅硬燧石會把妳割得滿腳鮮血，
所以只要我有心，便可以尾隨妳，
品嘗妳的血和妳汪洋般的
　淚水。然而我要
在自己的地方等著，不久我就會在窗邊
燃起蠟燭，
我的愛，照亮妳回家的路。
世界像昆蟲般振翅，我想這就是
　我該記得妳的方式，
我的腦袋靠在妳隆起的雪白胸脯間，
傾聽著妳的心聲。

恐怖欲望夜祕密宅邸中無臉奴隸的禁錮新娘

1

夜裡某處，某人在寫作。

2

她奔跑著，瘋狂跑進兩旁種了樹的車道，雙腳把沙礫踩得窸窣響，心臟在胸腔裡碰碰跳，吸納夜晚寒氣的肺不停上下起伏，彷彿下一秒就要爆開。她盯著前方的屋子，頂樓房間唯一的燈光吸引著她，她就像飛蛾撲火，朝燈光直奔而去。在她上方處，屋後的濃密森林裡，夜行動物發出嗚嗚聲與嘶嘶喀喀，她聽到身後道路傳來某種短促的尖叫，希望那是小動物慘遭猛獸毒手的哀號。然而她並不確定。

她奔跑的模樣好似地獄軍團緊跟在後。抵達那棟老宅前廊之前，她根本不敢往後瞄。蒼白月光下，白柱狀似骷髏，又如巨獸的骨頭。她緊抓木製門框，大口喘氣，回頭注視長長的車道，好像在等待著什麼。然後她敲敲門，起先有點膽怯，後來越敲越用力。敲門聲在屋裡迴盪，她開始想像遠處也有人在敲另一扇門，聲音模糊而沉悶。

「拜託！」她叫道，「有人在嗎？誰都好，拜託讓我進去，我求求您、我拜託您。」她覺得自己的聲音聽起來好陌生。

頂樓房間搖曳的燈光轉暗、熄滅，然後再一次出現在樓層越來越低的窗裡：一定是有人拿著蠟燭下樓。燭光消失在屋內深處，她努力緩口氣，簡直像過了一世紀之久，她才聽到門另一邊傳來腳步聲，並且在不甚緊密的門框隙縫瞄到一點透出來的燭光。

「有人嗎？」她說。

說話聲聽起來跟老人一樣枯澀，乾巴巴的，令人想到碎裂的羊皮紙和發霉的掛簾。「是誰在喊？」那聲音說：「是誰在敲門？是誰在這眾夜之夜呼喚？」

那聲音也沒帶給她什麼安慰。她轉頭看看籠罩四周的黑夜，按捺心神，甩甩烏黑的髮絲，期望聲音中不會洩漏任何恐懼，說：「我是亞美莉亞．恩蕭，最近剛失去雙親，正要去擔任福肯米爾勳爵一雙兒女的家庭教師。可是我到福肯米爾勳爵的倫敦居所面試時，見到他殘酷的眼神，令人厭惡卻又不禁迷醉。然而他鷹一般的臉孔卻讓我噩夢連連。」

「那妳在這眾夜之夜到這屋子來做什麼？福肯米爾勳爵的城堡離這裡還有整整二十里格，遠在沼澤另一邊。」

「我的馬車夫心腸太壞，還是個啞巴——但也可能只是裝啞。因為他雖然不說話，卻能用哼聲和吼聲表達意思。他只把馬車駛到離這裡一英里的地方——或說按我估計離這裡一英里吧——就打手勢告訴我說，他不能再繼續往前，我得下車。我不肯，他就粗魯地把我從車廂推到冰冷的地上，然後用力抽了可憐的馬兒，沿著來時路「喀啦喀啦」揚長而去，還把我的行李箱和幾個包裹也帶走了。我在後面一直叫，他也不回頭。我覺得身後的森林深處好似有什麼更深沉的黑暗物體在騷動，然後就看到你窗戶的光，所以我……我……」她再也無法繼續偽裝勇敢，便啜泣了起來。

「妳父親，」門的另一邊傳來聲音，「是休伯・恩蕭閣下嗎？」

亞美莉亞強忍淚水。「沒錯，就是他。」

「妳……妳說妳失去雙親？」

她想起父親，想起他的花呢外套，想到那個捲走他的大漩渦，海水把他重重甩到岩石上。因此她再也見不到他了。

「他為了救我母親犧牲，他們最後都淹死了。」

她聽到鑰匙在門鎖裡旋轉的沉悶喀啦聲，然後是鐵門閂拉開時的雨聲隆隆。「那麼，我歡迎妳，亞美莉亞・恩蕭小姐，歡迎來到屬於妳的遺產——也就是這間無名宅邸。啊，歡迎妳在眾夜之夜來到這兒。」門打開來了。

那男人拿著一根黑色牛油蠟燭，搖曳的燭火從下方照亮他的臉，那張臉面顯得既詭異又駭人。她覺得他看起來像南瓜燈籠，也像老邁的利斧殺手。

他打手勢要她進去。

「你為什麼一直那樣說？」她問。

「哪樣說？」

「『在眾夜之夜』，目前為止你已經說了三次。」

而他只是凝視她半晌，勾了勾一根骨灰色的手指，示意她進屋。她進門時，他把蠟燭伸到她臉前。他凝視她的眼神雖然不算真的發狂，但看起來神智也不怎麼清楚。他似乎在打量著她，好一會兒才哼了一聲、點點頭。「這邊走。」他只說了這三個字。

她跟著他進入一條長長的走廊，燭火為兩人周圍投射出奇異的影子，老爺鐘與細長的桌椅似乎在燭火中舞動跳躍。老人摸索出鑰匙圈，打開樓梯下方牆壁的一扇門，裡頭那片黑暗傳來一股霉味、灰塵和荒廢的氣味。

「我們要去哪裡？」她問。

他點點頭，好像沒聽懂她的話，只是說：「有些東西看起來是什麼就是什麼，有些看起來是什麼卻不是什麼，還有些只有看起來是什麼。記住我的話，牢牢記住，休伯・恩蕭之女，妳了解我的意思嗎？」

她搖搖頭；然而他頭也不回地往前走。

她跟著老人走下階梯。

3

在某個遙遠的地方，年輕人把鵝毛筆朝稿紙一摔，在紙上和光亮的桌面濺出深色墨水。

「不好。」他沮喪地說，用細長的食指輕觸剛才灑在桌上的一圈墨，把柚木桌面塗抹成更深的棕色，然後想也沒想直接拿手指去揉鼻梁，因此留下一團墨漬。

「不好嗎？先生？」男管家幾乎是無聲無息地走進來。

「又來了，土布斯，這種幽默的語調又冒出來了，各種嘲諷在文字間輕聲呢喃。我發現自己忍不住要嘲弄文學裡的那些潛規則，還把自己和整個文學界都攪和進去。」

男管家眼睛眨也不眨地注視著年輕的主人。「先生，圈子裡某些人不是給予幽默文風很高的評價嗎？」

年輕人雙手抱頭，焦慮地拿指尖揉額頭。「重點不是這樣，土布斯。我想創造一個生命，我想精確地反映出這個世界還有世上的人類，可是我發現自己寫作時耽溺於嘲諷，對同行的各種怪癖做出猶如小學生的仿諷；我盡開些無聊的玩笑，」現在墨水已經塗了他滿臉，「非常無聊的玩笑。」

外人禁入的屋頂閣樓傳來一陣詭異的嚎叫，在屋裡四處迴響。年輕人了嘆口氣，「土布斯，你最好拿點東西給亞葛莎姑姑吃。」

「好的，先生。」

年輕人拿起鵝毛筆，隨意用筆尖搔搔耳朵。

在他身後燈光幽微處掛著高祖父的畫像，畫作的雙眼在好久以前就被人小心翼翼剪下來。此時此刻，隔著畫作臉孔往外窺視的是一雙真正的眼睛。那眼閃爍著黃褐金光，往下看著這位作家。如果年輕人轉過頭、注意到那雙眼睛，可能會以為是某種大貓或畸形猛禽（如果世上真有這種生物）的金眸，不屬於人類。然而年輕人沒轉頭，反而不以為意地拿了張新稿紙，拿鵝毛筆往嵌在桌上的玻璃墨水臺蘸了蘸，開始寫作……

4

「唉……」老人邊說邊把黑色牛油蠟燭放在無聲的小風琴上，「他是我們的主人，而我們是他的奴隸。儘管我們假裝沒這回事，不過只要時機一到，他就會來索求他所渴望的事物，而我們的責任就是要……」他開始顫抖，吸了一口氣，最後說：「……給他他想要的東西。」

隨著暴風越來越近，蝙蝠翼掛簾在沒有玻璃的窗框中搖晃拍動。亞美莉亞把蕾絲手帕緊握在胸前，並將繡有父親名字的花押圖案朝上。「大門呢？」她悄聲問道。

「大門在妳先祖那時代就鎖上了，他消失前下令，指示那扇門必須永遠上鎖。不過大家都說，還是有隧道可以通往地窖和墳墓。」

「那麼佛德瑞克爵士的元配……」

他難過地搖搖頭，「瘋得沒藥可救了，況且她只不過是個二流的羽管鍵琴手。他逢人便說她死了，也許真有人相信他。」

她對自己複述最後那幾個字，然後抬頭看他，眼裡閃現全新的決心。「那我呢？我現在已經知道自己為什麼來到這裡，你建議我怎麼做？」

他環顧空蕩的大廳，急切地說：「從這裡逃出去，恩蕭小姐，趁還有時間快逃吧，為妳的性命，為了長生不死……啊——」

「為了我的什麼？」她問。然而，在她那對鮮紅雙唇迸出這幾個字時，老先生頹然倒地，後腦杓插了根銀色弩矢。

「死了？」她震驚地說。

「沒錯。」大廳深處傳來一個無情的嗓音，堅定地說：「小女孩，不過他早在今天之前就死了。而且我認為他已經死了很久很久。」

在她震驚的目光中，屍體開始腐爛，皮肉脫落、腐朽、化成水灘，露出的骨頭已然粉碎，並滲出汁液，他原本站立的地方只剩下一團噁心難聞的玩意兒。

亞美莉亞在這團東西旁蹲下，拿指尖蘸了蘸這噁心的東西，舔舔手指，皺起臉。「先生，不管你是什麼身分，我想你說的沒錯，」她說：「我推測他死了至少一百年。」

5

「我正在努力寫小說，」年輕人對負責整理寢室的女僕說：「寫一篇能映照生命的小說，鉅細靡遺地去描寫。可是每次我寫出來就會變成浮濫又低俗的嘲諷文字。我到底該怎麼做？艾瑟？我該怎麼做？」

「我真的不知道，先生。」女僕說。她年輕貌美，幾星期前神祕出現在大宅中。她又多壓了幾次風箱，讓壁爐橙黃的焰心燃燒成接近白色。「您還有其他吩咐嗎？」

「沒有……有……沒有……」他說：「妳可以走了，艾瑟。」

女孩拿起變空的煤桶，踩著穩穩的步伐穿越客廳。

年輕人沒回到寫字桌前，反而若有所思地站在壁爐旁，注視壁爐架上的人類骷髏頭，看著掛在它上方的交叉雙劍。有塊木炭斷成了兩半，火焰「劈啪」噴出火花。

他身後傳來腳步聲，年輕人轉過頭，「是你？」

面對他的男人長的幾乎跟他一模一樣。如果你還需要證據，那麼——他們紅褐髮中那縷白髮足以證明兩人源自同一血脈。這名陌生人的眼睛暗沉又狂野，嘴脣的線條看似不羈，卻異常堅決。

「沒錯！就是我——你的哥哥。這些年來你都以為我死了，不過並沒有。或者說我不再是死亡之身。我回來了，沒錯，我從那條不應踏上的禁忌之路回歸，來取回屬於我的東西。」

年輕人挑起眉毛，「我懂了。好，如果你能拿出證據，證明你宣稱的身分確實無誤，那麼這一切自然都是你的。」

「證據？我不需要證據，我要的是我與生俱來的權利，源自血脈——那便是死亡的權利！」他抽出壁爐上兩柄劍，把其中之一的劍柄遞給弟弟。「接招吧，弟弟。願強者得勝。」

鋼劍在火光中翻騰、相觸、互擊，又再以錯綜複雜的推刺和閃躲相互碰撞。有時像優雅的小步舞，或某種典雅而從容的儀式；有時看來像野蠻的打鬥，移動速度之驚人，眼睛根本跟不上。他們在房裡繞來繞去，甚至爬上樓中樓的階梯，再從大廳階梯衝下去，從掛簾和吊燈上盪過，跳上桌子再跳下來。

哥哥顯然是比較有經驗的，或許他劍術也更專精，不過弟弟力氣更為充足，而且他像著魔一般窮追猛攻，迫使對手不停後退再後退，一直退到熊熊燃燒的火焰旁。哥哥伸出左手握住火鉗，粗暴地朝著弟弟揮去，弟弟低頭閃過，同時以優雅的姿態一劍刺進哥哥體內。

「完了，我必死無疑。」

弟弟點了點頭，臉上還沾有墨漬。

「或許這樣更好。其實我也不想要房子、不要土地，我想我只是想得到一些安寧。」他躺在地上，鮮紅色的血液流淌到灰色石板。「弟弟……握我的手。」

年輕人跪下，握住他一手；那手似乎已逐漸變冷。

「在我進入無人能追隨的黑夜前必須告訴你一些事：首先，在我死後，我相信我們血脈裡的詛咒就會消失；第二……」他的呼吸變成咻咻喘氣，說起話也更為艱難，「第二……是……坑洞裡的……的東西……注意地窖……老鼠……**它會跟著你！**」

說完這些話，他的腦袋往石板一磕，眼球向後一翻。什麼也看不見了。

房子外頭，烏鴉叫了三次；屋內則有怪異而高亢的樂聲從地窖傳出。對某些人來說，守靈夜已經開始了。

弟弟再次成為這個頭銜的合法持有者（他希望是如此），並拿起搖鈴，喊傭人過來，在最後一聲鈴響消逝之前，土布斯已出現在門口。

「弄走他，」年輕人說：「不過請好好安葬。他之所以死去，是為了救贖自己——或許也是為了救贖我們兩人。」

土布斯什麼都沒說，只是點頭表示了解。

年輕人離開起居室、走入鏡廳（鏡子早被一一移除，徒然在鑲板牆留下形狀不規則的痕跡）。而他認為這裡只有自己一人，因此便大聲地吐露自己的想法。

「我要說的就是，」他說：「要是這種事發生在我的某則故事中——這其實很常見——我覺得我一定會忍不住想狠狠嘲諷。」他一拳打在牆上。那個位置以前掛了一面六角鏡。

「我到底是怎麼回事？我為什麼會這麼差勁？」

房間盡頭的黑色掛簾、陰暗的椽木梁上、護牆板後方——那兒到處都有詭異物體四處亂爬，它們不停窸窸窣窣，卻沒有給出任何答案。但他也沒奢望就是了。

他步上一道巨大的樓梯，順著轉暗的大廳走，進入書房。他懷疑有人竄改他的稿子。他想，等到今夜的神魔會結束，稍晚他便能查出是誰動的手腳。

他坐在書桌前，蘸了蘸鵝毛筆，繼續寫。

6

房間外，食屍鬼諸王因挫折和飢餓咆哮不已，它們在暴怒中猛烈撞擊房門，但門鎖相當堅固。亞美莉亞很希望那些鎖能撐得住。

伐木工對她說了什麼呢？他的話語再次在她需要時於她耳畔響起，就像他人就站在身旁，那雄壯的男性身軀與她屬於女性的曼妙曲線不過相距幾英寸；他辛苦勞動散發的身體氣息，就像醉人心脾的香水包圍著她。他的話語在那個當下就像在她耳邊悄聲細語。「小姐，以前的我不是妳現在看到的模樣，」他曾這樣對她說：「以前我有另一個名字，我的工作也不是把倒下的樹木劈成柴火。但妳知道嗎，那張寫字桌裡有個祕密夾層——至少我叔公是這麼認為的。他喝醉時說溜了嘴……」

寫字桌！果然！

她急忙趕到舊寫字桌旁。剛開始，她找不到任何祕密夾層的蛛絲馬跡。她把抽屜一個個拉出來，然後發現其中一個抽屜比其他都短，於是她將白皙的手探進原本放抽屜的空間，在最裡面發現了一個按鈕，便欣喜若狂地按下去。有某個東西彈開，她的手握到一份捲得緊實的紙卷軸。

亞美莉亞抽回手。那捆卷軸用一條滿是灰塵的黑色緞帶繫著，她笨拙地把繩結解開，將卷軸攤平，試著辨認上頭以舊式字體寫的古文。她讀著讀著，清秀的臉龐「唰」一下轉成鬼魅般的慘白，連紫羅蘭色的雙眼也彷彿蒙上陰影，渙散了起來。

敲門和抓門的聲音變更大了，她敢肯定它們不久就會闖進來，沒有一扇門能永遠擋下，它們會闖進來，她會淪為獵物，除非……除非……

「住手！」她呼喊著，聲音顫抖，「腐屍王子，我發誓要棄絕你們，棄絕你們所有。我以雙方先祖間的古老契約發誓。」

聲音停下。女孩覺得那寂靜中帶著震驚，過了一會兒，終於出現一個沙啞的嗓音。「契約？」接著十幾個同樣恐怖的聲音輕聲念道：「契約……」鬼魅般的聲音不停低語。

「是的！」亞美莉亞・恩蕭喊道，聲音不再顫抖。「契約。」

那份卷軸，那份藏了許久的卷軸就是契約，是家族族長與地窖居民在幾百年前簽訂的恐怖契約。契約中陳述、列舉了夢魘般的祭儀：如血祭、鹽祭等等，好幾世紀以來，都將雙方束縛在一起。

「如果妳看過那份契約，」門外的低沉聲音說：「妳就知道我們需要什麼，休伯・恩蕭之女。」

「新娘。」她簡要地說。

「新娘！」門外的聲音悄然說道，接著聲音逐漸變大，並在屋內迴響，直到她覺得房屋也隨著話語震動、發出回音。那兩個字充滿渴望、愛意與飢餓。

亞美莉亞咬緊嘴唇，「對，新娘，我會帶新娘給你們；我會帶新娘給你們所有人。」

雖然她說得很小聲，不過它們都聽到了。因為現在門的另一邊只剩寂靜，深沉而溫和的寂靜。

接著有某個像是食屍鬼的東西發出嘶嘶聲。「對了，那我們可以要她順道帶個小麵包捲之類的東西嗎？」

7

熱淚刺痛年輕人的雙眼。他推開稿紙，把鵝毛筆往房間另一端擲去。筆上的墨水灑往他高曾祖父的半身像，棕色墨水弄髒了純白的大理石。停駐在胸像上一副哀戚的大烏鴉嚇得差點摔下來。牠奮力拍了好幾次翅膀才得以勉強穩住腳步。此時烏鴉以笨拙的步伐和跳躍動作轉身，用一顆圓滾滾的黑眼珠注視著年輕人。

「喔，這真的是教人忍無可忍！」年輕人呼喊道。他全身蒼白，不斷顫抖。「我不要寫了，我絕對不要再寫了，我現在就發誓，我以……」他遲疑片刻，搜索枯腸，想從廣大的家族中找個最合適的詛咒。

不過烏鴉看起來不怎麼感興趣，「在你說出詛咒之前——把沉睡於九泉之下、受人尊敬的列祖列宗從墳墓裡揪出來之前——他們完全有睡死不理你的權力——先回答我一個問題。」烏鴉的聲音宛如石頭互撞。

年輕人一時嚇得說不出話來。雖然烏鴉口吐人言並非前所未聞，但這隻烏鴉以前沒展露過這種本事，他也沒想過牠會。「沒問題，儘管問。」

烏鴉把頭歪向一側，「你**喜歡**寫那種東西嗎？」

「哪種？」

「就是你寫的那種跟真實生活很像的東西啊。我有時會在你背後偷看，甚至多多少少能讀一點。你喜歡寫這種東西嗎？」

年輕人低頭看看那隻鳥。「這叫文學，」他解釋道，語氣像在跟小孩說話，「真實的文學、真實的生命、真實的世界，藝術家的工作就是把人們所居住的世界展現在大家面前，我們就像是高舉著鏡子。」

屋外閃電劈過天空，年輕人掃視窗外一下：那條鋸齒狀的刺眼火焰照亮山坡上枯瘦的樹木和修道院廢墟，投下扭曲且不祥的黑影。

烏鴉清了清喉嚨。「我說：你喜歡嗎？」

年輕人看看這隻鳥，又轉過頭，不發一語地搖搖頭。

「所以你才會屢試屢敗。」那隻鳥說：「你的文章之所以老是諷刺司空見慣和平凡無奇的事件，並不是因為你內心有個嘲諷作家，只是因為你對那些事件感到無趣，你懂嗎？」那隻鳥停頓一下，用喙把翅膀上一根亂掉的羽毛梳理好，然後再次抬頭看著他。「你有沒有想過寫奇幻？」烏鴉問。

年輕人笑道：「奇幻？你聽好，我寫的是文學，奇幻不是我們真正的生活，而是某種詭祕的夢，是少數作家為了少數讀者寫的，那是——」

「——如果你知道自己適合寫什麼就一定能寫出來的文章。」

「我是古典學派作家，」年輕人說，他把手伸到放古典作品的書架上——上頭有《奧多芙》、《奧托蘭多城堡》、《薩拉戈薩手稿》、《僧侶》[38]等書。「這是文學。」

「不再是這樣了。」烏鴉說。那是烏鴉對他說的最後一句話。牠從半身像上一躍而起，展開翅膀，從書房門滑翔而出，進入守在外頭的黑暗之中。

年輕人開始顫抖，在心中思索著奇幻小說一慣使用的主題：汽車、證券商、通勤族、家庭主婦、警察、讀者問答專欄、香皂廣告、所得稅、廉價餐廳、雜誌、信用卡、路燈、電腦……

「的確，這是在逃避現實，」他大聲地說：「不過所謂逃避的本能，難道不是驅策人類邁向自由最大的動力嗎？」

年輕人回到桌前，把未完成的小說稿整理起來，隨手放到底層抽屜，與發黃的地圖、神祕的經書和以血簽署的文件擺在一塊兒。揚起的灰塵讓他咳了幾聲。

他拿起一枝新的鵝毛管，用小刀把頂端削了削，只需要輕巧地撫平、削割五回，就有筆可用了。他把筆尖放到墨水裡蘸幾下，提筆開始寫……

8

亞美莉亞・恩蕭把全麥麵包片放進烤吐司機，將麵包向下壓。她把計時器設定到能烤出喬治喜歡的深棕色。亞美莉亞自己則喜歡吃沒焦的吐司，也喜歡白麵包——即使白麵包不含

38《奧多芙》（*Udolpho*）全名為《奧多芙之謎》（*Mysteries of Udolpho*），與《奧托蘭多城堡》（*The Castle of Otranto*）、《僧侶》（*The Monk*）均為十八世紀著名的哥德小說；《薩拉戈薩手稿》（*Manuscrit Trouve a Saragosse*）則是波蘭作家傑波・托奇（Jan Potocki, 1761-1815）的作品，是一本架構類似《一千零一夜》，故事中鑲嵌故事的小說。

維他命，那也沒關係。不過她已經十年沒吃白麵包了。

喬治頭也不抬，在早餐桌上看報紙。他從來都不抬頭。

我恨他，她心想，這樣將情感付諸言語似乎讓她自己嚇了一跳。她又在腦海裡說了一次，**我恨他**，這幾個字念起來像首曲子。**我恨他的烤吐司，恨他的禿頭，恨他泡辦公室美眉（那些才剛畢業的女孩還會在背後嘲笑他呢），我恨他懶得理我時就故意忽視我，恨他每次我問他一些簡單問題，他總是會回「親愛的，妳說什麼？」好像早早忘了我的名字，或忘了我曾經有過名字。**

「炒蛋還是白煮蛋？」她大聲問。

「親愛的，妳說什麼？」

喬治・恩蕭深情款款地看著老婆。要是他發現她恨自己，絕對會相當震驚。他依舊以同樣的方式、帶著同樣的情感看著她，一如他看那些已在屋裡放了十年，功能依舊良好的物品，例如電視機，或是除草機；他認為這就是愛。「老實說，我們應該去參加那些遊行，」他邊說邊敲著報紙的社論，「可以表達一下我們的立場，是不是？親愛的？」

烤吐司機響了一聲，表示吐司已經烤好。只有一片深棕色的吐司跳出來，她拿刀把碎了的第二塊吐司挖出來。這臺烤吐司機是她結婚時約翰叔叔送的賀禮。看樣子她很快就得再買一臺新的，或是直接把吐司放在爐子上烤。她母親一直都是這麼做。

「喬治？你要炒蛋還是白煮蛋？」她很小聲地問。聲音中透出某種意思。他不禁抬頭看了看。

「親愛的，隨妳。」他柔聲說。那天早上稍晚，他告訴辦公室所有同事，說他死也想不透，為什麼她只是站在那兒，拿著她那片吐司，就這樣哭了起來。

9

鵝毛筆在紙上沙沙作響，年輕人全神貫注於眼前的工作，臉上出現陌生的滿足表情，雙眼和嘴唇間有一抹微笑若隱若現。

他如痴如醉。

護牆板裡的東西不停抓搔，胡亂到處爬，不過他聽而不聞。

亞葛莎姑姑在高高的閣樓裡咆哮嚎叫，把鏈子搖得鏗鏘響；修道院廢墟傳來瘋狂的抽搐笑聲，劃破夜空，漸漸轉為一陣鬧哄哄的狂熱歡愉；大宅外的陰暗森林裡可見到沒有形狀的人影步伐搖曳、跳躍奔跑；髮絲烏黑的年輕女子恐懼地逃離這些影子。

「給我發誓！」在樓下的管家儲藏室裡，土布斯對著假扮成女僕的勇敢女孩說：「艾瑟，妳要以性命發誓，絕對不會把我告訴妳的話透露給任何還活著的人……」

窗戶上可見到臉孔，以及用血寫成的字；地窖深處有孤獨的食屍鬼，嘎吱嘎吱地咀嚼著原本可能還剩一口氣的東西；岔開的閃電劈過漆黑的夜；無臉生物正在遊蕩。而世界一如往常。

記憶中的燧石路

我喜歡讓一切都以故事的形式存在。

然而現實走的並非故事的形式，我們生活中偶發的怪事也非故事形式。那些事件並不是總以皆大歡喜收尾。敘述怪異之事一如講述夢境：人人都能對夢中發生的事說上一說，卻傳達不出情感細節。而那就是夢能令人的生活多采多姿的關鍵。

小時候，我認為有些地方鬧鬼，沒人住的房子和場所都讓我害怕。我的解決方式就是盡量避開。所以，儘管我的姊妹都擁有各種令人滿意的故事，像是在空房子的窗戶瞄到怪異人影之類的，我卻一個都沒有。

到現在還是沒有。

然而這是屬於我的鬼故事，而且還是個差強人意的鬼故事。

當年我十五歲。

我們住在新家，房子蓋在我們老家的庭院。我依然懷念老家，它是座古老的莊園大宅，我們住其中一半，住另一半的人把他們那邊賣給了建商，於是爸爸也把我們那一半賣給了他們。

當時我們住在薩賽克斯，零度經線正好通過我們鎮上。於是我住在東半球，卻到西半球的學校上課。

舊家是各種怪奇物品的寶窟：一堆閃閃發光的珠子，裝了液態水銀的玻璃球，門後只有磚牆的門，神祕可疑的玩具，老舊的物品，以及遭人遺忘的東西。

別人跟我說，我的家——一棟維多利亞式磚造建築，位在美國中央——也鬧鬼。很少有人獨自在這裡過夜，我的助理講過她在這裡過夜的情況，說瓷製小丑音樂盒到了晚上會自動響起音樂，也說她相信真的有人在監視她。其他人在此獨自過夜後，也會抱怨類似的事。

我在這裡則從來沒遇過讓人不安的經歷。不過話說回來，我其實從來沒有獨自在這兒過夜，而且我不大確定自己會想這麼做。

「我在這裡時不會有鬼。」有一回，別人問我房子是否鬧鬼，我這麼答了。「說不定你才是屋裡的鬼呢。」有人表示。不過我對此抱持懷疑。這裡即使有鬼，肯定也是隻膽小鬼，它可能比我們怕它還怕我們。

不過呢，我要談的是我們的舊家。那棟房子被賣掉、剷成平地（我受不了看到那兒空蕩蕩，受不了看到房子被拆掉清除。我的心還在那間屋子裡，即使到現在，晚上睡覺前我還是會聽到二十五年前風在臥室窗外山梨樹間嘆息的聲音）。於是乎，就像我先前提過的，我們搬進了位在舊家庭院的新家，就這麼過了好幾年。

那時房子位在一條彎彎曲曲的燧石路中段，那是一處不知名的荒郊野外，周圍環繞田野和樹木。我現在可以確定一件事：要是我再回去，將會發現燧石路已鋪上柏油，田野則變成無數房屋。只是我並沒有回去。

當年我十五歲，又瘦又笨，拚命想裝酷。

那是一個秋天晚上。

我們屋外有盞路燈，是蓋房子時一同架設的，燈柱就跟「納尼亞傳奇」中的燈柱一樣，與沒有路燈的鄉間格格不入。那是鈉燈，點起來是黃色的，會稀釋其他顏色，把四周變得又黃又黑。

她不是我女友（我女朋友住在克羅伊登，我的學校也在那裡。她有灰色的眼睛和金色的頭髮，美得無法想像，她經常向我抱怨說，她不懂自己是哪根筋不對，竟然跟我交往），只是普通朋友，住在離我家約步行十分鐘的地方，中間隔著田野，是鎮上較舊的地區。

我當時打算走路到她家放個唱片來聽，然後坐下來一起聊天。

我走出屋外，從草地斜坡一路跑到車道，然後猛煞住腳步，停在一個女人面前。

她當時站在路燈下，抬頭注視屋子。

女人穿得像舞臺劇的吉普賽女王或摩爾公主，樣貌俊美——而非美麗。在我記憶中，她是沒有顏色的，只有深淺不同的黃與黑。

我沒想到會在這裡見到人，所以嚇了一跳，脫口而出：「妳好。」

女人不發一語，只是這麼看著我。

「妳在找人嗎？」我這麼說，但也可能我只是說了類似的話。但她還是一語不發。

她依舊看著我。這個突然冒出的女子就站在荒郊野外，身穿夢裡才見得到的服裝。女子還是什麼都不說，不過倒是微笑了起來。那笑容並不好看。

我忽然一陣害怕，深深地害怕，就像夢裡那些角色一樣。於是我選擇離開，心臟一面狂跳一面往車道走去，然後轉了個彎。

我在那裡站了一下。從那個角度看不到屋子，但接著我又轉頭，發現燈柱底下沒有人。

當時離我家雖然只有五十步左右，但是我無法、也不願掉頭回家。我實在太害怕了。所以我反而跑進兩旁種滿了樹、陰暗不已的燧石路。我跑到老鎮，再跑上另一條路；通往朋友屋子的那條。等我抵達後早就說不出話、喘不過氣，講話講得顛三倒四，嚇得半死，彷彿地獄犬全面出動一路追我到這裡。

我把情況告訴朋友，我們打電話給我父母，他們說，並沒有人站在燈柱下，而且有點不情願地說他們會開車來載我回家，因為那天晚上我死也不肯走路回去。

這就是我的故事，而我希望它還有後續。我希望自己能告訴你說，兩百年前有座吉普賽營地在這裡被燒了，或任何一個可以為故事畫上句點的事件或劇情，能讓這段敘述獲得故事的外型。可是這裡以前並沒有營地。

於是，就像在我的世界中突發的一切怪事，這起事件就這麼揮之不去；沒有任何解釋，也沒有故事的外型。

在我的記憶裡只剩她黃黑色的微笑，以及隨之而來的恐懼陰影。

關門時刻

倫敦還是有俱樂部的。或古老，或仿古；裡面有老式沙發和火焰劈啪響的壁爐，還有報紙；可能有高談闊論的傳統，或輕聲細語的傳統；倫敦也有新俱樂部，好比格魯喬俱樂部[39]，及其眾多翻版。演員和記者都會到這種地方喝喝酒、享受屬於自己的憂鬱孤獨，或是跟別人聊天。我在這兩種俱樂部裡都有朋友，自己卻不是任何一個的會員。不再是了。

許多年前——差不多半輩子前吧——我還是個小記者。當時我加入了一個俱樂部，這俱樂部開業的目的純粹是因應那時定下的售酒法。當時法律規定酒吧在晚上十一點——也就是關門時間後——必須停止供應飲料。有間叫第歐根尼俱樂部[40]的地方，是個獨立空間的場地，位在圖騰漢廳路窄巷內的唱片行樓上，俱樂部的老闆娘叫諾拉，個性爽朗、體型微胖、喜愛喝酒。她跟每個來問的人說——但即使沒人問她也說——親愛的，這俱樂部之所以叫第歐根尼，是因為她仍在尋找正人君子。

俱樂部位在狹窄的階梯頂端，營業時間隨諾拉心情，所以並不固定。酒吧關門後，人們可以到這間俱樂部，而這裡也就只有這麼一個用途。儘管諾拉打算供應餐點，甚至發送內容挺歡樂的月刊給所有會員，提醒他們俱樂部現在有食物，依舊徒勞無功。幾年前我聽到諾拉過世的消息，非常難過。上個月我到英格蘭，走進那條小巷，試著尋找第歐根尼俱樂部的舊址。但先是找錯地方，後來又看到一間手機店樓上有塊褪色綠布簾，掩著一間西班牙小吃店，布簾上簡單畫了個窩在酒桶裡的男人。我一時震驚——我實在沒想到自己會這樣；我心裡有種孤寂感油然而生。那圖案看來幾乎可說低俗，卻讓我想起過去。

第歐根尼俱樂部沒有壁爐，也沒有扶手椅；儘管如此，故事依舊流轉。

大多到這裡喝酒的都是男性，但偶爾也有女人光顧。最近諾拉才為俱樂部找了位充滿魅力的正職員工當助理。她是個金髮的波蘭移民，每個人她都喊「親愛滴」。她在吧檯工作時總會自己倒杯酒喝，只要一喝醉就會對我們說她在波蘭其實是個女伯爵，還要我們發誓替她保密。

俱樂部裡當然有演員、有作家，還有電影剪接師、廣播員、警探、酒鬼，都是些作息不固定的傢伙、夜貓子，或不想回家的人。有時晚上可能會有十幾個人或更多。有時，我走進俱樂部，會發現自己是唯一的顧客。這時我會點一杯酒，喝完就離開。

那晚雨下個不停，午夜過後，只剩四人在俱樂部。

諾拉和她的助理坐在吧檯旁編她們的情境喜劇。劇中有個胖嘟嘟但相當樂天的女人，她擁有一間酒吧，還有一位愚蠢助理，她是來自外國的貴族血脈，金髮女孩，常會說出些有趣的錯誤英語。諾拉以前都會對別人說，那齣戲就像影集《歡樂酒店》。她拿我的名字替猶太

39 Groucho Club，倫敦著名的藝術及媒體界俱樂部。

40 Diogenes（412 or 404-323BC），古希臘犬儒學派哲學家，據說住在一個酒桶裡。

裔的搞笑屋主取名，一時興起時還會叫我念一段劇本。

現場有個叫保羅的演員（我們通常稱他演員保羅，這樣才不會跟警探保羅或慘遭炒魷魚的整型醫生保羅搞混——因為這些人也是常客），有個叫馬汀的電腦遊戲雜誌編輯，還有我。我們三人並不怎麼熟，大夥就坐在窗邊看著雨水落下，將巷內的光線弄得又霧又糊。

那兒還有另一個男人，他比我們三人老得多。男人面容枯槁，滿頭灰髮，瘦得不成人形，獨坐在角落啜飲一杯威士忌。我還記得他那件呢絨夾克的手肘處縫了一塊棕色皮革補丁。他沒跟我們說話，也沒看書或做其他事，只是坐在那裡看外頭的雨和底下的巷道；有時啜一口威士忌，表情沒有絲毫歡愉。

當時已近午夜，保羅、馬汀和我早已開始說起鬼故事，我跟他們講完一則我讀書時聽到的鬼故事，並且發誓真心不騙：那是綠手的故事。在我念的預備中學，大家都深信校園裡有隻會發光的斷手。偶爾會有倒楣的學生看到。而看到綠手的人不久後就會死。幸運的是，我們沒人倒楣到看見那隻手，可是還是發生了些不幸事件。早我們幾屆的學生裡，有幾個十三歲男孩見到了綠手，他們的頭髮一夜轉白。據學校說，他們被送進療養院，在那裡待了一週後身亡，到死前都說不出話。

「等一下，」演員保羅說：「要是他們說不出話，別人怎麼知道他們見過綠手？我是說，他們也可能是看到其他東西啊。」

小時候人家跟我說故事時我才不會問這種問題。此時終於有人跳出來點明這件事，看來這故事真的有點怪怪的。

「可能他們是用寫的。」我提出假設，語氣有點虛。

我們反覆討論了一陣子，一致認為綠手是最上不了臺面的鬼。接下來，保羅跟我們說了一個真實的鬼故事：他有個朋友載了一位搭便車的小姐，帶她到她說是她家的地方，讓她下車。隔天早上，他又回到相同地點，發現那裡是墓園。我說我也有朋友遇過一樣的事，馬汀則說，他朋友不只這樣，因為搭便車的女孩看起來好像很冷，他還把外套借她穿。隔天早上他在墓園發現外套，整整齊齊折好放在她的墳上。

馬汀又幫我們點了一輪飲料。我們不斷納悶地想，為什麼這些女鬼整晚在各地遊蕩，四處搭便車回家。馬汀說，或許是因為現在搭便車的活人算是稀有動物，已經很少人這麼做了。

接著，其中一人說：「如果你們想聽，我可以告訴你們一個真實事件，我從來沒告訴任何人。不是編的，這是我的親身體驗，不是什麼『我朋友』，可是我不知道這算不算鬼故事，也可能不算吧。」

事隔二十年，雖然我忘了許多事，但我絕對忘不了那一夜，也忘不了那一夜是如何結束。

以下就是那晚在第歐根尼俱樂部裡說的故事：

時間約在六〇年代末，當時我大概九歲，在一間離家不遠的私立學校上學。我讀那裡雖不到一年，但已足以讓我對學校的大老闆心生厭惡。她之所以買下學校，就是為了讓它關閉，然後把校地賣給不動產開發商。我離開學校不久後，她還真的把學校賣了。

學校關門後好長一段時間——大概一年多吧——建築物都空蕩蕩的。之後終於拆掉，重新蓋了辦公大樓。我還小時也算是當過小小竊賊。在拆樓前的某天，我因為好奇心作祟，又回到大樓，勉強穿過半開的窗，走過空無一物的教室。教室裡聞起來依舊有粉筆灰的味道。那次我只是為了拿一樣東西：某幅我在美術課畫的圖。畫裡有棟小房子，有個像惡魔或小妖精的紅色敲門環，畫上有我的簽名，而且還掛在牆上。我把那張畫帶了回家。

學校還在時，我每天放學回家都得穿過整個鎮，走進一條烏漆抹黑的小徑。那條路跨越沙岩山坡，沿路還長滿樹木，接著我會經過一間廢棄的門房（要走到那裡才會有光線），然後繼續沿路穿越田野，才會到家。

當時有很多老房子和莊園，都是維多利亞時代的遺跡，苟延殘喘杵在那裡，等著推土機降臨，把它們和這片荒野都轉為枯燥乏味、一成不變的景象——也就是大家都喜歡的現代住宅。每棟房子整整齊齊排在一起，被一條條通不到任何一處的道路圍繞。

在我記憶中，回家路上遇到的小孩永遠是男生，雖然互不認識，但我們就像在敵軍占領區的游擊隊一樣，會彼此交換訊息。我們並不害怕彼此，只怕大人；我們不必認識對方，也可以三三兩兩、成群結隊地奔跑。

在記憶裡的這一天，我正從學校走路回家，在路上最暗的地方遇到三個男孩，年紀都比我大。他們在廢棄門房前的溝渠、草叢和雜草蔓生的地方找著東西。

「你們在找什麼？」

最高那個身材跟瘦竹竿一樣，髮色很深、輪廓鮮明。他說：「你看！」他拿起好幾頁撕了一半的紙，很像是非常舊的色情雜誌，上面的女孩都是黑白的，頭髮造型就像我姑婆的老照片。雜誌碎片在路上被風吹得到處飛，還吹進了廢棄門房的前院。

我加入他們追逐碎紙的行列，三人在暗處撿回的碎紙幾乎可以拼回一本完整的《紳士品味》雜誌。之後我們翻過一堵牆，進入一座荒廢的蘋果園，檢視剛才收集到的戰利品。古早的裸體女子有種味道，就像新鮮蘋果——腐爛後變成蘋果酒。到今日，那種味道還是給我一種禁忌感。

年紀較小的男孩（但還是比我大）一個叫賽門，一個叫道格拉斯；而高個兒（可能十五歲吧）叫傑米。我不知道他們是不是兄弟，不過也沒有問。

我們都看完雜誌後，他們說：「我們要把這本雜誌藏在祕密基地，你想一起來嗎？如果想，就不准說出去，絕對不准告訴任何人。」

他們要我吐口水到掌心，他們也吐口水到掌心，然後抹一抹彼此手掌。

他們的祕密基地是座廢棄的金屬水塔，在我家附近巷口的田野上。我們爬上一道長梯，水塔外側塗了難看的綠色油漆，內側地板和牆壁都是橘色鏽斑；地板上有一只皮夾，裡面沒錢，只有幾張菸盒圖卡，傑米把圖卡拿給我看：每張上面都畫了一位好久好久以前的板球員。他們把雜誌紙張放到水塔地板，再把皮夾壓在上頭。

接著道格拉斯說：「接下來我們去燕子屋吧。」

我家離燕子屋不遠。那是一座形狀不太規則的莊園，離馬路有段距離。我爸曾告訴我，那棟房子以前屬於坦德頓伯爵，但他死後，他兒子（也就是新任伯爵）乾脆把那兒封鎖起來。我雖然曾在莊園周圍閒逛，但從來沒進去過。那間屋子不像遭人廢棄，因為花園照料得太好。而有花園就有園丁，那裡一定住了人。

我是這麼跟他們說的。

傑米說：「我打賭這裡沒人，大概只是有人每個月來這裡除除草之類的，你該不會怕了吧？我們都來這裡幾百、幾千次了。」

我當然怕，可是我當然要說不怕。我們沿著主車道一路走到大門，門是關的。我們從柵欄下擠過去，進入裡面。

車道兩旁種滿杜鵑花，抵達大宅前會先經過一間小屋。我覺得那是獵場管理員的小屋，屋旁草地上有些生鏽的金屬籠，大得可以關住獵犬（或小男孩）。我們經過那些玩意兒，走上馬蹄形車道，抵達燕子屋前門，從窗戶瞄了瞄屋內——什麼都看不到。裡面太暗了。

我們在屋子旁鑽來鑽去，竄入杜鵑花叢又穿出來，進入某種類似仙境的地方。那是座神奇石穴，到處都是石頭和嬌弱的蕨類，還有我從未見過的奇特異國植物：長著紫色葉子、或葉子模樣像藻類、或花朵像珠寶，而且若隱若現；有條小溪蜿蜒而過，涓涓細流在岩石間流淌。

道格拉斯說：「我要在那裡噓噓。」而且他可不只是說說。他真的走到了那邊，拉下短褲，尿到小溪裡，在石頭上濺起水花。另外兩個男孩也如法炮製，把他們的老二掏出來，站到他身旁，尿到小溪裡。

我一時震驚，難以忘記這一刻。我想我之所以震驚，是因為他們居然能因為幹了這種事自得其樂——又或者因為他們挑了個這麼特殊的地點做這種事，玷汙乾淨的水，糟蹋了這裡的神奇，把這兒當成廁所。這麼做似乎不太對。

他們尿完後沒有把老二塞回褲子，而是甩了甩，轉過來對著我。傑米的老二根部已經長了毛。

「我們是保皇黨。」傑米說：「你知道這是什麼意思嗎？」

我聽過英國內戰。保皇黨（雖是錯的一方，但很浪漫）對抗圓顱黨（雖是對的一方，但令人反感）。不過我覺得他應該不是在說這個。我搖搖頭。

「意思就是我們的小弟弟沒割包皮，」他解釋道，「你是保皇黨還是圓顱黨？」

我終於知道他們在說什麼了。我低聲咕噥著：「我是圓顱黨。」

「給我們看，快點，掏出來。」

「不要，這不關你們的事。」

有那麼一瞬間，我以為他們會跟我翻臉，不過傑米只是笑了笑，隨即把老二收了起來。另外兩人也照做。他們彼此說了些黃色笑話，儘管我是個聰明人，但那些笑話我幾乎聽不大懂。不過我聽完後記在心裡。幾週後，我把其中一則笑話告訴另一個男孩，他回家告訴父母，結果我差點被學校開除。

那則笑話裡有「幹」這個字。那是我第一次聽到這個字，而且就是在神奇石穴這兒的黃色笑話裡聽到。

我惹了麻煩後，校長打電話叫我父母去學校，告訴他們我說了一個非常不堪入耳的字眼，他們連複述都無法複述，甚至沒辦法告訴我父母我做了什麼好事。

那天晚上回家後，媽媽問我到底說了什麼。

「幹。」我說。

「你絕不能再說那個字。」媽媽的語氣非常堅定，也很平靜。她是為我好。「這是世上最糟糕的字。」而我答應她不會再說。

但我因這字擁有的威力驚訝不已。所以事後，當我獨自一人，我會對自己輕聲念出這個字。

那個秋日下午放學後，三個大男孩在洞穴中說笑，他們一直笑、一直笑，我也跟著，雖然我並不知道他們在笑什麼。

我們離開洞穴，走入幾何式花園，走上橫跨池塘的小橋。我們緊張兮兮地過橋，因為橋橫在半空，不過我們能看到下方黑漆漆的池塘中有大金魚，所以爬上橋也算值得。然後傑米帶著我、道格拉斯和賽門沿著一條石子路走進森林。

森林跟花園截然不同。這裡無人整理、混亂不堪，感覺杳無人跡。雜草橫生的步道順著林間蜿蜒而下，沒過多久就來到一處空地。

空地上有間小屋。

那是棟遊戲屋，大概是四十年前為了某個小孩或某群小孩所建。屋子有都鐸式窗戶，用鉛框固定，交叉成菱形，屋頂也是仿都鐸式；有條石頭步道從我們這裡通到前門。

我們一起沿著步道走到那扇門前。

門上掛著一塊金屬敲門環，漆成鮮紅，鑄成某種小妖精的形狀，像個咧嘴微笑的妖魔鬼怪，盤起腿，雙手吊在鉸鏈上。我想想該怎麼形容這東西才好……首先，就它的面目來看它絕對不是什麼**好**東西。我發現我自己忍不住納悶，到底有誰會在遊戲屋上掛這種玩意兒？

我們站在林間空地，暮色越來越暗，我開始害怕。我遠離了房屋，走到比較安全的距離；其他人緊跟著我。

「我好像該回家了。」我說。

我不該說這種話的。他們三人轉過身，不斷嘲笑我，說我是膽小鬼、小寶寶。他們說，**他們**一點也不怕那棟房子。

「我賭你不敢去敲門！」傑米說：「你敢不敢？」

我搖搖頭。

「如果你不敲門，」道格拉斯說：「你就是小寶寶，不能跟我們玩。」

我的確不想再跟他們玩了，他們看來就像某種占領者，占了一處我還沒準備好踏入的地方。儘管如此，我仍不希望他們認為我是小寶寶。

「快點，**我們**才不怕呢。」賽門說。

我試圖回想他說話的語氣，他真的不害怕嗎？抑或只是虛張聲勢？還是他真的覺得很有趣？都過了這麼久，我真的很想知道。

我沿著石板步道慢慢走回屋旁、伸出手，握著咧嘴微笑的小妖精，用力往門上敲下去。

——或是說我想用力一點敲，好讓他們知道我不怕——我什麼都不怕。但卻發生了一些預料外的事：門環撞在門上，發出來的是悶悶的「咚」一聲。

「現在你得進去！」傑米大吼大叫。他很興奮，我聽得出來。我發現自己忍不住懷疑，他們在來到這裡之前真的曉得這地方嗎？我是不是他們第一個帶到這裡的人？

但我一動也不動。

「**你們**進去，」我說：「我已經照你們說的敲了門，現在換**你們**進去：我賭你們不敢進去。我賭**你們**不敢。」

我沒有進屋子，而且也非常確定我不會進去。那時候不會，以後也不會；永遠不會。我感到有東西動了一下，當我拿微笑小妖精朝著門上敲，感到門環在我手裡**扭**了一下。那時我還太小，不懂得否認自己的感受。

他們沒說話，也沒動。

然後門緩緩打開，或許他們以為是站在門邊的我把門打開的，或許，他們以為我是在敲門時把門稍微推開。但我並沒有，而且我非常確定。門打開來是因為它自己想要開。

我那時應該要逃跑。我的心臟在胸口撲通撲通跳，但我心中已進駐了惡魔。我沒有逃，反而看著站在步道上的三個大男孩，說：「還是說，你們怕了？」

他們沿著步道朝小屋走來。

「天越來越黑了。」道格拉斯說。

那三個男孩也許有些不甘願，但仍一個接一個走過我身旁，進入遊戲屋。他們走進去時，有張白色的臉轉過來看我，問我為什麼不跟他們進去——是真的，我可以發誓。不過當走在最後的賽門一進去，門就在他們身後關上。我真的真的沒碰到門。

小妖精在木門上朝我咧嘴微笑，在越來越暗的薄暮中形成一抹鮮明的紅色。

我走到遊戲屋旁，從每扇窗戶往裡面探頭。那是空蕩又黑暗的房間，沒有任何動靜，我不知道他們是不是躲了起來，正緊貼在牆旁，拚命壓抑笑聲；我不知道這是不是大男孩才玩的遊戲。

我不知道；我看不出來。

我站在遊戲屋的庭院等待，天色越來越暗。不久月亮出來了。秋天的月亮顏色就像蜂蜜。然後又過了一下，門打開，沒有出來任何東西。

這時我獨自一人待在那塊林間空地，彷彿這裡從來沒有別人來過。有隻貓頭鷹在嗚嗚叫，我才突然想到自己可以離開了。我轉身走掉，順著另一條步道離開那塊空地，同時跟主屋保持一段距離。我在月光下攀過一堵籬笆，不小心割破制服短褲，但我繼續走（不是跑，因為並不需要），穿過一片大麥梗田，越過跨欄，踏上燧石步道。如果沿著這條步道一直走，我就會回到家。

不久我就到家了。

爸媽雖然沒擔心，但看到我衣服上那些橘紅色鏽灰和短褲上的破洞，還是相當惱怒。

「你去哪裡了？」媽媽問。

「到處散散步啊，」我說：「我走到忘記時間。」

我們就講到這兒。

■

那時將近凌晨二點。波蘭女伯爵離開了，諾拉開始收拾玻璃杯和菸灰缸，擦拭吧檯，發出吵雜的聲響。「這地方鬧鬼，」她愉快地說：「不過我不在乎，親愛的，我其實挺喜歡有伴的感覺。如果我喜歡獨處，就不會開俱樂部了——好了，各位，難道你們都不用回家嗎？」

我們跟諾拉道晚安，她要我們每人親她臉一下，然後在我們身後關上第歐根尼俱樂部的門。我們沿著狹小的階梯下樓，經過唱片行，進入巷子，回到文明世界。

雖然地鐵幾個小時前就停駛，還是有夜間巴士可搭。要是付得起錢，也可以搭計程車（當年我是付不起的）。

第歐根尼俱樂部幾年前歇業了，不僅是因為諾拉得了癌症，我想也是因為英國酒類許可法令變更，讓深夜買酒變得更容易。而我自從那晚之後，就很少再去那裡了。

「那三個男孩……」我們走到街上時，演員保羅問，「後來有沒有什麼消息？你有沒有再看過他們？還是他們就被列為失蹤人口？」

「都沒有。」說故事的人說：「我的意思是，我後來再也沒看過他們，而且當地也沒有人尋找什麼走失男孩，即使有，我也沒聽說過。」

「遊戲屋還在嗎？」馬汀問。

「我不知道。」說故事的人坦承。

「嗯……」馬汀說，這時我們已經走到圖騰漢廳路，朝夜間公車站牌走去。「我個人呢是一個字都不相信。」

時間早過了店鋪關門的時刻，街道上只有我們四個——不是三個。我應該早點說才對。我們之中還有一個人尚未開口，因為那個手肘有皮革補丁的老男人和我們三個一起離開，他這時才第一次說話。

「我相信。」他淡淡地說，聲音微弱，幾乎像在道歉。「我沒辦法解釋什麼，但我就是相信。傑米已經死了，父親過世後不久就死了；道格拉斯不想回去那裡，於是把舊房子賣掉。他要買家拆了那房子，但對方卻把房子保留下來——就是那棟燕子屋。他們不打算把**那個**拆掉，但我想其他東西應該都消失了吧。」

那天晚上很冷，毛毛雨依舊稀稀疏疏地在下，我全身顫抖，而且不只是因為冷。

「你提到的那些籠子，」那男人說：「就是車道旁那些，我已經五十年不曾想起了。我們不聽話時，父親會把我們關在裡面，我們真是時常不聽話呢，實在是相當調皮。」

他在圖騰漢廳路上四處張望，好像在尋找什麼，然後說：「道格拉斯自殺了，沒錯，那是十年前。那時我還待在垃圾箱裡，現在我的記憶不中用，大不如前，不過那人的確是傑米，他無論如何都不會讓我們忘記他是老大。不瞞你們說，我們根本不被允許進遊戲屋，父親蓋那間遊戲屋不是給我們玩的。」他聲音顫抖。有一瞬間，我可以想像這個蒼老的男人再次變回小男生。「父親有他自己要玩的遊戲。」

然後他揮揮手臂，喊了聲「計程車！」一輛計程車靠邊停下。「布朗飯店。」老人說完，隨即上車。他關上門，沒跟我們任何人道晚安。

計程車門關上時，我也聽見許多道門關上的聲音：那是過往歲月的門。那些門早不見蹤影，再也無法打開。

林中物[41]

褪下我的上衣、我的書、我的外套、我的生命
留下吧，空虛的身外之物與落葉
踏上尋找食物與泉源之路
甘露之路。

我會找到一棵樹，跟十個胖子一樣寬大
清水潺潺流過灰色樹根
我還會找到莓果、山楂，和核果，
把這裡當成家。

---

41 譯註：本詩原名〈Going Wodwo〉。「Wodwo」一詞源自古英文，出現於十四世紀的一首詩〈加文爵士與綠騎士〉（Sir Gawain and the Green Knight），指「森林中的生物」；「Wodwo」也是二十世紀詩人泰德．休斯（Ted Hughes, 1930-1998）的一首詩名，該詩係以意識流方式呈現，不注重格式和韻律。泰德表示「Wodwo」是某種類似精靈的生物，而在他的詩中，「Wodwo」的意義究竟為何正是詩的重心，類似某種尋找自我的謎團。

除了風，我不會把名字告訴別人。
真正的瘋狂會在我們生命的中途，
把我們領進森林，或是把我們遺棄在那裡。如今我的皮膚就是
我的臉。

我一定是瘋了，把理智跟鞋子和房子一樣扔了，
我的五臟六腑糾結。我會跌跌撞撞穿越綠林
回到我的根、葉、棘刺及花蕾，
顫抖。

我會離開言語之道，踏上森林之路
成為森林之人，向太陽打招呼，
我會感覺到寂靜在我舌上如花朵般綻放
宛如語言。

苦味研磨咖啡

1「早點回來，不然就別回來」

不管從哪個角度看，我都已經死了。或許我的內心某處就像某種動物，正在嘶吼、啜泣、咆哮，但那是深藏心中的另一人格，無法顯露於臉脣口之上，所以外表都只不過像是聳聳肩、微微笑，然後繼續向前行。要是我的形體真的死亡，就可放下一切，什麼都不必做，一如穿門而出那樣離開我的生命——那我早就這麼做了。然而我還是繼續在夜晚入睡、早上起身，因為自己還留在這世上、屈服於肉體存在而深深失望。

有時我會打電話給她，讓電話響個一聲，或許兩聲，然後掛掉。

嘶吼的那個我深藏於心，根本沒人知道那人存在，甚至連我自己都不知道。直到某天我上了車——我想去商店買些蘋果——我經過賣蘋果的店家，卻繼續向前，一路向前，向南向西行。因為如果我向北或向東，很快就會駛出這世界。

在高速公路上開了幾小時後，手機響了。我搖下車窗，把手機往外一扔，心想不知誰會撿到我的手機，他會不會接我的電話，然後發現自己被賦予我的生命。

停車加油時，我把每張金融卡裡的錢都領出來，接著幾天也一直在做同樣的事。我使用過無數臺提款機，直到金融卡再也領不出錢。

前兩夜我睡在車上。

當我穿越半個田納西州，才發覺自己亟需洗個澡。於是我找了間汽車旅館入住，躺在浴缸裡睡覺，直到水變冷才醒來。我用汽車旅館附贈的塑膠刮鬍刀和一小包刮鬍水刮鬍子，接著踉蹌著來到床上睡覺。

我在早上四點醒來，發覺該上路了。

我走到旅館大廳。

到大廳時，櫃臺前站了一個男人，他的髮色銀灰，不過我猜他只有三十幾歲，嘴脣薄薄，身上的高級西裝皺皺的。他說：「我一小時前就叫了計程車——一**小時**前。」他邊說邊用皮夾敲桌子，隨著他強調的每個字敲了一下又一下。

夜班經理聳聳肩，「我再打一次電話。可是如果沒車那也沒辦法。」他打了通電話，然後說：「這裡是夜遊旅館櫃臺……是，我已經告訴他了……是，我說了。」

「嘿，」我說：「我不是開計程車的，但我不趕時間。你要到哪裡去嗎？」

有那麼一瞬間，男人看我的樣子好像覺得我瘋了，眼裡顯出恐懼。然後他看看我，又像覺得我是天神下凡。「不瞞你說，我還真的得去個地方。」他說。

「告訴我你要去哪裡，」我說：「我載你去，我說了，我不趕時間。」

「電話給我。」銀灰色頭髮的男人對夜班經理說。他接起來。「不用派車來了，因為上帝送了個好心人給我，就是那種突然出現在你生命裡的大好人，而我要你好好思考一下這件事。」

他拿起公事包（他跟我一樣沒有行李），我們一起走到停車場。

車子在黑暗中前行，他用鑰匙圈上的手電筒查閱膝上的手繪地圖，然後告訴我要在哪個地方左轉、該往哪邊走。

「你人真好。」他說。

「沒什麼，我有的是時間。」

「感激不盡。欸，不瞞你說，跟個神祕的好心人一起在鄉間小路上驅車前進，實在很像那種平淡無奇的都會傳說——幽靈搭便車那種。等我抵達目的地，我會跟朋友講起你——然後他們就會告訴我你十年前就死了，至今卻仍到處開車載客。」

「也是一種跟人熟絡的好方法。」

他咯咯笑著。「你是做什麼工作的？」

「算是待業中吧。」我說：「你呢？」

「我是人類學教授，」他停了一下，「我想我應該先自我介紹：我在一間基督教大學教書，有人不信基督教大學會教人類學，但他們是真的會；有些學校會。」

「我相信你。」

他又沉默片刻。「我的車壞了，公路巡警載我到汽車旅館，因為他們說早上才有拖吊車，所以我睡了兩個小時。接著公路巡警打電話到我旅館房間，跟我說拖吊車要過來，抵達時我必須在場——你相信嗎？竟然有這種事。如果我不在場，他們就不會拖走我的車，會這樣逕自離去。於是我叫了輛計程車，但車一直沒來——希望我趕得及在拖吊車到之前抵達。」

「我會盡量的。」

「早知道就搭飛機了。我不是怕坐飛機，而是已經把機票兌現了。我要去紐奧良，搭飛機才一個小時就要花四百四十塊。開車要一天——但花費三十塊——那樣就差了四百一十塊，而且還不必跟任何人報帳。雖然我花了五十元住汽車旅館，但也沒辦法。我要去參加學術研討會，這是我的第一次。系上教職員都認為學術研討會沒啥用，但如今情況不同了。我很期待這場會議，與會者有世界各地的人類學家。」他說了幾個名字，我根本沒聽過，「我要發表一篇講海地咖啡女孩的研究報告。」

「她們是種咖啡還是喝咖啡？」

「都不是，她們賣咖啡。上世紀初，她們一大清早就會在太子港挨家挨戶賣咖啡。」

此時天色開始微微亮。

「大家都以為她們是殭屍，」他說：「就是行屍走肉那種——啊，應該是在這裡右轉。」

「那她們是殭屍嗎？」

我竟然問了他這種問題，但他似乎相當愉悅。「嗯，人類學有好幾派關於殭屍的說法，跟《穿越陰陽路》[42]這種老套民粹電影不同。首先，我們必須為這字下個定義：我們討論的是民間信仰還是殭屍灰[43]？還是行屍？」

「我不知道。」我說，但我非常確定《穿越陰陽路》是恐怖電影。

「她們都是孩子，五到十歲的小女孩，在太子港挨家挨戶賣菊苣咖啡粉——大概就是在現在這種時間吧，太陽升起前。她們都幫一位老婦工作——我們到下個路口前左轉——老婦死後，女孩就消失了，書上都是這麼講的。」

「那你信什麼呢？」我問。

「那就是我的車。」他似乎鬆了一口氣。停在路邊的是一輛紅色本田雅哥，旁邊還有一輛打著閃燈的拖吊車，有個男人站在拖吊車旁抽菸；我們把車停在拖吊車後面。

我車還沒停好，人類學家已把門打開，拿了公事包就下去。

「本來打算再等你五分鐘就走的。」拖吊車駕駛說。他把香菸丟到柏油路的水坑中。「你得把你的美國汽車協會卡和信用卡給我。」

男人伸手拿皮夾，卻一臉困惑。他把手放到口袋。「我的皮夾——」他走回我車上，打開副駕駛座的門，身體探進來。我打開燈，他拍了拍空無一物的座位。「我的皮夾，」他又說一次，語氣憂傷又痛苦。

「在汽車旅館時你皮夾還在，」我提醒他，「當時你有拿著，就握在手中。」

他說：「該死，真他媽的該死。」

「怎麼啦？」拖吊車駕駛叫道。

---

42 *The Serpent and the Rainbow*（1988）。

43 zombie dust，指毒品，為白板與古柯鹼的混合物。

「沒事。」人類學家著急地對我說：「這樣吧，我應該是把皮夾留在櫃臺上了。你開車回汽車旅館，把皮夾帶來這裡，我則負責讓他心情好點——我想應該只要五分鐘——你應該只需要五分鐘吧？」他一定看到了我臉上的表情，便說：「別忘了：突然出現在生命裡的大好人。」

我聳聳肩，因為被捲入他人事中感到厭煩。

然後他關上車門，對我比了個拇指。

真希望我有辦法就這麼把車開走、棄他於不顧，但為時已晚。我已朝著旅館開回去了。夜班職員給了我皮夾，他說我們一離開他就注意到皮夾留在櫃臺上。

我打開皮夾，每張信用卡都署名傑克森．安德頓。

我花了半小時才找到回去的路，因為天空已經由灰轉黎明，而拖吊車早走了；紅色的本田雅哥後車窗被打破，駕駛座的門開著。不知道是不是同一輛，也不知道我是不是開錯路或開錯地方，可是路面確實留著拖吊車駕駛捺熄的菸屁股。我在附近水溝發現一只打開的公事包，裡面空空如也，旁邊有一只文件夾，裝了一份十五頁的手稿、紐奧良萬豪酒店的訂房付款收據（訂房姓名是傑克森．安德頓）、以及一盒三入的保險套（螺紋，可增加快感）。

那份手稿標題頁印著：

「『人們如此描述殭屍：他們是沒有靈魂的身軀，是活死人；他們一度死亡，而後又被召回。』——引自赫斯頓《告訴我的馬》[44]。」

我拿走文件夾，把公事包留在原地，向南開。當時天空是珍珠色。

沒錯，大好人不會突然出現在你生命中。

我找不到訊號穩定的電臺，最後就把收音機開著，按下搜尋鈕，讓它不斷搜索，一個頻道跳過一個頻道，從福音電臺跳到經典老歌再到聖經研讀、性愛討論、鄉村音樂，每三秒切換一次，切換時還發出相當大聲的雜訊。

……拉撒路[45]死了，不要搞錯，他是真的死了。耶穌讓他復活是為了向我們表示，為了……

我稱之為「中國龍式」，我可以在廣播中說這種話嗎？就是在……你知道的……衝刺到快要「去了」的時候，把她整個人翻過來，到她腦袋旁，全噴在她鼻子上，唉我笑到差點喘不過氣……

如果妳今晚回家，我會帶著我的酒和槍，在黑暗中等待我的女人……

耶穌說你會在那兒，你真的會在嗎？無人知道是哪一天，或哪個時間，所以你會在嗎……

總統今日提出一套方案……

早上新鮮沖泡，為了你也為了我，每天享用為佳，口日現磨……

---

44 赫斯頓為美國民俗學家，全名為佐拉．尼爾．赫斯頓（Zora Neale Hurston, 1891-1960），其著作《告訴我的馬》（*Tell My Horse*），是她根據在海地與牙買加的經驗寫成，內容講述巫毒魔法和神祕事件。

45 Lazarus 在〈約翰福音〉中因病死亡，最後耶穌使之復活。

如此這般不斷重複，一股腦兒向我襲來，我就這樣在大白天的鄉村小路上開著車；一直開、一直開。

越往南，人們也越優雅。當你坐在餐廳喝咖啡吃東西，他們會對你表達自己的意見、提出些問題，對你微笑點頭。

當時已是晚上，我正在吃炸雞、羽衣甘藍菜和油炸玉米餅，有個女服務生對我微笑。食物嘗起來索然無味，但我想那應該是我的問題，跟食物無關。

我禮貌地對她點頭，她卻以為這是在示意她過來，就替我再添咖啡。咖啡很苦，我很喜歡，至少它有些味道。

「瞧瞧，」她說：「我敢說你一定學有專精。可以請問你是做什麼的嗎？」她真的是這樣說的，一字不漏。

「當然。」我說，覺得自己彷彿被什麼東西附身，想要大肆炫耀一番，一如費爾德斯[46]或《隨身變》裡的教授[47]（我是指胖的那位，不是傑瑞．路易斯[48]演的那個。雖然就我的身高而言體重還算在理想範圍）。「我是……人類學家，正要前往紐奧良參加會議，跟我的同業進行討論、諮詢和交流。」

「我就知道，」她說：「看你這樣我就覺得你應該是個教授——但也可能是牙醫。」

她又對我微笑，我想我其實可以永遠留在這座小鎮，每天早晚都到這間餐廳吃東西，喝他們的苦咖啡，看她對我笑，直到咖啡喝完、錢用盡，生命終了。

我給了她一大筆小費，然後朝著西南方前進。

2「舌頭帶我到這裡」

紐奧良的旅館都沒空房了，連外圍地區也沒有。因為一場爵士音樂節，所有旅館都客滿，一間不剩。睡在車上實在太熱，而且即便我願意忍受高溫，把車窗搖下來睡覺，還是覺得不太安全。紐奧良這城市非常「真實」，可以說比我住過的城市都要真實。但是紐奧良不安全，也不友善。

我渾身臭又癢，很想洗澡、想睡個覺，想要讓世界不再在我身旁流逝。

我開過一間又一間廉價汽車旅館，最後開進運河街的萬豪酒店停車場。我知道自己一定會這麼做，至少我能肯定他們有空房；因為我的文件夾裡有收據。

「我需要一間房。」我對櫃臺後的女士說。

她看都不看我一眼，「所有房間都滿了，」她說：「要到星期二才有空房。」

我亟需刮鬍子、淋浴及休息。她還能說出什麼更糟的話呢？我心想，抱歉，你早就登記入住了？

「我有間房間，是我的大學訂的，姓安德頓。」

46 W. C. Fields，美國喜劇演員。

47 *Nutty Professor*，電影名稱，臺灣譯為《隨身變》。

48 Jerry Lewis，一九六三年版《隨身變》的男主角。此處作者指的是艾迪·墨菲的版本。

她點點頭，敲了敲鍵盤，然後說：「名字是傑克森？」她給了我房間鑰匙，要我在帳單上簽名，然後幫我指出升降梯的方向。

跟我一起站在電梯旁的矮男人清了清喉嚨。他紮馬尾，膚色深，鷹隼般的臉上有點白色鬍碴。「你是霍普韋爾的安德頓，」他說：「我們在《人類學異端期刊》上是鄰居呢。」他的T恤上寫著「人類學家被騙了，但樂在其中」。

「喔？」

「我是坎貝爾．拉克，來自英格蘭的諾伍德及史崔漢大學，原本是北克羅伊登理工學校。我寫了篇講冰島心靈行者與生靈的論文。」

「很高興認識你，」我跟他握手，「你講話沒有倫敦口音呢。」

「我是伯明罕人，來自伯明罕。」他補充道，「我從來沒在研討會上看過你。」

「這是我第一次參加。」我告訴他。

「那你就跟著我，」他說：「有問題都可以問我。我記得我第一次參加研討會怕得跟什麼一樣，一直搞砸。我們先到樓廳拿東西，然後就去梳洗。我搭的那班飛機上鐵定有一百個小嬰兒，他們輪番吼叫啊拉屎啊嘔吐啊，而且每次至少有十個小鬼一起來。」

我們到樓廳拿名牌和行程表。「別忘記報名參加百鬼夜遊喔，」桌後的女子微笑。「每晚都有紐奧良舊城百鬼夜遊，每場限十五人參加，想參加的動作得快。」

我泡了澡，順便在浴缸裡洗衣服，然後把衣服掛在浴室晾乾。

我光著身體坐在床上，檢視安德頓公事包裡的東西。我瀏覽了他打算發表的報告，但完全沒把內容讀進腦中。

第五頁的背面空白，他用既擁擠潦草但大致能辨識的字跡寫道：「在完美的世界裡，你可以跟人上床，但不必付出真心；每個璀璨的吻、每次肌膚撫觸，都是你再也見不到的真心的一個碎片。

「直到你再也無法靠自己（醒來？呼喚？）」

待到衣服差不多乾，我把衣服穿上，下樓到大廳酒吧。坎貝爾已經在那裡喝著琴湯尼，旁邊還有另一杯琴湯尼。

他把議程表擺在旁邊，在上頭圈出感興趣的演講和論文（規則一：如果是在中午前發表，除非是你自己的，不然他媽的甭理會）。他向我指出我的那場演講；他已經用鉛筆圈起來了。

「我以前從來沒做過，」我告訴他，「我從沒在研討會上發表論文。」

「跟撒尿一樣簡單啊傑克森，」他說：「你知道我是怎麼做的嗎？」

「不知道。」我說。

「就是站在講臺上念出論文，別人問問題我就亂扯一通。」他說：「要主動胡扯，而不是被動地胡扯，那才是重點。總之你只要胡扯就行了，跟撒尿一樣簡單。」

「坦白說，我其實不怎麼擅長……胡扯。」我說：「我太老實。」

「那你就點點頭，跟他們說，噢，這是一個非常有洞察力的問題，在長版的論文中會有大量篇幅的解釋，你們現在看到的只是短摘要。然後，如果有瘋子不停抨擊你有地方寫錯，你只要露出不悅的表情，然後說這跟主流說法無關，事實才是最重要的。」

「這樣會有用嗎？」

「當然啊，幾年前我發表了一篇講波斯軍隊殘暴教派[49]起源的論文，解釋為何印度教徒與回教徒都會謀財害命。你知道嗎？迦梨女神的崇拜是後來才加上去的，這還得從某種摩尼教祕密組織講起——」

「——你怎麼還在鬼扯淡？」有個白皙的高女人說。她有一頭濃密的白髮，穿著則是招搖而考究的波希米亞風。然而，就當時的天氣而言，這種穿著有點太熱了。我想像她騎前面掛著柳條籃的腳踏車的畫面。

「什麼鬼扯淡？我正在寫這方面的書呢。」英國人說：「那麼，有沒有人想跟我到法國區品嘗一下紐奧良的精采風景？」

「我不去。」女人臉上毫無笑容。「你這朋友是誰？」

「這位是傑克森·安德頓，來自霍普韋爾大學。」

「殭屍咖啡女孩的論文嗎？」她微笑道：「我在議程表上有看到，真是相當有趣。我想這又是佐拉給我們的另一項貢獻吧？」

「還有《大亨小傳》。」我說。

「赫斯頓認識費茲傑羅嗎？」騎腳踏車的女人問，「這我倒不知道，大家都忘了當時的紐約文學圈其實很小，而且天才通常不會受到種族歧視。」

英國人輕蔑地說：「不會嗎？他們只不過是比較能忍。那女人最後在佛羅里達當清潔工，死時身無分文，沒人知道她寫過什麼，更不用說她曾經跟費茲傑羅合作過《大亨小傳》。這實在可悲啊瑪格麗特。」

「後世自有公論。」高瘦的女人說完後就揚長而去。

坎貝爾凝視著她的背影。「等我成長之後，」他說：「要變成她那樣。」

「為什麼？」

他看看我，「就是那種態度。你沒說錯；有些人寫暢銷書，有些人讀暢銷書；有些人得獎，有些人得不到，重要的是好好當個人，對吧？當個人多好啊。活生生的人。」

他拍拍我的手臂。

「走吧。我在網路上讀了篇有趣的人類學現象，今晚告訴你，那種現象你大概連在肯塔基州的死鼠鎮都看不到，就是——女人在正常情況下不會願意為一百鎊露奶，不過如果有人付的是便宜的塑膠珠，她們會欣然在大庭廣眾下裸露。」

「世界通用的交易媒介——」我說：「就是珠子。」

「幹，」他說：「有篇論文就是討論那個啊。走吧傑克森，你喝過果凍酒嗎？」

「沒有。」

「我也沒有，我敢說一定噁，我們去看看吧。」

我們付了飲料錢；我提醒他要給小費。

---

49 Thuggee sect，英國殖民時期一印度教異端教派，其信徒經常謀殺旅人獻祭給迦梨女神（Kali）。

「還有，」我說：「費茲傑羅的老婆叫什麼？」

「賽爾妲？怎樣？」

「沒什麼。」我說。

是賽爾妲？還是佐拉？隨便。然後我們就出去了。

3「到處都可能有事，但也可能沒事」

大約午夜時，我和英國人類學教授到波本街的一間酒吧。這間酒吧並沒有賣果凍酒。於是，那位教授點了真正的酒請酒吧裡的兩位黑髮女子喝。她們長得很像，幾乎是姊妹：一個頭綁紅緞帶，一個綁白緞帶，看起來有如高更的畫作。只不過在畫裡她們會袒胸露乳，而且不會戴銀色老鼠骷髏耳環。她們兩人笑個不停。

我們看到一小群學者經過酒吧，領路導遊拿著黑色雨傘。我向坎貝爾指了指他們。綁紅緞帶的女人挑起眉，「他們參加的是鬧鬼歷史導覽，正在尋找鬼魂。老兄，你實在不得不承認這兒簡直是鬼魂和死者的居住地，找鬼比找活人要簡單多了。」

「你是說那些觀光客還活著嗎？」另一位說，臉上有著偽善的關心。

「抵達這裡時至少還活著。」第一位說，然後她們一起哈哈大笑。

她們很愛笑。

不管坎貝爾說什麼，綁白緞帶的女人都會笑。她會跟他說：「再說一次『幹』。」然後他就再說一次，她便試著模仿他說：「乾！乾！」他會接著說：不是乾，是幹。由於她聽不出差別，所以她會再大笑幾聲。

喝了兩、三杯酒後，他牽起她的手，帶她走到酒吧後頭。那兒播著音樂，而且光線幽暗。那裡已經有人了，不是在跳舞，就是在相互磨蹭。

我留在座位上，身旁坐著綁紅緞帶的女人。

她說：「那麼你也是在唱片公司工作嘍？」

我點頭，坎貝爾告訴她們說我們在唱片公司工作。「我他媽的最討厭告訴別人我是學者。」

他趁她們去洗手間時說；很有道理；他告訴她們綠洲合唱團就是他發掘的。

「妳呢？妳是做什麼的？」

她說：「桑特利亞教[50]的女祭司，我體內流著各種種族的血液；爸爸是巴西人，媽媽是愛爾蘭人與卻洛奇人[51]的混血兒。在巴西，大家都互相做愛，然後生出最漂亮的棕色小寶寶；大家都有黑奴血統，大家都有印第安血統——我爸爸甚至有日本血統。他弟弟——也就是我叔叔——看起來就像日本人，我爸爸充其量只是有點帥。別人都認為桑特利亞血統是他

---

50 Santeria，意為「聖者之道」，結合了美洲本土宗教與羅馬天主教的教義，盛行於古巴與加勒比海地區。

51 Cherokee，北美原住民，易洛魁族（Iroquois）的一支。

傳給我的，其實不是，是我奶奶。可是她說她是卻洛奇人，但當我看到舊照片，就大概猜到她其實是黑白混血。我三歲時就能跟死人講話，五歲時看到一隻跟哈雷機車一樣大的黑狗，在大街上尾隨一個男人，而且除了我以外沒有別人看到。我跟我媽說這件事，她就告訴我奶奶，她們說：她必須懂、她必須學。所以在我還小時就有人教我。

我聳聳肩。

「你知道嗎，我從來沒怕過死人，因為他們絕不會傷害你。這鎮上有許多東西會傷害你，但死人不會；活人才會傷害你，他們會狠狠地傷害你。」

「不瞞你說，在這鎮上大家都跟對方上過床。我們互相做愛，我們以此來提醒自己還活著。」

我不禁納悶這是不是她對我做的性暗示，但看來不是。

她說：「你餓了嗎？」

我說：「有一點。」

她說：「我知道附近有個地方有紐奧良最好喝的秋葵濃湯，跟我來。」

我說：「聽說在這鎮上，晚上最好不要自己一個人在外遊蕩。」

「沒錯，」她說：「但是你有我陪，我跟你一起，你會很安全的。」

街上有女大學生在陽臺上露奶給群眾看，觀眾一瞄到奶頭就大聲喝采，丟塑膠珠給她們。那晚稍早，我還記得綁紅緞帶女人的名字，但到了這時早忘得一乾二淨。

「以前她們只在狂歡節幹這種事，」她說：「現在觀光客都想看，所以就由觀光客做給觀光客看，當地人才懶得管——要是你想尿尿，」她補充道，「跟我說一聲。」

「好——但為什麼呢？」

「因為大部分觀光客都會被搶。當他們到巷子裡解放，就會被搶，然後一個小時後在海盜巷醒來，除了頭疼之外身上什麼都不剩。」

「我會記住的。」

我們路過一條霧濛濛的無人小巷，她指了指。「不要去那兒。」她說。

我們最後抵達一間有桌子的酒吧，掛在吧檯上頭的電視正在播《今夜脫口秀》。聲音被關掉了，但有字幕可看。可是字幕卻不斷糊成錯字和亂碼。我們一人點了一碗秋葵濃湯。

我以為自己會喝到的紐奧良最棒的秋葵濃湯，但嘗起來卻索然無味。儘管如此，我還是用湯匙舀到一點也不剩，因為我知道自己需要進食；我那天什麼東西都沒吃。

三人走進酒吧，一人躡手躡腳，一人趾高氣昂，一人步履蹣跚。躡手躡腳者穿得像維多利亞時代的殯葬業者；頭戴高帽，皮膚跟魚肚一樣蒼白，長長的頭髮糾結在一起，長鬍子上串了銀珠；趾高氣昂者穿著長長的黑色皮革外套，外套下是深色衣服，膚色很黑；最後那名步履蹣跚者則停在後頭，在門邊等候。我看不到他的臉，也辨識不出種族，但可以看出他膚色是髒髒的灰，一頭直髮披垂在臉上，我忍不住起了雞皮疙瘩。

前面兩個男人直接朝我們這桌走來，有那麼一瞬間，我甚至因自己的膚色感到害怕。但是他們根本沒注意我，只是瞧瞧綁紅緞帶的女人，輪流吻了她的臉頰，向她打聽許久沒見的朋友，誰在哪間酒吧，對誰做了什麼事，又是為什麼。他們讓我想到《木偶奇遇記》裡的狐狸與貓。

「你那漂亮女友怎麼啦？」女人問黑人。

他皮笑肉不笑。「她把一束松鼠尾巴放到我家祖墳上。」

她嘟起嘴，「那你最好還是離開她吧。」

「正有此意。」

我轉頭瞄一眼那個讓我起雞皮疙瘩的人。他全身汙穢，跟毒蟲一樣瘦，嘴唇是灰色的，垂著目光，身體幾乎一動也不動。我想知道這三個男人到底混在一起做什麼——一隻狐狸、一隻貓、一隻鬼。

白人握起女人的手，親了一下，向她鞠躬，又朝我伸出一手，像在打招呼，然後那三人就消失了。

「他們是妳朋友嗎？」

「是壞人，」她說：「黑魔法師[52]，誰的朋友都不是。」

「門邊那個人怎麼了？生病了嗎？」

她遲疑片刻，搖搖頭，「不是。你做好準備時我會告訴你。」

「現在就告訴我吧。」

傑．雷諾在電視上跟一位纖瘦的金髮女子說話。這併不只是雷影，字幕寫道，那麼你刊過這個可動玩偶了嗎？他從桌上拿起小玩具，假裝檢查裙子底下，驗明正身。〔大笑〕，字幕寫道。

她喝完秋葵濃湯，用鮮紅的舌頭舔舔湯匙，再放回碗裡。「許多小夥子到紐奧良來，有些人讀了安．萊絲[53]，覺得自己學會了該怎麼在這裡當吸血鬼。他們之中有些人遭父母虐待，有些只是因為太無聊。他們就像住在排水管的小流浪貓，來到這裡才發現紐奧良的排水管早入住全新品種的貓。你知道嗎？」

「不知道。」

〈屠殺〉，字幕寫道[54]，不過傑依舊在咧嘴微笑。《今夜脫口秀》變成汽車廣告。

「那人曾是街童，不過晚上還有地方睡覺。他是個好孩子，從洛杉磯一路搭便車到紐奧良，只是想一個人抽點大麻，聽聽『門戶合唱團』的錄音帶，鑽研混沌魔法[55]，讀遍阿萊斯特．克勞利[56]的所有作品，找人幫他吸老二——他不在乎是誰幫他吸。他有明亮的雙眼，還有濃密的馬尾。」

「嘿，」我說：「走過去的那位是坎貝爾，就在外頭。」

「坎貝爾？」

---

52 Macumba，源自非洲語言，指黑魔法。

53 Anne Rice（1941-），美國著名作家，專門寫以紐奧良為背景的吸血鬼小說，代表作為《夜訪吸血鬼》。

54 英文的屠殺比大笑（laughter）在字首多了一個S。

55 Chaos Magic，一種現代魔法流派，摒棄傳統魔法繁瑣的規章制度，注重實踐與創新。

56 Aleister Crowley，十九世紀前葉的英國黑魔法師。

身分。

「唱片製作人嗎?」她微笑著說。而我心想,她知道,她知道他說謊,她知道他是什麼

「我朋友。」

我在桌上放了一張二十元和一張十元鈔票,然後一起走到街上找他。但他已經不見了。

「我還以為他跟你姊妹在一起。」我對她說。

「沒有,」她說:「我沒有姊妹,就只有我一個。」

我們在一處街角轉彎,被一群吵鬧的觀光客包圍,彷彿忽然有陣碎浪往岸上衝來。然而那些人來得快去得也快,一下子便只剩零星幾人在後頭。有個少女朝水溝嘔吐,一名年輕男子緊張地站在旁邊,拿著她的錢包和裝了半杯酒的塑膠杯。

綁紅緞帶的女人消失不見。真希望我能記住她的名字,或與她相遇的酒吧叫什麼。

我原本打算那天晚上離開,沿州際公路向西開車到休士頓,再到墨西哥,但因為太累,況且也有了七八分醉意,所以就回到房間,直到早上都還待在萬豪酒店。我前晚身上穿的衣服聞起來有香水味和腐朽味。

我換上T恤和褲子,走到飯店禮品部,多挑了幾件T恤和一件短褲。沒有腳踏車的那位高個女子也在店裡;她買了亞卡賽茲胃片[57]。

她說:「他們更動了你的發表場次,你再過二十分鐘就要到歐都彭廳了。你可能得先刷個牙——雖然你的好朋友不會告訴你這種事,但安德頓先生,因為我跟你不熟,所以我不介意跟你講。」

我在採購物品中多放了旅行用牙刷和牙膏，不過增加隨身物品讓我困擾，因為我覺得我應該把東西都丟掉才對；我得變成隱形人，我得一無所有。

我上樓回到房間，刷刷牙，穿上爵士音樂節的T恤，然後因為沒有選擇餘地，又或者因為我逃不開商談、諮詢和交流的命運，或我很確定坎貝爾會在觀眾席，而且我想在開車離去前跟他道別，所以我拿起那張打字稿，走到歐都彭廳。那裡已經有十五個人在等，而坎貝爾沒有出席。

我並不害怕，說了聲你好，看看第一頁開頭。

文章開頭引了佐拉．赫斯頓的一段話：

> 文中有提到夜晚出來幹壞事的大殭屍，也有被主人派出來在天未明時販賣小包烘焙咖啡的殭屍小女孩。太陽升起前，可以聽到她們喊著「烘焙咖啡」的聲音，從街上陰暗處傳出，而且只有在你請小販拿產品給你後，你才看得到她們；那些死人小孩那時才會現身，踩著階梯上來。

安德頓繼續引述赫斯頓同一時代的引言，以及很久以前的海地老人訪問摘錄。就我所知，那篇論文做了一個又一個的結論，從想像、揣測，到假設，然後再把這些編織成事實。

57 Alka-Seltzer，美國知名胃片品牌。

講到一半，沒腳踏車的高個女人瑪格麗特走了進來。她什麼都沒做，只是一直注視著我。我心想，她知道我不是他，她知道。不過我也只能繼續念稿，不然還能怎樣呢？

最後，我問大家有沒有問題。

有人問我關於佐拉・赫斯頓的研究方法，我說這真是個好問題，在完整論文中會以大篇幅進行探討，我剛才念出來的基本上是編輯過的摘要。

另一位豐滿的矮女人站起來說，殭屍女孩不可能存在：殭屍藥和殭屍粉會令人麻痺，引發等同死亡的迷幻狀態，但基本上還是得靠信念才能生效：你必須相信自己已是死人，沒有自己的意識。她發問：四、五歲的孩子怎麼可能被說服，去相信那種事？不可能的。她說，那些咖啡女孩只是類似印度繩技[58]的那種魔術，只是一種古老的都會傳說。

雖然我個人同意她的說法，但只是點了點頭，說她的論點很好，也很有理，但根據我的觀點——我希望純粹從人類學的角度——最重要的不是什麼什麼東西比較可信，而是事實是什麼。

他們鼓了掌，後來有個蓄鬍的男人問我是否可以給他一份論文，讓他收在他編輯的期刊裡。我忽然想到，我到紐奧良也算是好事一樁，這樣安德頓的事業就不會因為他本人缺席而受到損害。

豐滿女人身上的名牌讓我知道她叫夏妮・葛瑞力—金，她在門邊等我，說：「我真的很喜歡你的演講，希望你別誤會。」

坎貝爾沒有來發表，再也沒有人看過他。

瑪格麗特將我介紹給一個紐約人，還提到佐拉・赫斯頓曾經參與《大亨小傳》的寫作。那男人說，沒錯，而且那年代大家都知道這件事。但我不知道她是否已報警。不過她看起來依舊友善。我發現自己開始緊張了。真希望我沒把手機丟掉。

我和夏妮・葛瑞力—金在飯店裡提早共進晚餐。剛開始用餐時，我說：「我們別談工作。」而她也同意只有無聊的人才會在用餐時聊工作。於是我們聊了自己看過的搖滾樂團現場表演、虛構的減緩人體腐爛法，還有她的合夥人年紀比她大，開了一間餐廳之類的瑣事。然後我們就到我房間。她聞起來有嬰兒爽身粉和茉莉的味道；她赤裸的肌膚溼溼黏黏地貼在我的肌膚上。

接下來幾個小時，我用掉那三個保險套中的兩個；等我從浴室回來，她已經睡著了。我爬上床躺到她身邊，思考了一下安德頓在打字稿背後的手寫字，想再檢查一回，但我一下子就睡著了。肌膚柔軟、散發茉莉香的女人緊靠著我。

她說：「於是他到鎮上，帶著門戶合唱團錄音帶和克勞利的書，還有手寫的混沌魔法祕密網址清單，一切都很好，他甚至收了幾位學徒，那些人跟他一樣是逃亡者，而且他隨時都能找到人幫他吸老二，世界一片美好。

「於是他開始相信自己的狂想，還以為自己是真實的，是個狠角色；他以為自己是隻凶狠的大老虎，而非小貓咪，於是他挖出了……某種東西……某個別人想要的東西。

58 Indian Rope Trick，類似〈聊齋・偷桃〉中所載的繩技魔術。

「他以為自己挖出來的東西會照料他，真傻啊。那天晚上，他坐在傑克森廣場，跟幾位塔羅牌占卜師說話，告訴他們吉姆．莫里森[59]的故事及神祕學教義。有人拍拍他的肩，他轉過身；有人拿粉末往他的臉吹，他吸了進去。

「雖然沒有全部吸進去，但他正想反抗時，卻發現自己已全身癱瘓、無力抵擋，因為粉末裡有河豚、蟾蜍皮、骨灰等各種東西，他全吸進去了。

「他們把他帶到急診室，急診室的醫生也束手無策；他們以為他只是毒癮發作的街頭小混混，等到隔天他身體就可以恢復行動，不過要再過兩、三天他才能開口說話。

「問題是他需要那玩意兒，他想要那個東西；他知道殭屍粉裡藏著大祕密，而他就快找到答案了。有人說他們在裡面混了海洛因這種劣級玩意兒，但其實他們根本不需要。他就是會想要。

「他們告訴他說，不能賣那東西給他，但如果他替他們做事，他們就會給他一點殭屍粉抽，讓他聞、讓他抹在牙齦、讓他吞下肚。有時他們會叫他去做沒人想做的下流事，有時只是想羞辱他，好證明他可以任人擺布；例如要他吃水溝裡的屎，或是替他們殺人。除了死，做什麼都行。最後他只剩皮包骨，但為了殭屍粉，他什麼都肯做。

「而在他的小腦袋裡依舊認為自己沒變，不是殭屍；他認為自己還沒死，尚未越過死亡的界線。但其實他早就越界了。」

我伸手去摸她，她的身體觸感結實，纖瘦又輕盈，乳房摸起來就像高更的畫作。黑暗中，她的嘴與我相觸，柔軟又溫暖。

沒有誰會突然出現在你生命中。

4「這些人應該要知道我們是誰，而且要明白我們在這裡」

我醒來時，天色相當暗，房裡一片寂靜。我打開電燈，在枕頭上尋找緞帶的蹤影（白色或紅色都好），或是老鼠骷髏耳環。但什麼都沒有，根本沒東西可證明那晚床上除了我以外還有別人。

我下了床，打開窗簾，看看窗外；東方的天空正逐漸轉灰。

我考慮要向南走，繼續逃亡，繼續假裝自己活著，但我知道為時已晚。畢竟活人和死人的世界中間有扇門，那些門在兩個世界之間開開闔闔。

我已來到我的極限。

旅館房門傳來一陣微弱的敲門聲，我穿上之前的褲子和T恤，赤腳去開。

咖啡女孩在外頭等我。

門外的世界都染上了光，那是黎明前開闊而美好的景色，我聽到鳥兒在呼喚早晨的氣息。街道在山坡上，我對面的房屋與簡陋小屋無異。空中的霧氣非常靠近地面，就像老舊黑白電影中那種旋繞的霧，但中午前就會消散。

59 Jim Morrison（1943-1971），門戶合唱團主唱。

女孩相當瘦小，看起來不到六歲，眼上結滿白內障似的翳影，皮膚是灰色，好像從沒有是棕色過。她拿著白色的飯店杯子湊向我，小心地拿著，用一隻小手握著把手，另一手扶著小碟子，杯裡熱氣騰騰的泥色液體裝了半滿。

我彎身從她手裡接過，啜了一口。味道相當苦，而且燙，我整個人清醒過來。

我說：「謝謝。」

某人在某處呼喚我的名字。

女孩耐心地等我喝完咖啡，我把杯子放到地毯上，伸出手，放在她肩上。她伸出手臂，張開灰色小手，握住我的手。她知道我會跟她一起。不管此時要去哪兒，我們都會一起。

我想起某人對我說過的話。「沒關係，日日現磨。」我對她說。

咖啡女孩的表情沒變，但點了點頭，好像在說她有聽到，然後不耐煩地拉拉我手臂。她用冰冷的指頭緊緊抓住我的手，最後我們並肩走入霧中的黎明。

他人

「這裡的時間川流不息。」魔鬼說。

他一眼就看出那是魔鬼；他知道那是，也知道這裡是地獄，沒其他可能。長廳盡頭有一口濃煙滾滾的火盆，魔鬼就等在一側。岩灰色牆上掛著琳瑯滿目的物品，不過最好別細看；這兒天花板很低，地面虛幻不實。

「過來。」魔鬼說，而他聽命上前。

魔鬼赤裸的身軀瘦骨嶙峋、傷痕累累，似乎很久以前被剝了皮。它沒有耳朵，沒有性徵，卻有兩片苦行僧般的薄唇，那雙眼睛則是魔鬼之眼——看遍眾生百態、歷盡滄海桑田。在那道目光凝視下，他覺得自己連螻蟻也不如。

「現在是什麼情況？」他問。

「現在，」魔鬼的聲音無悲無喜，只有一絲死氣沉沉的認命，「你要受嚴刑拷打。」

「多久？」

魔鬼搖頭不答，只是沿牆悠悠漫步，一一瀏覽牆上的刑具。長牆盡頭，靠近那扇闔起的門扉處，掛著一柄用破舊金屬絲編成的九尾鞭。魔鬼用只剩三隻指頭的手取下鞭子，恭敬地捧回，把鞭尾那端垂進火盆，注視金屬絲漸漸燒熱。

「這太沒人性了。」

「的確。」

鞭梢散發橘紅色的死亡之光。

魔鬼舉臂，準備揮出第一鞭。它說：「過不了多久，你就會覺得連此刻都是享受。」

「你騙人。」

「我沒有，接下來……」魔鬼解釋完才揮下，「只會更糟。」

鞭子先在半空中劈啪一響，接著「咻」一聲狠狠抽上他的背脊，劃開他昂貴的衣服。布料在鞭下燃燒，裂成碎片，他失聲慘叫。然而這只是開始。

牆上的兩百一十一種刑具他一一嘗遍。

最後，連「拉撒勒的女兒」也被他細細品味完，並清理乾淨，掛回二一一號的位置。他喘著氣，張開破裂的嘴脣問道：「現在呢？」

「現在，」魔鬼說：「真正的痛苦才要開始。」

它說的沒錯。

魔鬼逼他一點一滴招出每一件壞事（他恨不得自己從沒幹過），每一個他自欺或欺人的謊言，大大小小的傷害，鉅細靡遺。魔鬼扯下健忘的表皮，揪出一切事實下的真相。這比什麼都痛苦。

「她走出門時你在想什麼？說！」

「我在想我心碎了。」

「不，」魔鬼毫無恨意地說：「你沒有。」那對無動於衷的雙眼凝視著他，他忍不住別開目光。

「我心想：這下她永遠也不會知道我睡過她姊姊。」

魔鬼把他的生命凌遲成分分秒秒的殘忍碎片，酷刑持續了百年，甚至千年——灰色廳堂內的時間永無休止——最後他終於明白，魔鬼說的果然沒錯，肉體的折磨不算什麼。

然後便結束了。

但結束只是迎來下一輪的開始。只是這次他對自己多了些認知。不知怎地，這感覺似乎更糟。

現在他一邊招供一邊痛恨著自己，不再有謊言，不再有遁辭，除了痛苦與憤怒，容不下其他。他一一吐實，不再流淚。和盤托出後，千年已過。他祈禱魔鬼現在就從牆壁上取下剝皮刀、嗆梨[60]或拇指夾。

「再來。」魔鬼說。

他開始慘叫，久久不絕。

魔鬼置若罔聞，等他叫完後又說：「再來。」

整套過程就像剝洋蔥。這回，他看見自己一生所有的苦果，他得知自己種下的一切惡

---

60 choke-pear，狀似西洋梨的鐵製刑具，塞進受刑者嘴裡，以鑰匙啟動開關，便會朝四面八方射出鐵刺。

因，當年的所作所為有多麼盲目，如何危害世間，如何傷害那些從未謀面、素昧平生的人。這是最苦澀的教訓。

千年後，魔鬼說：「再來。」

他在火盆旁蹲下身子、閉起雙眼，把自己這輩子的故事娓娓道來，一邊說，一邊重歷人生，從生到死，無所矯飾、無所隱瞞、坦然以對。他敞開了心扉。

結束後，他閉目坐在原地，等待那一聲「再來」，卻久久不聞動靜，於是他睜開眼睛。

他緩緩站起身，廳中寂然無人。

房間彼端有一扇門，他看著門的當下，門打了開來。

一個男人走進來。他身著華服，雖然滿面驚恐，卻也不掩驕矜。他猶豫地朝廳內跨出幾步，隨即又裹足不前。

他一看到那男人，登時明白。

「這裡的時間川流不息。」他告訴來人。

紀念品與珍寶

我是殿下養在基尤的狗，
敢問閣下你是誰家的狗？

——亞歷山大・波普[61]
刻於我獻給親王殿下的狗兒的項圈上

叫我雜種沒關係，反正我本來就是，不論從哪個角度看，都是如假包換。我媽被關兩年後生下我。當初她之所以被關，是為了「保護她自己」。一九五二年那當兒，妳只要與家裡附近的小夥子出去狂歡一、兩晚，就可能被診斷為有性癖。只要隨便兩個醫生說這是為了「保護妳自己和這個社會」，一聲令下就能判妳隔離。本案的醫生一號是我媽的父親，也就是我外公；醫生二號則是與他在北倫敦合開診所的同事。

我知道我外公是什麼人，但我只曉得父親是個在聖安德魯斯安養院某棟建築或某塊空地搞過我媽的傢伙。**安養院**，很讚的詞，對吧？怎麼看都暗示那是個安全場所，是可以保你免

61 Alexander Pope（1688-1744），英國詩人，擅寫諷刺詩。

受外界苦難侵襲的避風港，只是你萬萬想不到保護大計會在此觸礁。七〇年代末期，那裡尚未拆除，我去看過一次。裡頭依然瀰漫尿騷味和地板清潔劑的松香，走廊冗長幽暗，兩側則有密密麻麻的狹窄囚室。想領教一下地獄嗎？我想聖安德魯斯保證不會讓你失望。

病歷上說，她無論誰來都張開雙腿歡迎，我對此倒是挺存疑的。畢竟她之前就被關了，想上她至少得有把牢房鑰匙才行。

十八歲時，我用掉上大學前最後一個暑假，找到四個最可能是我父親的人：兩名精神科護士、保護室醫生，以及安養院院長。

我媽被關時才十七歲。我弄到一張她入院前的小小黑白皮夾照，照片裡的她露出微笑，斜倚在一輛摩根跑車側邊，車子停在一條鄉間小徑上。她朝攝影師展露的笑容還真有幾分風騷。

我媽可是個美人兒呢。

我不知道那四人之中誰才是我爸，所以就把他們全宰了，畢竟他們都幹過她：我是逼他們招認後才下手的。最棒的就是院長。那隻紅臉老豬哥留著兩撇貨真價實的翹八字鬍，這種鬍子我二十年來都不曾見過。我用他的斜紋領帶勒死他，而他口吐白沫，臉皮青紫，活像沒煮熟的龍蝦。

聖安德魯斯還有其他可能是我父親的人，不過料理完那四個我就沒勁了。我告訴自己，我已經宰了四大嫌疑犯，若要把每個可能操過我媽的人全幹掉，搞不好會演變成一場大屠殺。於是我就此罷手。

我在當地的孤兒院長大。病歷上說，他們在我一出生就幫我媽做了節育手術，畢竟，沒人想再看到像我這種討厭的小意外搞壞大夥兒胃口。

她在我十歲時自殺。當時是一九六四年。十歲的我還在打板栗[62]、闖糖果店，她卻坐在牢房裡的拋光油地毯上割腕（天知道她的玻璃從哪裡弄來的）。她雖然割傷了手指，不過自殺倒是成功。他們早上發現時她已經渾身冰冷、溼溼黏黏地倒在血泊中。

我十二歲時惹上艾利斯先生的手下。孤兒院副院長把我們這群蓬頭垢面的小鬼當成他的後宮禁臠，乖乖聽話的人每個都屁股開花，還會拿到一條邦提巧克力棒；膽敢反抗就會被關兩天禁閉，而且會真的屁股開花兼腦震盪。我們都叫他「鼻屎老妖」，因為他老是偷挖鼻孔，以為沒人看到。

後來，有人在他停在自家車庫的莫里斯小車[63]裡找到他，車窗門緊閉，僅有一條連著排氣管的亮綠色水管伸進前門車窗縫隙。驗屍官說死因是自殺，於是七十五個小男孩得以稍微喘口氣。

但鼻屎老妖這些年來一直很賣艾利斯先生面子，隨時給喜歡這口味的警察局長或外國政客提供小男孩。事發後，艾利斯先生派兩名幹員去看辦案是否順利，結果幹員發現本案唯一

62 playing conkers，一種英國傳統童玩。兩名玩者將板栗綁在繩端互擊，直到其中一方的板栗破裂為止。

63 英國四、五〇年代的暢銷車款，特色是價格便宜，耗油低且占空間小。

的被告可能是個十二歲的男孩，差點笑掉大牙。

艾利斯先生對此起了興趣，把我找過去。當年的他可比現在積極多了。我猜他以為會見到一個漂亮的小子，可惜大失所望。我長得跟現在差不多：乾乾巴巴，馬臉配一對招風耳；而我對他的第一印象就是痴肥無比的超級大塊頭。我猜他那時應該還很年輕，不過當年的我卻不這麼想，我只知道他是個大人，而大人就是敵人。

我在放學回家的路上被兩個打手抓走，一開始嚇得屁滾尿流，不過我跟條子玩捉迷藏已經有四年之久，百碼外就能認出便衣警察。這兩個傢伙聞起來沒有執法者的味道。他們把我拖進一間裝潢簡陋又灰撲撲的小辦公室，離艾格華路不遠。

當時是冬季，外頭幾乎全黑，但屋內沒什麼燈光，只有一盞小小的桌燈在書桌上投下一圈黃暈。有個大塊頭坐在桌後，正用原子筆在電報紙末端草草書寫，寫完便抬起頭，從頭到腳打量我一遍。

「要抽菸嗎？」

我點點頭。他將一包彼得．史蒂文森遞過來，我拿了一根，他用黑金色的打火機幫我點上。「你殺了羅尼．帕默斯頓。」他的語氣不帶任何疑問。

我什麼都沒說。

「怎麼？沒話要說？」

「沒什麼好說的。」我告訴他。

「我是聽到他死在乘客座才起疑心。若要自殺，他不會坐在乘客座，他會坐在駕駛座。

我的猜測是這樣：你先給他下迷藥，再把他弄進車裡——這可不容易，他個頭不小——迷藥，再加小車——幹得漂亮。然後你載他回家，把車開進他家車庫。他那時已經睡得鼾聲如雷，你就順水推舟，布下這場自殺好戲——你難道不怕開車時被人看到嗎？你才十二歲吧？」

「天暗得很早，」我說：「而且我選的是小路。」

他咯咯笑了幾聲，又問了我些問題，像是學校、家庭、興趣之類的，然後兩個打手便送我回孤兒院。

隔週，我被一對姓傑克森的夫婦收養。那位先生是國際商事法專家，太太則是防身術高手。我認為艾利斯先生把他們湊對叫來領養我之前，這兩人根本沒見過面。

我不知道他在那次會面從我身上看到了什麼，但我猜一定是某種潛質——忠心的潛質——而我也確實忠心耿耿——不要誤會，我全身心靈都幫艾利斯先生賣命。

他真名當然不叫艾利斯先生，不過我也可以寫上他的真名，這都無關緊要，反正你們沒聽過。艾利斯先生是世界十大富豪之一，告訴你一個祕密：另外九個你也絕對聽都沒聽過。這些人跟比爾・蓋茲、汶萊蘇丹之流不同，他們不會名列在什麼世界百大富豪排行榜。我這裡談的是真正的錢。艾利斯先生給了很多人你這輩子都不可能見過的大錢，只為了確保沒有人能在電視或報紙上看到任何他的報導。

艾利斯先生喜歡擁有東西。我早說過了，連我也是他的所有物，他是我不曾有過的父親；就是他幫我弄到我媽的病歷，還有我那堆老爸候選人的資料。

我本人畢業時（商學暨國際法一等學位[64]）決定去拜訪我的醫生外公。我把這當成送給自己的畢業禮物，忍到這天也算是一種激勵自己奮發向上的動力。

馬臉老頭再一年就要退休了，身上披著花呢夾克。那時是一九七八年，還是有少數醫生會提供出診服務。我跟蹤他到一棟位於梅達谷的公寓大樓，聽他說出醫囑，然後在他晃著黑色手提包出門時叫住他。

「哈囉，外公。」我沒必要裝成別的身分，真的。畢竟我頂著這副尊容，我們祖孫倆雖然差了四十歲，但根本就是一個模子刻出來的，一樣那張醜到家的臉，只是他半灰半黃的頭髮稀疏了些，不像我有一頭濃密的鼠褐色頭髮。他問我到底想怎樣。

「把我媽關到那種地方——」我對他說：「不大好吧？」然後他叫我滾蛋，或之類的。

「我才剛拿到學位，」我對他說：「你應該以我為榮。」

他說他知道我是誰，還說我再不滾他就要報警抓我，把我關起來。——我一刀從他左眼刺進腦髓，趁他發出細細的嗚嗚聲時拿走他舊的小牛皮皮夾。一方面是留個紀念——真心不騙——一方面也是要讓現場看起來像搶案。我就是在那皮夾內發現我媽的黑白相片的；那張對著相機大拋媚眼的二十五年老相片。不知道摩根跑車是誰的。

我透過一個不認識的傢伙當掉那皮夾，等到當期過後再去買回。所有痕跡都抹得一乾二淨。許多聰明人都栽在紀念品上。我有時會想，那天我做的事是不是弒祖兼弒父。不過就算我問了他八成也不會回答。反正不重要，對吧？之後我就全職為艾利斯先生工作。先忙了兩年斯里蘭卡那兒的事，又以優秀導遊的身分當掩護，在波哥大做了一年進出口生意，然後盡快回到倫敦老家，接下來十五年，我主要的工作就是解決麻煩，哪裡有問題就往哪裡去，專治疑難雜症。我幹得真是漂亮。

我之前說過，你必須成為真正的有錢人才能確保別人完全不會聽過你的名號，逃過梅鐸那些虎視眈眈、針對銀行家的垃圾廢話攻勢；你絕不會在八卦雜誌上看到艾利斯先生對著攝影師炫耀新豪宅。

除了生意，艾利斯先生唯一的興趣就是性。也就是因為這樣，我才會站在伯爵宮廷站外，風衣暗袋裡揣著價值美金四千萬的藍白鑽。更確切地說，艾利斯先生的「性趣」僅限美少年。注意，別誤會我的意思，我不希望你以為艾利斯先生是什麼娘娘腔的色老頭；他是個體面人——只不過是個愛操男人的體面人。我說這世上一樣米養百樣人，重要的是各取所需。就像上餐廳，你愛點什麼菜是自己的事。*Chacun à son goût*，請原諒我說了法文[65]。不過這其實是皆大歡喜。

那是前年七月。我記得自己站在伯爵宮廷區的伯爵宮廷路，看著伯爵宮廷地鐵站的標誌，心裡納悶：為什麼站名會有所有格的符號呢？明明地名上就沒有啊[66]，然後我又盯著人

---

64 英國學士學位分為一般學位與優等學位，優等學位又按成績高低分為一、二級。

65 Chacun à son goût 為法文，「各有所好」之意，同時英文的「請原諒我說法文」（pardon my French）意為「請原諒我說髒話」。

66 英文的伯爵宮廷區（Earls Court）、伯爵宮廷路（Earls Court Road）和伯爵宮廷地鐵站（Earl's Court Tube Station）中，只有後者有所有格符號。

行道上晃蕩的毒蟲酒鬼，同時留意艾利斯先生的積架跑車。

我不擔心暗袋裡的鑽石，因為我看起來不像容易下手的笨蛋肥羊；我懂得照顧自己。我盯著毒蟲酒鬼，一面消磨時間等積架過來（我猜它大概堵在肯辛頓大街的道路施工處後面），一面納悶：毒蟲酒鬼為什麼老愛聚在伯爵宮廷站外的人行道上呢？

我大致能揣測毒蟲的想法；他們無非是想來個一針吧。但酒鬼賴在這裡能幹什麼？又沒人會把一品脫的健力士黑啤酒或一瓶藥用酒精放在不起眼的牛皮紙袋偷偷塞給你。不論坐在人行道石板上或靠在牆上都很不舒服。所以我下了結論：天氣這麼好，我若是酒鬼，就會去公園。

我旁邊有個十幾二十出頭的巴基斯坦小夥子，正在玻璃電話亭裡張貼色情小廣告——**火辣人妖與貨真價實的金髮護士，巨乳女學生與亟需調教小男孩的嚴厲教師**。他發現我在看他後瞪了我一眼，貼完便走去找下一座電話亭。

艾利斯先生的積架在路邊停下，我走上前，坐進後座。這是輛好車，車齡兩年，漂亮，但絕不招搖。

司機和艾利斯先生在前座，跟我一起坐在後座的是個穿著特大號格紋西裝的小平頭矮胖子，模樣讓我想起一部五〇年代電影裡的窩囊未婚夫：就是那個在最後一幕被洛赫遜[67]狠狠踩在腳底下的可憐蟲。我對他點點頭，他伸出手，見我沒反應，又縮回去。

艾利斯先生並沒有介紹我們認識。我無所謂，反正我早就知道這人是誰了，是我找到他——確切地說，是我釣到他的，只是他一直不知情。他是北卡羅萊納大學的古代語言教授，他以為他這次是受雇美國國務院來英國進行情報工作。他之所以這麼想，是因為國務院有人這麼跟他說。他則告訴老婆他要來倫敦的西臺語研討會發表論文。確實是有這麼一場研討會，而發起人正是我。

「你為什麼要搭那該死的地鐵？」艾利斯先生問，「總不可能是為了省錢吧？」

「我站在街角等了您二十分鐘，還以為這樣就能讓您明白我為什麼不開車。」我對他說。我不會直接滾在地上搖尾巴，艾利斯先生喜歡別種風格：他喜歡有靈性的狗。「倫敦市中心街道白天平均車速已經四百年不曾進步，從沒超過時速十英里。只要地鐵還開，我就會繼續搭地鐵，謝謝。」

「你不在倫敦開車？」穿特大號西裝的教授問。上帝請保佑我們別受美國學術界服裝品味的摧殘，我們姑且叫他麥克里歐。

「晚上道路空蕩時我會開，」我告訴他，「午夜過後。我喜歡在晚上開車。」

艾利斯先生搖下車窗，點起一根小香菸。我無法不去注意他顫抖的雙手，我猜那是因為他很期待吧。

我們穿過伯爵宮廷，掠過一百棟對外宣稱是旅館的紅磚高樓，一百棟更破爛的賓館和附早餐的民宿，從精華地段來到貧民窟。伯爵宮廷有時會讓我聯想到老太太——那種你不時會遇見的老太太——古板拘謹到極點，又神經兮兮，卻會在幾杯黃湯下肚後登桌大跳豔舞，昭

67 Rock Hudson（1925-1985），美國電影男星。

告所有聽力範圍內的人她年輕時多辣，在澳洲、肯亞還是什麼地方收錢幫人口交。

——我這樣講，你搞不好會以為我喜歡這地方。但老實說，我不喜歡；太善變。東西來來去去，人也來來去去，步調他媽的太快。我不是什麼浪漫派，但還是比較中意南岸或東區，無論何時。

東區是個體面的地方，什麼事情都從這兒開始，好的，還有壞的。那兒是倫敦的屄洞兼屁眼——這兩處向來很近。而伯爵宮廷算什麼呢？我也不知道，身體器官的比喻在這裡完全行不通。我想這是因為倫敦瘋了，它罹患多重人格障礙。一大堆小城鎮和村子越長越大，最後撞在一起，就湊成了個大都市，卻仍忘不了各自的舊地界。

司機把車停在一條千篇一律、超沒特色的路上，就在一棟高聳聯排屋前（以前可能是旅館）；有一、兩扇窗戶用木板封了起來。

「就是這間。」司機說。

「沒錯。」艾利斯先生說。

司機繞去幫艾利斯先生開門，麥克里歐教授和我則自己下車。我打量一下人行道前後，看來沒什麼好擔心的。

我敲敲門，一行人在那兒等著，我對著大門監視孔點頭微笑。艾利斯先生雙頰火熱，兩手按在褲襠前，免得出醜。這飢渴的老淫蟲。

好吧，反正我也來了，我們全都有分，但只有艾利斯先生有福消受。

但我是這麼看的：有人需要愛，有人不需要。整體看來，我想艾利斯先生其實不需要，我自己也不需要。看多了就會知道別人屬於哪種。

艾利斯先生最重要也最基本的身分，是鑑賞家。

「碰」一聲，有人抽出門閂、打開了門。開門的老婦真是面目可憎的最佳範例。她穿著一件鬆垮垮的黑色長袍，滿臉皺紋，眼下垂著厚厚的眼袋——讓我告訴你她究竟是什麼模樣。你有沒有看過大家都說很像德蕾莎修女的肉桂麵包照片？[68]她就是長那樣，活像肉桂麵包捲，兩顆葡萄乾似的眼睛就從肉桂捲臉往外看。

她說著我沒聽過的語言，麥克里歐教授結結巴巴地回答，她狐疑地瞪著我們三人，然後皺皺臉，示意我們進去，在我們身後摔上門。我輪流閉起左右眼，適應屋裡的陰暗光線。

裡頭聞起來像潮溼的香料架。這椿生意我從頭到尾都不喜歡，有種外國人感，外國味重得讓我起雞皮疙瘩。我開始認為那隻老蝙蝠是修女院院長，她讓我們進去後，領著我們爬上一段又一段的樓梯，我看到更多黑袍女子從房門內或走廊一角窺視我們。當我將鞋跟從磨損的樓梯地毯上拔起，總會發出黏答答的聲音。油漆大塊大塊地剝落，要掉不掉地掛在牆上。這裡真是個瘋兔子窩，快把我搞瘋了。艾利斯先生不該來這種地方，這裡對他的安全沒有保障。

---

68 一九九六年有人在美國田納西州一家咖啡店發現一塊肉桂麵包，與德蕾莎修女的面容出奇相似，後來登上國際新聞，成為該店的鎮店之寶，俗稱「修女麵包」，吸引不少觀光客，但在二〇〇五年遭竊。

我們在屋內一路往上走，越來越多老嫗從陰影中無聲地窺視我們，肉桂捲臉老巫婆一邊走，一邊有一搭沒一搭地跟麥克里歐教授說話；他一面賣力地爬著樓梯，一面上氣不接下氣地接話，盡可能回答。

「她想知道你們有沒有帶鑽石來。」他喘著氣說。

「告訴她等我們看到貨再說。」艾利斯先生沒有喘氣，即使話聲中參雜細不可聞的顫抖，也是因為出於期待。

據我個人所知，二十年來半數的一線電影小生艾利斯先生都上過，男模特兒更是多得數都數不完。他擁有的漂亮男孩遍及五大洲，這些人都不大清楚他們究竟是被誰給上了，但全都拿到豐厚的封口費。

我們終於爬完最後一段沒鋪地毯的木頭樓梯，來到頂樓閣樓，門的左右各有一位壯得跟樹幹似的高大黑袍女子守著，兩人看起來都跟相撲選手有得比，而且都握著一把彎刀——她們守衛的是沙赫納之寶。女子站姿有如老馬，即使在昏暗之中，我也能看見她們的長袍幾經縫補，沾滿汙漬。

女院長大步走向她們，像是準備與一雙鬥牛來場對決的松鼠。我看著她們無動於衷的表情，不禁納悶她們究竟是從哪裡來的。可能是薩摩亞，或蒙古，也可能是土耳其、印度或伊朗某處古怪的農家。

老婦只說了一個字她們就讓開了。我推門後發現沒上鎖。我看看裡面，為了安全起見，我先走進去東張西望，把一切看遍，因此我是本世代第一個看見沙赫納之寶的男人。

他俯身垂首跪在一張行軍床邊。

傳奇一詞用來形容沙赫納非常適合。我是說，我從來沒聽過這支民族，也不知道有誰聽過。而且當我開始尋找他們，就發現即使有人聽過也不相信他們的存在。

「我的好友啊，」與我交好的俄語學者把他的報告遞給我，「畢竟你說的這個種族存在證據只有希羅多德的六、七行記載，《一千零一夜》的一首詩，外加《薩拉戈薩手稿》的一段故事，全都稱不上什麼可靠來源。」

不過謠言傳到艾利斯先生耳裡，引起他的興趣。而只要是艾利斯先生想要的，我就得負責幫他找來。現在艾利斯先生瞅著沙赫納之寶，樂得嘴都闔不攏。

那少年站了起來。床底下有只半露出來的夜壺，壺底有灘黃澄澄的尿。少年披著十分乾淨的白色細棉袍，腳上穿著藍色絲綢拖鞋。

房間裡十分悶熱，閣樓兩側各燃著一簇正低聲嘶嘶叫的瓦斯焰。但少年似乎一點感覺都沒有。

麥克里歐教授開始汗如雨下。

傳說，白袍少年是世上最美的男子（我猜他十七，絕不會超過十八歲）。我深深同意。

艾利斯先生走上前，像個在市場上檢查小牛犢的農夫一般審視那少年。他探進那小子的嘴巴，嗅聞他的氣息，看他的耳朵眼睛，執起他的手，細細打量手指和指甲，又相當公事公辦地掀起白色長袍，檢查他沒割包皮的命根子，再翻過身，端詳肛門的狀況。

少年從頭到尾都閃著亮晶晶的眼睛和白牙，滿面歡喜。

最後艾利斯先生拉起少年，在他脣上緩緩印上輕柔的一吻，吻畢便抽身，舌頭在嘴邊舔了一圈。他點點頭，轉頭對麥克里歐說：「跟她說我們要了。」

麥克里歐教授對女院長說了些什麼，院長那張肉桂捲臉堆起快樂的笑容，伸出雙手。「她要你們馬上付費。」麥克里歐說。

我緩緩將手伸進風衣暗袋，先後掏出兩只黑絲絨小袋一起交給她。每只袋裡都裝了五十顆D至E級、完美無瑕的鑽石，切工完美，每顆至少有五克拉重。鑽石大多是九〇年代中期自俄國廉價收購，一百顆，四千萬美金。老婦倒了幾顆在掌心，用手指稍稍撥弄，隨後收回袋中，點點頭。

袋子消失在她的長袍下，她走到樓梯頂端，使盡全力，用一種奇怪的語言放聲大喊。屋下傳來一陣悲鳴，彷彿一群報喪女妖齊聲哀泣。我們由白袍少年領頭，沿著昏暗的迷宮往下走，悲鳴聲久久不絕。老實說，那聲音令我毛骨悚然；潮溼腐敗的香料味也熏得我差點窒息；外國人真他媽討厭。

老婦拿兩塊毛毯裹住那少年後才讓他出門，彷彿怕他在豔陽高照的七月天會著涼。我們把他塞進車裡。

汽車一到地鐵站，我就跟他們分道揚鑣。

隔天是週三，我一整天都在收拾莫斯科的爛攤子。他媽的，太多莽莽撞撞的傢伙了。我祈禱不用親自跑一趟就能解決；那裡的菜會害我便祕。

我年輕時不怎麼愛旅行，越老越不喜歡，但只要有需要，我還是會隨傳隨到。我記得當我聽到艾利斯先生說，我們恐怕得把麥斯威踢出場時，我告訴他一切包在我身上；這事兒就這麼決定了。

麥斯威一直是個我行我素的笨蛋，明明是個小癟三，卻胃口奇大、品味奇差。

那真是我聽過最爽快的落水聲。

到了週三晚上，我全身緊繃、彷彿帳篷，於是找了個相熟的皮條，把珍妮送到我在巴比肯的公寓，心情總算好了點。珍妮是個好孩子，絕不是那種亂七八糟、不三不四的女人。她非常謹言慎行。

那晚我對她很溫柔，事後還塞給她一張二十鎊的鈔票。

「不必啦，」她說：「有人付過了。」

「拿去瘋狂亂買東西吧，」我對她說：「畢竟這是瘋錢[69]啊。」我揉揉她的頭髮，她笑得像個學生。

週四，艾利斯先生的祕書打電話通知我一切滿意，我該與麥克里歐先生結清工資了。我們安排他住在薩伏伊飯店。一般人都會搭地鐵到查令十字站或河堤站，再順河岸街走去薩伏伊，我可不會這樣。我都搭地鐵到滑鐵盧站，再往北走到滑鐵盧橋，只多花兩分鐘，風景卻好太多了。

小時候室友曾告訴我，只要憋著一口氣走上橋，到泰晤士河中心許願，願望一定會實現。

69 此為雙關，「瘋錢」（mad money）本意為「應急的現金」。

我沒什麼願好許，所以就當作憋氣練習吧。

我在滑鐵盧橋下的電話亭停下腳步（**亟需調教的火辣女學生，捆著你、綁著我、金髮新貨**），打電話到麥克里歐在薩伏伊飯店的房間，叫他來橋這兒跟我見面。

如果真要說他的格紋西裝跟週二那件有什麼不同……大概就是變得更大件了。他交給我一只鼓鼓的信封，裡頭有一大疊打字稿：他自製的沙赫納—英語句型書。「你餓了嗎？」「你該洗澡了。」「張開嘴巴。」艾利斯先生會用到的溝通會話都在裡面。

我把信封塞進風衣口袋。

「想觀光一下嗎？」我問。麥克里歐教授說，畢竟有在地人導覽城市之旅當然再好不過啦。

「這回接的工作真是文獻學的異數、語言學的樂事，」我們順著河堤散步，麥克里歐說：「沙赫納語兼有亞拉姆語及芬烏語系的特徵，耶穌基督要是寫信給遠古的愛沙尼亞人，也許就會用這種語言——說到這個，它幾乎沒有外來語。我有套理論是這樣的：他們在全盛時期一定曾突然被迫流亡好幾次……你有帶我的酬勞來嗎？」

我點點頭，從夾克口袋裡掏出那只舊小牛皮皮夾，抽出一張淺色卡片，「拿去吧。」

我們正登上黑修士橋。「是真的嗎？」

「當然是真的。這是美國樂透彩券，你去英國前心血來潮在機場買的。這組號碼會在週六晚上開出，超過兩千萬美金。就週薪來說算很豐厚了。」

他把彩券收進被塑膠卡撐得鼓鼓的亮黑皮夾，再放進西裝暗袋，時不時伸手過去摸摸，下意識想確定它還在。這副樣子實在是引扒手出擊最完美的對象，根本猜都不用猜就知道他把貴重物品放在哪兒。

「這讓人忍不住想喝一杯。」他說，而我表示同意。不過我也指出，今日難得陽光普照，海上清風徐來，窩在酒吧未免太可惜。所以我們去了酒類外售店，我幫他買了一瓶蘇托力伏特加、一盒柳橙汁和一只塑膠杯，自己買了兩罐健力士黑啤酒。

我們坐在木凳上看著沿泰晤士河修築的南堤。教授說：「我可以看出這族的男人顯然很少，一代就那麼一、兩個——沙赫納之寶啊。而女人是男人的守衛，她們養育男人、保護男人。據說亞歷山大大帝買過一個沙赫納情人，提比略和至少兩任教皇也是，謠傳凱薩琳大帝也有過一個，不過我想那只是謠傳。」

我跟他說，我覺得這像故事書上的故事，「仔細想想嘛，一個一無所有的民族，只有男子的美貌還值點錢，所以他們每世紀賣掉一個男人，好讓全族有錢繼續撐一百年。」我灌下一大口健力士，「你覺得那間屋子裡的女人就是全族了嗎？」

「我不大相信。」

他又往塑膠杯裡倒了一小口伏特加，混了些柳橙汁進去，舉杯敬我。「艾利斯先生……一定很有錢。」

「也還好。」

「我是個異性戀，」麥克里歐教授一定沒發現自己喝得有多醉；他額頭上都滲出一層汗了，「可是我真他媽的想狠狠幹那小子一炮，我這輩子沒看過那麼美麗的小東西。」

「還好啦——應該吧。」

「你不想幹他？」

「不合我胃口。」我告訴他。

一輛黑色計程車駛過我們身後的馬路，「空車」的橘色燈號沒亮，但後座卻空蕩蕩。

「那什麼合你胃口？」麥克里歐教授問。

「小女孩。」我告訴他。

他吞了口口水，「多小？」

「九歲、十歲，十一、二大概也行，一等她們長出真正的奶頭和陰毛我就硬不起來了。沒辦法。」

他看我的眼神就像我剛說的是我喜歡姦死狗。他啞口無言，只是喝著蘇托力。「你知道嗎？」他說：「在我家鄉做這種事是違法的。」

「喔？還好這裡的人不會多管閒事。」

「我也許該回旅館了。」他說。

一輛黑色計程車繞過街角。這次空車的燈號有亮，我揮手去招，將麥克里歐教授扶進後座。這是我們的**特殊計程車**之一，進去就出不來。

「請去薩伏伊飯店。」我對司機說。

「好的，先生。」他說完便將麥克里歐教授載走。

艾利斯先生對沙赫納少年呵護備至。不論何時跟他開會或簡報，都會看到少年坐在他腳邊。他對著少年那頭青絲又是撫摸、又是搓揉、又是梳理，你可以清楚感覺到他們愛著彼此。而且我得承認，連我這種冷血雜種都為之動容。豈不令人感慨。

有些晚上，我會夢到沙赫納女人。那些蝙蝠模樣的陰森巫婆在老舊腐朽的大宅飄蕩徘徊，也飄過人類歷史，以及聖安德魯斯安養院。有時她們會帶著男人一起振衣飛翔。那些男人耀眼如日，臉龐美得讓人無法直視。

我討厭這些夢，每每做這種夢我隔天就會像個廢人。這件事幹他媽的一點也不誇張。

而世上最美的男子、沙赫納之寶，平安度過八個月後感冒了。

他燒到華氏一百零六度，肺裡全是積水，就像在旱地慢慢溺斃。艾利斯先生請來世界各地最好的醫生，但這小子的生命像顆衰老的燈泡，就那麼「啪」一聲熄滅。

我猜他們只是太過柔弱，畢竟這些人生來就不是為了要強壯地活下去。

艾利斯受到很大打擊，他傷心欲絕，整場葬禮哭得像個小娃兒，淚流滿面，有如乍失獨子的母親。當時下著雨，所以除非站在他身邊，不然不會發現他的眼淚。我最好的一雙鞋在墓園裡毀了，心情惡劣至極。

我窩在巴比肯的公寓，練習擲飛刀、煮波隆納肉醬麵、看電視足球賽轉播。

晚上我叫愛麗森作陪，但並不愉快。

隔天我帶著幾個能幹的手下一起去伯爵宮廷那間大宅，想看看還有沒有沙赫納人沒搬走。

他們族裡一定還有年輕男子；這個假設十之八九。

但原本油漆斑駁的牆現在貼滿偷來的搖滾樂團海報，而且整個地方聞起來有大麻味，不像香料。

兔窩似的房間擠滿澳洲和紐西蘭人，八成是嬉過客[70]。我們走進廚房時嚇到十幾個人，他們正湊著一只R. White's檸檬汁破瓶口吸食迷幻煙霧。

我們把整間屋子從地窖到閣樓搜了個遍，想找出那些沙赫納女人，想知道她們有沒有留下蛛絲馬跡，什麼都好，只要能取悅艾利斯先生。

可惜一無所獲。

我看到一名少女的酥胸，她嗑藥嗑得恍恍惚惚，在上層的一間房裡裸睡，窗戶上沒有窗簾。除了這個回憶，我沒帶走伯爵宮廷老宅的任何事物。

我站在門口看得太久，心中彷彿自行替這幅畫面著了色：黑色乳頭的渾圓胸脯，在街上的黃色鈉光下映出令我心煩意亂的曲線。

好男孩值得嘉獎

我家的孩子喜歡聽我講童年的真實故事，像是我父親威脅要逮捕交通警察啦，我是怎麼二度打斷妹妹的門牙啦，我一人分飾兩角假扮雙胞胎啦——甚至是我失手宰了沙鼠那天的事。我沒跟他們說過這個故事，理由有點難解釋。

我九歲時，學校說我們可以選修一種自己喜歡的樂器，有些男孩選小提琴、單簧管、雙簧管，有些選定音鼓、鋼琴、中提琴。

就同齡標準來看，我長得不算高大，在小學裡也很孤僻，我之所以選擇低音大提琴，主要是因為喜歡這種突兀的違和感：一個小小男孩，扛著比自己高的樂器到處跑，還演奏得那麼樂。這畫面很對我的胃口。

低音大提琴是學校公物，它給了我很深的印象。我雖然學會了怎麼拉，卻對弓法沒什麼興趣，反倒喜歡徒手撥弄粗粗的金屬弦。我的右手食指老是長出白水泡，最後漸漸結成了繭。

我興沖沖地研究低音大提琴的歷史：它並不屬於小提琴或中提琴，不是大提琴的那支高音擦弦家族，它的音質更溫潤、柔和、更有層次。它其實是六弦古提琴家族碩果僅存的後

70 squatters，指隨意占住空屋，直到警察驅逐便另覓地盤的都會流浪者。

代，更正確的稱呼應是低音古提琴。

這些都是低音大提琴老師教我的。學校請他每週來幫我和兩位高年級生上幾小時的課。他是個熱情的禿頭老音樂家，鬍子刮得乾乾淨淨，修長的雙手長滿老繭。只要他能多跟我說些低音大提琴的故事，或是他當短期約聘樂手時騎單車環遊全國的經歷，要我做什麼我都好。當年他在腳踏車後頭裝了個能帶低音大提琴到處跑的拖架，瀟灑逍遙踩著踏板，一人一琴橫越鄉野。

他沒結過婚。他跟我說，優秀的低音大提琴家通常是差勁的丈夫，他見過很多例子。我還記得他說，世上沒有偉大的男大提琴家，至於他對中提琴家（無論是男是女）有何評價，就恕我不便複述。

他稱學校的那把低音大提琴為「她」——女性的她——「如果她再細細上一層漆的話一定很美。」還說：「你好好照顧她的話，她也會好好照顧你。」

我的低音大提琴拉得不怎麼樣。這樂器我一個人玩不起來。被迫加入學校管弦樂團合奏時，我也只記得自己老是跟丟樂譜，只能偷瞄旁邊的大提琴，等他們翻頁時我才能重新追上進度，不時以沉厚純淨的低音點綴管弦樂團那些小男孩的雜亂樂聲。

多年後，我幾乎忘了怎麼讀譜，但每當我夢到讀譜，讀的依然是低音譜。所有牛都得要吃草，好男孩都值得嘉獎。[71]

學樂器的男孩每天吃完午餐就得去音樂學院練習，其他人則躺在床上看書或看漫畫。我很少練習，反倒偷偷把書帶到音樂學院看。我坐在高腳凳上，一手扶著低音大提琴光滑的褐色木頭琴頸，一手持琴弓。如果沒仔細觀察，就會被我的裝模作樣唬弄過去。我既懶惰又沒天分，在應該拉出滑音與嗡嗡聲時，卻像鋸木頭一樣嘎吱嘎吱；我的手指遲疑又笨拙，同學都在埋頭苦練，就我沒有，反正只要我每天在琴前坐上半小時，就沒人會管我。我的練習室也是最大最好的，因為低音大提琴保管在主音樂室的櫃子裡。

我得告訴你，我們學校只出過一個「傑出校友」。然後這位傑出校友在酒醉後開著跑車勇闖板球場，結果被學校開除，但走出校門後卻又名利雙收，這都是學校傳奇的一部分。他先在伊寧喜劇[72]裡演小角色，然後在一堆好萊塢電影裡充當典型的英國反派。他從來就不是真正的大明星，但只要週日下午的電影裡出現他的身影，我們就會很高興。

練習室的門「喀」一聲轉開，我連忙把閒書放在鋼琴上，傾身打開《五十二首低音大提琴練習曲》有折角的那頁。我聽到校長說：「音樂學院當然是專門建造的，這是主練習室……」接著他們便走了進來。

來者是校長、音樂系主任（一個戴眼鏡的虛弱老先生，我還滿喜歡他的），以及音樂系副主任（學校管弦樂團的指導老師，看我非常不順眼），還有一個我絕不會搞錯、絕對是「傑出校友」本尊的人。他臂上勾著一個全身飄香的美女，搞不好也是電影明星。

我停下裝模作樣的拉琴動作，滑下高腳凳，扶著琴頸畢恭畢敬站好。

---

71 低音譜間由下至上分別是A、C、E、G調，高音譜線則是G、B、D、F、A調，「All Cows Eat Grass. Good Boys Deserve Favors Always.」為音樂初學者常用的記憶口訣。

72 指倫敦的伊寧製片廠（Ealing Studios）在一九四七至五七年間拍的一系列喜劇。

校長跟他們介紹隔音設備和地毯、為了修建音樂學院舉辦的募款活動，還特別強調下一階段的重建工程需要的捐款比之前高上許多。他正要開始解說雙層鑲嵌玻璃的花費，那位飄香美人開口。「看看他，好可愛喔。那是什麼呢？」一行人全看向我。

「那是特大號小提琴，只不過要夾在妳下巴就有點難了。」傑出校友說。每個人都很捧場地呵呵笑。

「琴是很大沒錯，」那女人說：「不過他好小喔——啊，我們妨礙到你練習了，你繼續、繼續，拉點什麼來聽聽。」

校長和音樂系主任滿懷期許，笑看著我，但副主任對我的琴技不抱任何期望，他解釋說首席小提琴手正在隔壁練習，要是能為來賓演奏他會很高興——

「我要聽**他**演奏，」她說：「小朋友，你幾歲了？」

「十一歲，小姐。」我說。

她聽了大喜，拿手肘頂頂傑出校友的胸口：「他叫我『小姐』欸。」接著她又說：「快啦，演奏些什麼來聽聽吧。」傑出校友也點點頭，大夥兒全都站在那裡看著我。

低音大提琴不適合獨奏，真的，就連高手都很難辦到，更何況我遠遠算不上高手。但我一屁股滑回凳子，屈起手指、扣住琴頸、拿起琴弓、心臟在胸膛裡敲得像定音鼓，準備好要丟人現眼。

即使事隔二十年，我依然記得清清楚楚。

我甚至沒看《五十二首低音大提琴練習曲》，我演奏了……其他的曲子。抑揚頓挫、低吟迴盪，琴弓滑出陌生又自信的琵音。接著我放下琴弓，用手指在低音大提琴上撥出一段複雜細緻的旋律。我以這種方式彈奏低音大提琴，就連手跟我的腦袋一樣大的爵士貝斯老手恐怕也無法超越我的技藝。我彈啊彈、彈啊彈、彈啊彈，彈到整個人簡直要栽進四根緊繃的金屬弦，使出從來不曾釋放的強勁力道，緊緊扣著這件樂器，最後才氣喘吁吁且得意洋洋地收手。

金髮美女帶頭喝采，大家一起鼓掌，連露出奇怪表情的副主任也不例外。

「沒想到這樂器的演奏方式如此靈活。」校長說：「非常動聽的曲子，兼具古典與現代的美感，很好很好！精采極了！」然後他領著另外四人離開，我坐在原處，全身虛脫，左手手指撫著琴頸，右手手指摸著琴弦。

一如每個真實發生的故事，每每來到尾聲，總會收得亂七八糟又不圓滿。隔天我冒著毛毛雨扛著這把龐然大物穿過庭院，走到學校禮拜堂，結果在潮溼的地磚上跌了個狗吃屎。提琴的木頭琴橋摔碎，面板也裂開了。

它被送去修理，回來後卻變了個樣。琴弦變高、變難彈了，新的琴橋似乎裝錯了角度，連我這個外行也聽得出音質有異。我沒有好好照顧她，所以她也不再照顧我了。

第二年我就轉學，沒再繼續學低音大提琴。換學新樂器的念頭似乎隱隱有幾分不忠，可是，新學校音樂教室櫃中那把積滿灰塵的黑色低音大提琴似乎不喜歡我，我已被打上另一把琴的標記。我現在身高夠，站在低音大提琴背後再也不顯突兀。

我知道，很快就會有個女孩來填補琴的位置。

雀小姐失蹤案始末

不如就用倒敘法：我夾起半透明的粉色醃薑片，放在雪白的金槍魚生魚片上，然後把整個作品——醃薑、生魚片、醋飯——以魚肉那面蘸了醬油，兩口吞下肚。

「我覺得應該報警。」我說。

「講具體點：那我們要跟警察說什麼？」珍說。

「呃，可以報案說有人失蹤之類的……我不知道。」

「你最後一次見到那位小妹妹是在哪兒？」強納森裝出最像警察的威嚴嗓音，「我懂了——先生，你曉不曉得浪費警察的時間一般來說也算犯法？」

「但那一整個馬戲團……」

「先生，這些人本來就到處巡迴表演，他們年齡也都合法，本來就會這樣來來去去。如果你說得出他們的名字，我也許可以寫份報告……」

我悶悶地嚥下一份鮭魚皮捲，「好啦好啦，」我說：「那去找報社如何？」

「真是個好主意呢。」強納森的語氣帶著滿滿反諷，清楚說明他認為這主意蠢透了。

「強納森說的對，」珍說：「他們才不會理我們。」

「他們憑什麼不信？我們可是老實本分、奉公守法……什麼什麼的好公民。」

「你是奇幻小說家，」她說：「你靠編故事混飯吃的，誰會信你？」

「但你們倆也是目擊證人；你們可以替我背書。」

「強納森接到的一系列獨立恐怖電影秋天就要上映，他們會說他只是想藉機幫新戲摶版面；我也一樣，我的新書快出了。」

「妳的意思是我們誰也不能說？」我啜著綠茶。

「不是，」珍有條有理地表示。「我們愛跟誰說、就跟誰說，但人家信不信就是另一回事。如果你問我，我打賭根本沒人信。」

醃薑刺得我舌頭發麻。「妳說的對，」我說：「而且不管雀小姐現在在哪裡，八成都過得比從前幸福。」

「可是她不叫雀小姐，」珍說：「她叫——」她說出我們的同伴先前用的本名。

「我知道，可是那是她給我的第一印象，」我解釋，「妳知道的嘛，就像電影裡演的那種女生，她們一摘掉眼鏡、放下頭髮，你就會說：『哇！雀小姐，妳好美。』」

「她確實是這樣沒錯，」強納森說：「至少最後是啦。」他回想起來，立刻抖了抖。

就這樣。現在你們都知道這事是如何落幕，幾年前我們三人又是如何將它擱下；你們不知道的是開頭，還有其中細節。

依據以上敘述，我並不指望你們相信這故事，至少沒有太指望，畢竟我是靠騙人混飯吃，不過我喜歡標榜自己是個誠實的騙子。如果我是紳士俱樂部的會員，就會在夜漸深、壁爐火焰漸熄時，藉一、兩杯葡萄酒助興，娓娓道出整個故事。可惜我沒加入這種俱樂部，而且我一向寫得比說得精采，所以你們接下來就會看到雀小姐的故事（我想你們已經知道她不姓雀，跟雀一點關係也沒有。我在這裡隱去真名是為了規避刑責），得知她為何會無法加入我們的壽司宴。這故事信不信由你，畢竟連我都不確定自己信不信。那感覺真是恍如隔世。

我能想出十幾種開頭，但我想，最好還是從幾年前倫敦的某間旅館客房說起。上午十一點電話響起時，我有些驚訝，趕忙上前接起。

「喂？」這不可能是從美國打來，那兒的時間還太早。可是照理說英國當地不可能有人知道我在國內。

「你好，」那熟悉的嗓音操著一口誇張到失真的美國腔，「我是巨圖公司的海勒姆・P・慕梭狄克斯特，我們正在拍一部《法櫃奇兵》改編作——只是納粹戲分刪掉，改由爆乳大妖姬上陣。聽說你老二尺寸大得嚇人，不知有沒有意願擔任男主角明尼蘇達・瓊斯呢……」

「強納森？」我說：「你怎麼知道我在這裡？」

「你聽出來了啊。」他好像很不甘心，怪腔怪調頓時消失無蹤，又變回原本的標準倫敦腔。

「哈，一聽就知道是你，」我毫不留情。「好了，你還沒回答我的問題。應該沒人知道我在這裡才對。」

「我有我的辦法，」他故作神祕，卻不大成功，「我跟你說，珍和我想請你吃壽司——你記得嗎，有一次你吞下的壽司之多，簡直讓人想到倫敦動物園海象館的餵食時間——我們要先把你餵得飽飽，然後再帶你去劇院看表演，如何？」

「這很難說，我猜我會說『沒問題』，不過我得先冒昧問一下：『這是陷阱對不對？』」

「確切來說不是陷阱，」強納森說：「我不會說它是**陷阱**……總之不算啦。應該吧。」

「你騙人對不對？」

電話旁有人說了些什麼，然後強納森說：「等等，珍想跟你說幾句話。」珍是他的妻子。

「你最近好嗎？」她說。

「很好，謝謝。」

「我跟你說，」她說：「你只要答應就算幫了我們一個大忙——不是說我們不想找你聚聚，我們真的很想念你，可是呢，有個人……」

「那人是妳朋友。」強納森在一旁說。

她拿開話筒。「才**不是**，我跟她根本不熟。」然後又回來對我說：「嗯……是這樣的，我們有個客人，算是燙手山芋，她在國外待了很久，我被強迫答應明晚要照料她，還要帶她出去玩——老實說她還滿惹人嫌的。強納森從你電影公司那兒聽說你來了倫敦，我們想你搞不好可以幫個忙，讓場面別那麼冷，你就行行好答應吧。」

所以我就答應了。

回想一下，我猜這整樁禍事也許該怪創造詹姆士·龐德的人——也就是伊恩·佛萊明。月前我讀到一篇文章，說伊恩·佛萊明建議有志作家，假如你有本書始終無法完成，就該移駕到旅館去寫。我的問題不在於小說，而是有個電影劇本一直難產。於是乎，我買了張飛往倫敦的機票，向電影公司保證一定會在三週內交稿，就這麼住進小威尼斯[73]一間詭異旅館的客房。

我沒跟身在英國的任何人說我在當地，因為行蹤一旦洩漏，我就得從早到晚訪親會友，沒辦法瞪著電腦螢幕，偶爾寫寫字。

老實說，我已經有點悶壞了，此時此刻，不管什麼打擾我大概都會張開雙手歡迎。

隔天時間還不到傍晚，我就來到強納森和珍的家。那裡勉強算在漢普斯特區內，外頭停著一輛綠色小跑車。我登階叩門，來應的是強納森。他穿著一套漂亮的西裝，淺褐色的頭髮比我上次看到時長（不管是現實中還是電視上）。

「哈囉，」強納森說：「我們本來想看的表演取消了，不過還是可以改去其他地方，你不介意吧？」

我正想回答說反正我也不知道原本是要去哪兒，所以改不改對我來說根本沒差。強納森已把我領進客廳，一會兒問我要不要喝氣泡水，一會兒跟我保證還是會去吃壽司，說珍把小孩哄上床後就會下樓。

他們家的客廳才重新裝潢過，強納森說這叫**摩爾妓院風**。「當初設計的本意不是要走摩爾妓院風，」他解釋，「但也不是要走**別種**妓院風啦，總之最後就搞成了這副妓院似的鬼模樣。」

「他跟你說過雀小姐的事了嗎？」珍說。上次見到她時她是紅髮，現在則是一頭深褐色。她露出雷蒙·錢德勒式的微笑。

「誰？」

「我們正在聊狄克托[74]的用墨風格，」強納森歉然表示。「還有尼爾・亞當斯[75]的《傑瑞・路易斯》連載。」

「可是她隨時都會上門，他得先了解敵情。」

珍的正職是記者，因緣際會成了暢銷作家。她幫一齣電視劇寫了本介紹手冊，主角是兩名超自然協會會員，然後就這麼躋身暢銷排行榜，從此成為榜上常客。

強納森先是靠主持夜間脫口秀發跡，然後憑著狂放不羈的魅力在各個領域大放異彩。不管是不是在攝影機前，他都是同一副模樣。你要知道，演藝圈的人可不是每個都這樣。

「這是一種家庭義務，」珍解釋，「呃，說**家庭**也不太妥當。」

「她是珍的朋友。」她的丈夫幸災樂禍。

「她**不是**我朋友，但我也不好拒絕，你說對吧？反正她只會在英國待幾天而已。」

珍到底還有什麼人無法拒絕，又還對誰有義務，我都無從得知了。因為門鈴就在此時響起，他們夫婦將我介紹給雀小姐。但我剛說過，那不是她本名。

---

73 倫敦麥達維爾（Maida Vale）區內有攝政運河（Regent's Canal）經過，別稱「小威尼斯」，環境清幽，景色優美。

74 Steve Ditko（1927-），美國漫畫家，蜘蛛人創造者之一。

75 Neal Adams（1941-），美國漫畫家，超人和蝙蝠俠的創造者之一。

她頭戴黑色皮帽，身披黑色皮外套，深黑色頭髮在後腦杓盤了個結實的小髻，尾端綁成麻花結；她化了妝，上妝手法熟練，散發出一種連專業SM女王都妒忌的嚴肅氣質；她雙唇抿得超緊，目光透過一副眼鏡——當然是黑框——瞪視這個世界。那玩意兒掛在她臉上顯眼異常，尋常眼鏡絕對不能相比。

「行了，」她的口吻像是在宣判死刑。「我們去劇院吧。」

「呃，一半對一半錯，」強納森說：「我的意思是我們還是會出門，不過沒辦法去看《不列顛的羅馬人》[76]了。」

「很好，」雀小姐說：「反正那很沒品味，我真搞不懂怎麼會有人把那種胡說八道編成音樂劇。」

「所以我們改去看馬戲團，」珍請她寬心，「逛完馬戲團再去吃壽司。」

雀小姐抿緊嘴脣，「我對馬戲團沒什麼好感。」她說。

「這家馬戲團沒用動物表演。」珍說。

「很好。」雀小姐哼了一聲。我好像知道珍和強納森為什麼硬要拉上我了。

出門後，雨淅淅瀝瀝地下了起來。街上一片昏暗，我們擠進小跑車，直奔倫敦。雀小姐和我坐在後座，不自在地貼著對方的身體。

珍告訴雀小姐我是作家，然後告訴我雀小姐是生物學家。

「應該是生物地質學家。」雀小姐糾正她，「強納森，你說要去吃壽司是真的嗎？」

「呃，是啊——怎麼？妳不喜歡壽司？」

「喔，**我**只吃熟食。」她開始列出一大串寄生在生魚肉上、只有烹煮才能殺死的各種水蛭、蠕蟲、寄生蟲，還告訴我們這些東西的生命週期。車外的雨嘩啦直下，將夜晚的倫敦染上一片炫目虹彩，珍從前座同情地看了我一眼，又回頭繼續跟強納森一起研究一張手繪地圖，好決定該走哪條路。我們一面從倫敦塔橋越過泰晤士河，雀小姐一面警告我們瞎眼、發瘋和肝衰竭有多可怕。我們在南渥克大教堂附近一條小小暗巷停下車時，她正要仔細解說象皮病的症狀。她整個人得意洋洋，好像象皮病是她發明似的。

「馬戲團到底在哪兒？」我問道。

「這附近，」強納森說：「他們是在聖誕節特別節日上跟我們認識的。我本來想自掏腰包買今晚的票，不過他們堅持要免費招待。」

「一定很精采。」珍滿懷希望。

雀小姐則嗤之以鼻。

一個扮成僧侶的禿頭胖子沿人行道走向我們。「你們來啦！」他說：「我一直在注意你們到了沒——你們遲到嘍，表演要開始了。」他轉身往回跑。我們跟著上前。雨打在他的光頭上，沿面頰淌下，將他那臉如阿達．肥斯特的妝容沖得一條白、一條棕。他推開牆側的一道門。

76 *The Romans in Britain*，霍華德．布倫（Howard Brenton, 1942-）創作的史詩舞臺劇，主旨在譴責帝國主義和濫用暴力。

「請進。」

我們進去了。裡面已經有大約五十人，溼答答地瀰漫著水氣，有個頂著拙劣吸血鬼妝容的高個兒女子正拿著手電筒檢查門票、撕下票根、幫沒買票的客人補票。我們正前方有個矮矮胖胖的婦人，她一面甩著傘上的水，一面怒氣沖沖地瞪著她，「最好真的好看啦。」她對同行的少年說（我猜那是她兒子）。她買了兩張票。

女吸血鬼來到我們面前，她認出了強納森，「你們是一起來的嗎？四個？好的，你們在貴賓名單上。」這句話惹得那個矮胖婦人狐疑地瞪了我們一眼。

「噹噹噹」的鐘鳴音效響起，某面時鐘指向十二點（我的手錶還不到八點），房間盡頭的木製對開大門嘎吱嘎吱開了，傳出一陣轟隆隆的聲音，說道：「願者……入門！」說完就是一陣瘋癲狂笑。我們便走進黑漆漆的大門。

空氣中瀰漫一股潮溼磚塊和腐臭的味道，我馬上就知道這是哪裡了：部分地上鐵路線底下古老的地窖網絡，廣袤空曠，大大小小又奇形怪狀的房間縱橫交錯。有些被酒商和二手車商當作倉庫，有些被嬉過客占據，直到他們因為缺乏陽光和現代化設備，不得不重回太陽底下。大多空間都閒置，直到某天避無可避地被拆屋大鐵球和新鮮空氣帶走所有祕密。

一列火車從我們頭頂上駛過。

我們由肥斯特叔叔和女吸血鬼帶頭，慢吞吞地往前走，在一個類似待宰處的地方停步等候。

「希望待會兒有位置坐。」雀小姐說。

等我們都安置好，手電筒出去了，換成聚光燈進來。

演員出場，有些還騎著機車和沙丘越野車；一群人追追跑跑，笑鬧著扭腰擺臀。我覺得他們的服裝道具師一定是漫畫上癮者，不然就是看了太多《衝鋒飛車隊》[77]。眼前有龐克小子、修女、吸血鬼、妖怪、脫衣舞孃，還有殭屍。

他們在我們四周蹦蹦跳跳，馬戲團領班唱著艾利斯・酷伯[78]的〈歡迎來到我的噩夢〉——他戴著一頂高帽子，由此可知他的身分。不過他唱得有夠難聽。

「我認識艾利斯・酷伯，」我喃喃自語，擅自竄改我依稀有印象的某句名言，「然而這位先生，你並非艾利斯・酷伯。」

強納森說：「真是有夠無聊。」

珍噓了一聲，示意我們安靜點。唱完最後一個音符，聚光燈下只剩領班。他繞著圍欄說：「歡迎歡迎，歡迎大家來到夜夢馬戲團。」

「是你的迷欸。」強納森悄悄說。

「那是《洛基恐怖秀》的臺詞吧。」我也悄悄回答。

「今晚，你們將會見識到超乎想像的妖怪、暗夜的人造變種生物、讓人忍不住尖叫的特

---

77 *Mad Max*，一九七九年澳大利亞反烏托邦動作片，由喬治・米勒執導。二〇一五年電影將系列中文名稱改為《瘋狂麥斯》。

78 Alice Cooper（1948-），美國歌手，休克搖滾（shockrock）的代表人物。

技表演；同時也會樂得開懷大笑——大夥兒，我們啟程吧！」他對我們說，「一間一間慢慢逛，每個地底密洞都有一個噩夢、一份驚喜、一場精采表演在等著你！不過呢，為了你的安全著想，我要特別重申以下這點：請各位記住，不要踏出各個房間的參觀區標線，否則將會迎來世界末日般的苦難，並且血濺當場，更會失去永恆的靈魂！——喔，我還得強調一點：絕對禁止使用任何閃光燈和錄影設備。」

語畢，幾名拿著手電筒的少女便領我們進入下一個房間。

「意思就是說沒座位可坐啊。」雀小姐興趣缺缺。

第一間

裡頭有位笑盈盈的金髮美女，身穿亮片比基尼，雙臂布滿針孔，被一個駝子和肥斯特叔叔拿鎖鏈綁在一只大轉輪上。

輪子緩緩轉動，身穿深紅色戲服的胖子朝那女人擲出飛刀，刀子在她身周射成一圈，接著駝子蒙起紅衣人的眼睛，他再擲出最後三刀，不偏不倚從那女人的頭旁擦過。他摘下蒙眼布，女人也被鬆綁、抱下轉輪，他們一同鞠躬，我們紛紛熱烈鼓掌。

紅衣人從腰帶裡抽出一柄伸縮刀，作勢要割那女人的喉嚨，刀刃噴出一小片鮮血，幾名觀眾嚇得倒抽一口氣，有個比較神經質的女孩甚至細聲尖叫一下。她的朋友卻在咯咯輕笑。

紅衣人與亮片衣女子最後又一同鞠了個躬。燈光熄滅，我們跟著手電筒走向一條磚砌走廊。

第二間

這裡聞起來更潮溼，簡直像是年久失修的發霉地牢，還能聽到不知從哪兒傳來的滴答雨聲。領班對著觀眾介紹這隻「異獸」：「暗夜之中於實驗室合成的異獸，擁有驚人神力。」眼前這怪物的科學怪人裝算不上逼真，但他不僅把肥斯特叔叔坐著的巨石連人帶石一同舉起，還把全速衝過來的沙丘車（駕駛者是女吸血鬼）徒手擋下，重頭戲則是吹破一只熱水袋。

「快去吃壽司吧。」我喃喃對強納森說。

雀小姐平靜地指出，除了有寄生蟲的風險，黑鮪魚、劍魚和智利圓鱈都過度捕撈，很快就會瀕臨絕種。因為牠們繁殖的速度趕不上人類的濫捕。

第三間

走過漫長的黑暗後，我們來到第三間。這裡有換過天花板，現在上頭的新天花板看起來像空盪倉庫的屋頂，房間中的視線死角有藍紫色紫外線燈管滋滋作響。黑暗中，牙齒和襯衫等反光物品閃出一道道光芒，我們耳邊更傳來充滿節奏感的低沉樂音。抬頭一看，只見黏髏、外星人、狼人和天使高懸上空，紫外線在他們的戲服上打出幽幽螢光；他們在高高吊起的鞦韆上閃耀，猶如古老的夢境，隨著音樂飄來盪去——然後整齊劃一地同時鬆手，朝我們俯衝而來。

我們嚇得倒抽一口氣，但在碰到我們之前，他們就像扯鈴一般扭身躍上半空，爬回鞦韆，我們才發現他們都綁著吊在屋頂的橡皮繩，只是在黑暗之中看不出來。他們在大家頭上翻滾蹦跳，我們又是鼓掌又是驚呼，一面欣賞一面讚嘆。

第四間

第四間沒比走廊寬多少，天花板低矮，領班威風八面地巡視全場，隨後挑了兩名觀眾上臺：矮胖婦人，以及一個穿著羊皮外套、戴鞣皮手套的高大黑人男性。領班表示要讓我們見識見識他催眠術的威力，便在空中比畫了幾個手勢，然後請矮胖婦人回去，只請那名男觀眾站在一口箱子上。

「這早就套好招的，」珍喃喃說：「假觀眾、真演員。」

一架斷頭臺被推上前，領班先切了一顆西瓜，以示刀鋒銳利，然後把男觀眾的手放在斷頭臺下，一刀斬落。戴著手套的手落進籃子裡，空蕩蕩的袖口有血水直噴。

雀小姐失聲尖叫。

男觀眾從籃子裡拾起自己的手，滿場追打領班，場內在此時響起《班尼希爾搞笑劇》

的配樂。

「唬人小花招。」強納森說。

「看得出來。」珍說。

雀小姐用衛生紙擤擤鼻子，「我認為這品味很有問題。」然後他們便領我們來到——

第五間

燈光照明全開，牆邊搭了張粗製木桌，後頭有個光頭的小子在賣啤酒、柳橙汁和瓶裝水，也有標誌指出通往隔壁洗手間的路線。珍去買飲料，強納森去洗手間，所以只留下我，有一搭沒一搭地與雀小姐閒聊。

「唔，」我說：「聽說妳在國外待了很久。」

「我之前在科莫多島[80]研究恐龍，」她告訴我，「你知道恐龍為什麼能長這麼大嗎？」

「呃……」

「因為牠們得學著捕食侏儒象。」

---

79 *The Benny Hill Show*，英國橫跨六〇至八〇年代的著名喜劇。

80 Komodo，位於印尼，該島具有獨特的生態系統，棲息著世界上現存最大的獵食蜥蜴，恐龍的同種——科莫多龍。

「那裡有侏儒象啊？」我有了點興致。這比壽司裡的水蛭有趣多了。

「有啊，這是基本的島嶼生物地質學：動物不是越長越大，就是越縮越小，這是有公式的。例如……」雀小姐說著說著，臉部表情也多了點生氣，當她滔滔不絕地解釋為什麼有些動物越長越大，有些越縮越小，我發現自己漸漸對她產生了好感。

珍買了飲料給我們，強納森也從洗手間回來，路上有人找他簽名，他歡天喜地飄飄然。

「請教一下，」珍說：「我現在正在寫《不可思議指南》新刊，讀了一大堆神祕動物學期刊。身為一名生物學家——」

「——生物地質學家。」雀小姐出言糾正。

「是。妳認為，直到今日，其實史前生物還祕密地活在世上某個角落、不為科學家所知的機會有多少？」

「不大可能，」雀小姐說：「至少世上不存在這種世外桃源，像『失落的世界』那樣充滿長毛象、劍齒虎和隆鳥……」

「聽起來好噁，」強納森說：「什麼鳥？」

「隆鳥，一種不會飛的史前巨鳥。」珍說。

「其實我早就知道了。」他告訴她。

「嗯，不過它們**不是**史前生物，」雀小姐說：「最後一隻隆鳥大概在三百年前死在馬達加斯加的葡萄牙船員手中。而且根據頗為可靠的記載，十六世紀曾有侏儒長毛象出現在俄羅斯宮廷；維斯帕先[81]也曾從北非買回一群生物，根據描述，幾乎可以肯定是劍齒虎，後來死在馬戲團。所以不該說是史前，而是史後生物。」

「真不知道要那劍齒幹麼，」我說：「不覺得會卡住嘴巴嗎？」

「胡說，」雀小姐說：「劍齒虎是最有效率的獵人，絕對不會錯——化石紀錄中常常出現那口利牙——我真的好希望現在還有活的劍齒虎。只可惜沒有，這世界已被探索殆盡，再也沒有什麼祕密了。」

珍不以為然地說：「世界之大，無奇不有。」這時燈光閃了閃，傳來一個鬼氣森然的嗓音，請觀眾準備移駕到下一個房間，甚至還警告我們後半場表演不適合心臟不夠強的人。後半夜，夜夢馬戲團將自豪地呈現給我們一齣今晚一旦錯過、此生再也欣賞不到的精采好戲——「美夢成真櫥櫃」。

我們丟掉手中的塑膠杯，慢慢走進——

第六間

「現在上演精采好戲，」領班宣布：「痛不欲生！」

聚光燈打在一名瘦得病態的年輕男子身上。他穿著一條泳褲，一對鉤子穿過他的乳頭，將他懸空吊起，兩名龐克女孩把他扶下地面，遞給他道具。他將一根六英寸長的鐵釘搥進鼻

---

81 Vispasian（9-79），羅馬帝國弗拉維王朝的第一任皇帝。

子，用繩子穿過舌頭、把自己整個人吊起來；接著又把幾隻雪貂放進泳褲，而他最後一個把戲居然是讓高的那位龐克女孩拿注射針頭當飛鏢，朝他的肚子發射。

「他是不是上過電視？幾年前的時候？」珍說。

「是啊，」強納森說：「真是好樣兒的，這傢伙竟然把鞭炮咬在牙齒上點燃。」

「不是說他們不用動物表演嗎？」雀小姐說：「你們覺得那些可憐的雪貂被塞進年輕男子的私處，牠們會有什麼感受？」

「我想這得看牠們是貂弟弟還是貂妹妹囉。」強納森嘻皮笑臉地說。

第七間

這間上演搖滾喜劇，附帶一些很失敗的搞笑；修女袒胸露背，駝子的長褲掉了下來。

第八間

裡頭一片黑漆漆，我們在黑暗中等待著好戲上演。我腿痠，又累又冷，好想找個地方坐坐。我真是受夠了。

這時開始有人拿燈朝著我們亂閃，我們一面眨眼一面舉手擋住。

「今晚，」一道粗啞、乾澀又詭異的聲音說。我很確定這不是領班。「今晚，你們之中有一個人可以許一個願望，有一個人可以心想事成，因為我們有『美夢成真櫥櫃』。那麼，那位幸運兒是誰呢？」

「喔喔喔我來猜，這是第二個假觀眾吧。」想起第四間的那位獨手男，我低聲說。

「噓——」珍說。

「是誰呢？先生——是你嗎？太太——是妳嗎？」黑暗中，有道身影蹣跚走向我們，那人手上拿著攜帶式聚光燈，因此很難看清他的模樣。我猜他可能是穿著猩猩裝吧，因為他的身形看起來實在不像人類，而且移動的姿態也很像猩猩——搞不好他就是之前那隻「異獸」。

「是誰呢？」我們斜眼看著他，側身讓路。

這人突然往前一撲，「啊哈！有人自告奮勇。」他縱身躍過我們身邊隔開參觀區和表演場地的圍欄繩，一把攫住雀小姐的手。

「我真的認為這樣很不妥。」雀小姐說，但她太緊張，又太守禮節——簡單說就是太英國了，拉不下臉當眾大吵大鬧，只能任那人不由分說把她從我們身邊拖走。雀小姐被拖進黑暗，徒留我們三人。

強納森喃喃咒罵，「這下梁子結大了，她不會輕易放下這件事。」

燈光亮起，一個扮成巨魚的男人騎著機車繞場好幾周，然後從行駛中的機車座上站起，接著又坐回去；他抬起前輪，一頭衝上房間牆壁，沒想到卻撞到磚塊，一個打滑，摔了出去，跌到地上時還被車子壓住。

駝子和上空的修女匆匆跑來移開車子，拖出魚裝騎士的身體。

「我他媽的腿摔斷了……」他口齒不清地嘟噥著，「他媽的腿……我他媽的腿……」他一邊哀嚎一邊被人抬出去。

「你覺得這是不是故意安排的？」附近人群中的一個少女問道。

「不是。」她旁邊的男人說。

微微顫抖的肥斯特叔叔和女吸血鬼帶我們進入——

第九間

雀小姐在這兒等著我們。

雖然四周之黑，伸手不見五指，我還是可以知道這房間很大。也許是因為人在黑暗中其他感官會分外敏銳，又或者只是因為人類處理資訊的能力比想像中好：我們拖沓的腳步和咳嗽的回聲從幾百步外的牆壁反彈了回來。

接著，憑藉著一股幾近瘋狂的篤定，我突然深深確信黑暗中有大型猛獸正虎視眈眈，瞪視我們。

燈光慢慢亮起，我們看到了雀小姐。直至今日，我都還在疑惑他們究竟是從哪兒弄來她那身戲服。

她的黑髮披散，眼鏡也摘掉了，那身布料不多的戲服非常適合她。她手持長矛，面無表情地注視著我們。接著，那一對巨大的貓科動物步出陰影，來到她身邊，其中一隻正仰頭長嘯。

有人開始尖叫，我聞到濃烈的尿騷味。
那東西的體型跟老虎一樣巨大，不過皮毛上沒有橫紋，而像是沙灘上見到的夕陽西下；動物的眼如黃玉，呼吸聞起來有新鮮血肉的腥臭。
我瞪著牠們的下巴：劍齒確實是齒，不是獠牙；是又長又粗的犬齒，專碎血肉、專剔骨骸。
牠們繞著眾人緩緩踱步，我們靠得緊緊，蜷縮成一團。大家都想起了刻畫在骨血中的遠古記憶，我們曾那樣在夜裡戰戰兢兢，藏在山洞中躲避覓食的野獸；我們曾是牠們爪下的獵物。
劍齒虎——就姑且假設牠們是吧——似乎有些戒慎不安，尾巴像鞭子般不耐煩揮動。
雀小姐一言不發，只是凝視著她的動物。
矮胖婦人舉起雨傘朝其中一隻揮，出口罵道：「滾！你這醜八怪畜生！」
牠朝她咆哮，弓起背，就像一隻作勢暴起的貓。
婦人嚇得面色如土，但還是像劍一樣將雨傘舉在身前，似乎並不打算逃入城市的萬家燈火。
猛虎縱身一躍，用一隻毛茸茸的大腳掌把她掃倒在地，耀武揚威地壓住她，吼聲低沉，彷彿在我腹腔內迴盪。婦人似乎昏了過去，我覺得這倒算她幸運——至少，這樣就不必親眼看著尖牙如匕首般劃破她那身臭皮囊。
我東張西望想找路出去，但另一隻老虎依然繞著我們打轉，把我們困在圍欄繩內，插翅難飛，宛如一群嚇破膽的綿羊。

我聽到強納森翻來覆去地低聲罵著三字經。

「我們是不是要死了？」我聽到自己說。

「大概是吧。」珍說。

雀小姐跨過圍欄繩，抓著老虎的頸背把牠拖回去。牠先是抵擋不從，但她一拿矛尾敲牠的鼻子，牠立刻乖乖放下婦人，聽話地夾著尾巴走掉。

我沒看到血，希望那名婦人只是暫時不省人事。

地下室深處的燈光似乎慢慢亮起了，彷彿黎明破曉，我能看見叢林迷霧盤繞巨大的羊齒蕨和玉簪花，聽見遠方依稀傳來蟋蟀唧唧和陌生鳥鳴；萬物甦醒，準備迎接新的一天。

一部分的我——身為作家的部分——即使從車禍現場中掙扎逃生，也不會忘了去記錄燈照在血泊中的碎玻璃上形成的特殊光影；即使身處生死一線間，也不忘觀察自己心臟破裂（或是沒破）的各種精闢細節——那部分的我想著：一架煙霧機、幾個假演員，外加一段錄音，就可以做出這種效果——當然，首先燈光師必須是個高手才行。

雀小姐心不在焉地搔搔左胸，轉身走進這片小天地中的暮光與叢林，兩隻劍齒虎一左一右地跟在她身旁。

有鳥啁啾尖鳴。

黎明之光隱入黑暗，迷霧飄散，女子和野獸都消失。

婦人的兒子扶起母親，她睜開眼，雖然驚魂未定，但還好沒有受傷。她拄著雨傘站起身，瞪著全場觀眾——因為大家這時開始對她鼓掌喝采。

肥斯特叔叔和女吸血鬼不知跑到哪兒去了，沒人來帶隊，於是我們不客氣地自己走向——

第十間

這間顯然是特地布置要表演壓軸大戲，場內甚至備有塑膠椅，好讓觀眾坐著欣賞，我們入座等待，但馬戲團的人遲遲沒出現。呆坐好一陣子後，大家都領悟：八成是不會有人來了。

人群開始魚貫走進下一個房間，我聽到開門聲，然後聽見馬路上的人車與風雨。

我看看珍和強納森，三人一齊起身離開。最後一間房裡有張沒人顧的桌子，上頭擺著海報、唱片和徽章等等馬戲團紀念品，還有一只打開的錢箱。敞開的門外映入街上的黃色鈉光，狂風吹拂，沒賣出的海報被吹到紙角不耐地啪啪顫動。

「要等她嗎？」有人開口問——我真希望我能告訴你那人是我。但是其餘兩人搖搖頭。

於是我們冒雨走出去。現在的雨勢已經減弱成狂風伴毛毛雨了。

我們冒著狂風與細雨在窄巷中走一了小段，找到車子。我站在人行道上，等待後車門打開，似乎在瀝瀝雨聲與城市噪音中聽見虎嘯——感覺很近，但不知道在什麼地方。那陣低吼震得全世界一陣搖撼。但也許，那只是火車經過時的呼嘯。

怪怪小女生

女孩們

新世紀

她看起來如此冷酷、如此專注、如此安靜，雙眼卻直盯著遠方的地平線。你自以為第一眼就把她整個人看透，但你所有自以為是的了解，全都大錯特錯。激情流貫過她，宛如一江鮮血。

她只是稍稍別開目光，面具就滑落，而你頹然倒下。你的明日盡皆由此開展。

邦妮的媽咪

你知道愛一個人是怎麼回事嗎？

最棘手、最糟糕、最狗血煽情的部分是，你沒辦法說不愛就不愛，因對方會永遠在你心底占有一席之地。

現在她死了，她努力只記得愛的感受；她想像每一次親吻，以及想遮掩瘀青卻欲蓋彌彰的妝、大腿上的香菸灼傷——她判定這都是愛意的體現。

她想知道女兒會怎麼做。

她想知道女兒會怎麼樣。

死去的她手中捧著一塊蛋糕，那是她一直想幫小寶貝烤的蛋糕。也許，她們本來可以一起攪拌麵糊。

他們一家三口本來可以坐下，和樂融融吃著蛋糕，屋裡本來可以慢慢盈滿笑聲與愛意。

怪怪

她曾將上百件不想記得的回憶驅出腦海，她甚至不允許自己去想。因為當鳥兒尖鳴、蟲子蠕動，她內心的一角總是無止境地下著綿綿細雨。

你會聽說她出國了，她有份禮物本想送給你，可惜沒等送到你手中就先搞丟。某天晚上電話會響起，那個可能是她的聲音會說一些什麼，但你還來不及插話，對方就會「喀」一聲掛斷。

幾年後，你搭計程車經過某戶人家門口，會看見有個人長得很像她，可是等你急忙讓司機停車時，她已經消失了；你再也見不著她。

每逢雨天你就會想起她。

寂靜

她是個歌舞女郎，做這行已三十五年（數字再多她就不承認了），天天穿高跟鞋穿得腳疼，但她能踩這高跟鞋頂四十磅重的頭飾下樓梯，也能踩高跟鞋牽著獅子穿過舞臺，就連踏著高跟鞋上刀山、下火海也難不倒她。

多虧有以下人事物做支柱她才能抬頭挺胸，一路走來始終如一——她女兒；一個愛她的芝加哥男人（雖說愛得不夠深）；替她付了十年房租的全國新聞主播，而且他一個月最多只來拉斯維加斯一次；兩袋矽膠；不曝晒在沙漠太陽下。

她很快就能抱孫子了，很快很快。

戀愛

就像別人一樣，終於有一天，他不肯理會她打去他辦公室的電話。於是她打了一支他不曉得她知道的號碼，對接電話的女人說：「真不好意思，可是既然他不肯跟我聯繫，只好請妳轉告他，我還在等他把那件黑色蕾絲內褲還來。他當初拿走時說是因為上面有我的味道——我們的味道。」而因為電話另一端的女人一語不發，於是她繼續說：「噢，說到這個，可否請他先把那件內褲拿去洗洗，然後直接寄還給我？他知道我家地址。」接著整件公案就這麼圓滿落幕，她徹底將他忘得一乾二淨，轉移目標，再尋找下一個對象。

有一天她也將不再愛你，而那會讓你心碎。

時間

她並不是在等待，不盡然如此。硬要說，比較像是歲月對她而言已無意義，夢想與繁華街市都無法讓她動心。

她靜靜待在時間一角，毫不妥協、水火不侵、超然萬物，有一天你會睜開眼睛、看見她，然後便是一片黑暗。

這不是收割，而是摘採；她會摘下你，動作溫柔，像取下一根羽毛，或一朵她髮上的花。

響尾蛇

她不知道這件夾克的原主是誰。舞會結束後東西無人認領，她發現穿在自己身上還挺好看。

夾克上寫著「吻」，她不喜歡吻。別人對她說過她很美（男女都有），她不明白這些人是什麼意思。她照鏡子時從沒見過鏡裡有美女回望；鏡裡只有她的臉。

她不看書、不看電視、不做愛；她會聽音樂，會跟朋友出去玩，會坐雲霄飛車，可是在垂直俯衝或頭下腳上轉過來時從不尖叫。

要是你說那件夾克是你的，她會聳聳肩，二話不說還給你。她不在乎，無論從哪個角度來看都不在乎。

善心

——句子。

她們是姊妹。可能是雙胞胎，也可能是表姊妹；我們無從得知，除非有她們的出生證明——我是說真的出生證明，不是她們用來取得身分證的那種鬼扯淡。

她們就是這樣混飯吃：進去，拿需要的東西，出來。這沒什麼神奇之處，只是買賣。嚴格來說並不全然合法，但好歹是一樁買賣。對這行來說她們太聰明——也太疲憊。

她們共用衣服、假髮、化妝品、香菸；她們狩獵出擊永不停歇，兩人一心同體。她們有時甚至會幫對方接完——

星期一的孩子

她站在淋浴間內，任水流過全身，洗去那氣味，洗去一切。她明白最難忍受的部分在於，那氣味聞起來恰如她的中學。

她穿過走廊，心臟在胸膛內時快時慢地跳，鼻端嗅著學校的氣息，回憶驀地一齊湧上心頭。

那是……多久以前？不過六年，也許還不到。當年從衣物櫃跑到教室的人是她；當年，她看著朋友在種種奚落、各式綽號與成千上百種傷害中哭泣、暴怒、憂傷，卻無能為力。

他們都沒做得這麼絕。

她在樓梯間發現第一具屍體。

那天夜裡淋完浴，她對丈夫說：「我好怕。」她做了不得不做的事，淋浴沒能把那件事洗去。

「怕什麼？」

「怕我會被這工作弄得心如鋼鐵，怕我變成另一個人，一個我再也不認識的人。」

丈夫把她摟入懷中，他們就這麼相依相偎到天明。

快樂

她進入靶場，感覺就像回家；她戴好耳罩，人形標靶已立起來等著她。

一點點想像，一點點回憶；她瞄準後扣下扳機。進入靶場後，與其說她好像看見了，不如說——

她感到頭顱與心臟在手下灰飛煙滅、無煙火藥的氣味讓她聯想到七月四日[82]。

媽媽曾教她要善用天賦，不知怎地這讓她們吵架吵得更凶。沒人會傷害她，她只消露出那抹美麗而朦朧的淡笑，然後飄然遠去。這不是為錢，從來就不是為錢。

下血雨

以下為選擇題，選擇權在你手上；其中一個故事是真的。

她活過大戰，在一九五九年來到美國，如今住在邁阿密一棟高級公寓裡。她是個白髮蒼蒼的嬌小法國女子，有一個女兒，和一個孫女。她總是擺出一副生人勿近、不苟言笑的模樣，彷彿回憶之沉重，不允許她尋歡作樂。

或許前者是謊言——其實她早在一九四三年企圖偷偷越過邊境，並被蓋世太保逮住，他們把她留在一片草地上。她先是掘開自己的墳墓，接著後腦杓便被人射了一顆子彈。子彈將射未射之際，她臨終最後一個念頭，是自己懷了四個月的身孕。然而，如果我們不努力爭取、創造未來，那就根本沒有未來可言。

邁阿密有位老婦從夢中茫然醒來，夢到有風吹過草地上的野花。溫暖的法國大地下埋著一堆遭人遺忘的白骨，亡者夢到女兒的婚禮；典禮上賓客雲集、觥籌交錯，即便有人落淚，也是喜極而泣的眼淚。

正港男子漢

有些女孩是男兒身。
孰是孰非端看立場為何。
文字會傷人，而傷口會痊癒。
這些都是真實而確定。

82 美國國慶日。

哈勒昆情人

今天是二月十四，早上這個時間小孩都上學去了，丈夫們若不是開車去上班，就是在城鎮一角的火車站，身上裹著大衣，口裡呵出白霧，等待通勤列車。這時我便將我的心釘上蜜希家的大門。這顆心深紅近褐，呈豬肝色。我清脆而響亮地敲著門，叩、叩、叩！接著抓緊我的手杖、我的魔杖、我戰無不勝、攻無不克的緞帶槍，如一陣寒煙般消失在冷颼颼的空氣裡……

蜜希一臉倦容地打開門。

「我的小乳鴿。」我輕聲呢喃，但她一個字也沒聽見。她東張西望，從街頭掃視到街尾，卻沒發現任何動靜，只聽到遠方卡車隆隆駛過。她走回廚房，我邊跳舞邊跟著她走進去；靜如風、默如鼠、幻如夢。

蜜希從餐櫃抽屜的紙盒抽出一只裝三明治的塑膠袋，接著從水槽下拿出噴霧清潔劑，再從流理臺上的捲筒扯下兩張紙巾，走回前門。她拔下油漆木門上的針——那是我的帽針，是我在……哪裡撿到的呢？我絞盡腦汁，好像是加斯柯尼？還是廷克漢？布拉格？

帽針尾端是小丑皮埃洛那蒼白的臉。

她拔下心上的針，將心放進三明治塑膠袋，噴了點清潔劑在血漬上，再用紙巾拭去，還把針插在她的衣服翻領，讓那張慘白小臉以看不見的銀色雙眼和陰沉的銀色雙脣嚴肅地瞪著這世界——那不勒斯——我想起來了，帽針是我在那不勒斯從一名獨眼老婦手裡買來的。老婦嘴裡叼著一根陶製菸斗。那是好久以前的事了。

蜜希把清潔劑放在餐桌上，雙臂套進她藍色舊大衣的袖中（那件大衣以前屬於她母親）。她扣起釦子，一顆、二顆、三顆，然後下定決心似的把裝著心的三明治袋子塞進口袋、出門上街。

悄悄地、悄悄地，我像隻小老鼠般悄悄跟蹤她。時而躡手躡腳，時而手舞足蹈，但她始終沒看到我——哪怕是一秒鐘也沒有。她只是用藍色大衣緊緊裹住身子，走過小肯塔基鎮，走上那條貫穿墓園的老路。

風拉扯我的帽子。一瞬間，我有些後悔不該丟下帽針。可是我墜入愛河了，況且今天又是情人節，總得做點犧牲。

蜜希穿過墓園高大的鐵門時，腦海浮現從前來這裡的幾次經驗——她父親過世時；萬聖節全校學生傾巢而出在這裡開派對、扮鬼嚇人。當時還是孩子的她也一起來了；她的祕密戀人死在州際公路的一場三車連環車禍，她一直等到喪禮結束，白日完全逝去，才在薄暮時分現身，於未乾的新墳前獻上一朵白百合。

噢，蜜希，我該為妳的嬌軀、妳的鮮血、妳的朱脣、妳的雙眸而歌唱嗎？做為妳的情人，我願獻給妳一千顆心。於是我驕傲地揮著魔杖起舞，無聲地唱著志得意滿的歌，陪她沿墓園路匆匆走去。

蜜希推開一棟灰撲撲矮房的門，與接待桌前的女孩寒暄幾句，女孩答得心不在焉。她是個剛畢業的菜鳥，正拿著一本除了填字遊戲還是填字遊戲的雜誌，一頁頁地玩著。假如有人能陪她聊天，她一定會在上班時間打私人電話，可惜她沒有這樣的朋友；而我一眼就看得出她永遠也不會有。她滿臉青春痘和痘疤，為此自卑得不敢跟人說話；她的一生如畫卷般在我面前徐徐展開：她將在五十歲左右死於乳癌，至死都沒結婚，也沒遭受過性騷擾；她會埋在墓園路旁草坪上一塊刻了她名字的石碑底下，第一隻碰觸她胸部的手是解剖她的病理學家；他會一邊割下她那花椰菜狀的惡臭腫瘤，一邊喃喃地說：「老天，瞧瞧這玩意兒長得多大，她怎麼都沒跟人說呢？」他真的是有所不知。

我溫柔地親了親她坑坑窪窪的臉，輕聲呢喃「妳真美」，然後倒轉魔杖，在她頭上輕點一、二、三下，用一縷緞帶層層纏住她。

她全身一震，臉上綻出微笑。也許今晚她會喝得醉眼迷離，會翩翩起舞、會獻出處女之身；也許她會遇見一個比起臉蛋、對她的胸部更有興趣的年輕人；將來，他可能會在捏著她的乳房搓揉吸吮時說：「親愛的，好像有硬塊喔……妳去看過醫生了嗎？」那時她的青春痘早在日復一日的親吻愛撫下消失得無影無蹤……

哎呀，我居然忘了蜜希。我連蹦帶跳，跑過一條鋪著暗褐色地毯的走道，終於看到那抹穿著藍色大衣的身影正推開門，走進走廊盡頭一個房間。我跟在她身後，也進去那間貼著綠色浴室瓷磚的冰冷空間。

裡頭空氣的腐敗惡臭之濃，簡直讓人不敢置信。有個穿著髒兮兮實驗衣的胖子戴著拋棄式橡膠手套，上唇和鼻孔塗著厚厚一層曼秀雷敦藥膏，面前的解剖臺上有一具屍體：一個指尖結滿厚繭的乾瘦老黑人；他留著稀疏的小鬍子。胖子沒有立刻注意到蜜希，他已切了個開口，正在一陣潮溼黏膩如吸吮聲的音效中剝皮；屍體外表有多黑，裡頭就有多粉嫩。

手提音響大聲放送出古典樂，蜜希關了音樂，「費南，你好。」

胖子說：「妳好啊蜜希，要回來做老本行？」

我斷定眼前這位是個醫生，因為他太胖太圓又吃得太好，不像小丑皮埃洛，而且也太泰然自若，不像潘塔隆。他一見蜜希頓就眉開眼笑，她也報以笑容——我嫉妒了，並感到一股椎心（那心正裝在蜜希大衣口袋中的三明治塑膠袋裡），超越把心用帽針釘在她家大門上時的痛。

說到我的心——她從口袋裡掏出來，朝病理學家費南晃了晃，「知道這是什麼嗎？」

「心，」他說：「腎是不會有心室的，腦則更大更溼黏。妳從哪兒弄來？」

「我還希望你告訴我呢，」她說：「難道不是從這裡拿的嗎？費南？這是不是你別出心裁的情人卡片？弄顆心釘在我家大門上？」

他搖搖頭，「不是這裡的。要我幫妳報警嗎？」

她搖搖頭，「要是不走運，人家會把我當成連續殺人狂，送上電椅。」

醫生打開三明治袋，用包著橡膠手套的胖指頭戳了戳那顆心，「成人，外觀看來相當不錯，保養良好，」他說：「摘除手法十分專業。」

我聽了傲然一笑，彎下腰與桌上那位已被開膛破肚的黑人死者說話。他彈貝斯都彈到手長繭了。「滾開，哈勒昆，」他無聲咕噥，怕會打擾到蜜希和醫生，「別在這裡胡鬧。」

「你閉嘴。我愛在哪裡胡鬧就在哪裡胡鬧，」我告訴他，「這是我的職責。」然而有一瞬間我感到空虛：我是如此飢渴，簡直就像小丑皮埃洛，這對哈勒昆來說真是有夠糟的。

噢，蜜希，昨天我在街上一看見妳，就依依不捨地跟著妳去了超值超市，滿心洋溢得意與歡喜。在妳身上，我能認出一種令我如痴如醉、心蕩神馳的氣息；在妳身上，我認出了我的情人；我的小乳鴿。

昨晚我徹夜未眠。我惑人心智、亂人心神，我把全鎮鬧得天翻地覆；我讓三個道貌岸然的銀行家丟人現眼，與左拉夫人的諷刺劇和酒吧裡的扮裝皇后勾勾搭搭；我趁人熟睡時神不知鬼不覺潛進他們的臥室，將千奇百怪的偷情證據塞進枕頭下、縫隙中，欲蓋彌彰地將髒兮兮的情趣開襠內褲藏在沙發椅墊下，還有高級西裝的暗袋裡，只是想看隔天他們找出這些東西時有什麼反應。但是這些惡作劇我都幹得心不在焉，因我眼前全是蜜希的臉。

喔，戀愛中的哈勒昆真是隻可憐蟲。

不知她會拿我的禮物怎麼辦。有些女孩會一腳踢開我的心，有些會碰觸、親吻並撫摸它，又愛又憐卻又無所不用其極地折磨它，之後才還給我；有些則根本視若無睹。

蜜希把心收回三明治袋，將袋口夾鏈夾好。

「燒掉如何？」她說。

「也好，妳知道焚化爐在哪兒。」醫生轉頭回到擺放樂手屍體的解剖臺，「我叫妳回來上班是認真的，我需要一個優秀的實驗室助手。」

我想像自己的心化作灰燼，煙塵裊裊升空，飄滿整個世界——我不知該作何感想。不過她沉著臉、搖搖頭，向病理學家費南道別，把我的心塞回口袋，走出房子，沿墓園路回到鎮上。

我蹦蹦跳跳地超越她，並斷定稍微互動一下比較好，而且也說到做到。我用破爛斗篷蓋住衣服上的紅色亮片，用寬大兜帽遮住戴面具的臉，扮成一名駝背老婦，等在她去市場的路上，在墓園路口走出來攔住她。

天才！天才！我真是太天才了。我用垂垂老矣的女聲對蜜希說：「親愛的，施捨駝背老太太一枚銅板吧，我替妳算的命一定會讓妳高興得兩眼發光。」蜜希停下腳步，打開錢包抽出一張一元鈔票。

「拿去吧。」蜜希說。

我滿腦子都在想著要告訴她，她將會遇見一個身穿紅黃相間衣服、臉戴化裝舞會面具的男人。那男人將與她愛得死去活來，絕不離棄（什麼都告訴你的小乳鴿其實不是好事）。然而不知怎麼，我卻用蒼老而粗啞的嗓音說：「妳聽過哈勒昆嗎？」

蜜希露出若有所思的神情，點點頭，「聽過。那是義大利即興喜劇裡的角色，穿著菱格紋圖案的衣服，戴著面具，好像是某種小丑，對吧？」

我搖搖兜帽下的頭。「不是小丑，」我告訴她，「是……」

——我差點要對她實話實說了。於是連忙把到口邊的話吞回去，假裝自己突然犯了年長婦人常有的咳嗽病。不曉得這是不是愛情的力量，我以前似乎沒有愛上哪個女人，會搞得我如此狼狽。幾世紀以來，我遇過的小乳鴿皆早已化為塵土。

我用老太婆的眼睛斜睨蜜希：她大約二十出頭。雙唇如美人魚般豐潤、鮮明、堅定；灰眸中流露一股力量。

「妳還好嗎？」她問道。

我咳得唾沫四濺、咳得沒完沒了，最後才氣喘吁吁地說：「沒事沒事，小寶貝，多謝關心，妳人真好。」

「那麼，」她說：「妳還沒幫我算命呢。」

「哈勒昆將心送給了妳，」我聽著自己說：「妳得自己體會那心跳。」

她茫然地盯著我，然而我無法在她的凝視下直接變身或消失，況且，我如簧的巧舌竟然臨陣倒戈，我被氣得全身僵硬。「看吶，」我對她說：「有兔子！」她順著我手指的方向轉頭看去，我隨即像隻鑽回洞裡的兔子般趁機「碰」一聲消失。等她回過頭，算命老婦（也就是我）已逃得無影無蹤。

蜜希繼續向前走，我蹦蹦跳跳地跟在她身後，可是步伐再無今早的活力。

中午了，蜜希到超值超市買了一小塊起司、一盒柳橙原汁和兩顆酪梨，又去郡立銀行領出全部存款——兩百七十九元二十二分。我躡手躡腳跟著她；甜如蜜，靜似墳。

鹽罐咖啡館的老闆對進門的蜜希說：「早啊，蜜希。」他留著整齊的鬍子，顏色不如鹽巴，倒像胡椒。我的心要不是收在蜜希口袋，一定會漏跳一拍。因為這男人顯然垂涎她，而我出奇自信的心驚慌失措。我是哈勒昆，我對自己說，穿著菱格紋圖案的戲服，全世界都是我的丑角劇舞臺；我是哈勒昆，我從死人之中立起，對活人惡作劇；我是哈勒昆，我戴著面具揮舞魔杖。我為自己吹了口哨，再一次胸有成竹、信心滿滿。

「嗨，哈福，」蜜希說：「請給我一盤薯餅和一瓶番茄醬。」

「就這樣？」他問道。

「對，」她說：「這樣就好。麻煩再給我一杯水。」

我對自己說，這個叫哈福的傢伙就是潘塔隆，是那個注定要被我耍得團團轉的笨蛋商人。也許廚房裡會有一串香腸。我下定決心，要為世界帶來歡天喜地的顛倒與混亂；我要在午夜前與秀色可餐的蜜希上床，這是我送給自己的情人節禮物。我想像自己吻上蜜希的雙唇。

店裡還有幾位顧客，我趁他們不注意時偷換他們的餐盤玩，可是卻感覺不到樂趣。瘦竹竿女侍頰邊垂著悲哀的小鬈髮；她顯然把蜜希當成哈福的禁臠，沒過去招呼她。

蜜希在桌前坐下，從口袋裡掏出三明治袋放上桌子。

「潘塔隆」哈福得意洋洋地走到蜜希桌旁，送上一杯水、一盤薯餅和一瓶亨氏番茄醬，「還要牛排刀。」她告訴他。

我在他走回廚房的路上把他絆倒，他咒罵一聲，而我感覺好了些——這才是以前的我嘛——女侍走過一名老頭身邊，他正一邊讀《今日美國報》一邊撥弄沙拉，而我伸手戳一下她的屁股，惹得她對那老頭拋了個媚眼。我咯咯輕笑，接著卻突然感到一陣劇痛，就這麼一屁股跌坐到地板上。

「親愛的，這是什麼？」女侍問蜜希。

「健康食品，」蜜希說：「可以補充鐵質喔，夏琳。」我抬頭偷瞄桌上：蜜希正把盤裡豬肝色的肉切成一小片一小片，淋上一大堆番茄醬，高舉用來吃薯餅的叉子開始咀嚼。

我眼睜睜看著自己的心一點一點消失在她的櫻桃小口裡。不知為何，我的情人節玩笑似乎不怎麼好笑了。

「妳貧血啊？」女侍又經過這桌。她拿著一壺熱騰騰的咖啡。

「已經治好了。」蜜希又插起一小塊生軟骨送進嘴裡，用力咀嚼一番才嚥下。

吃完我的心後，蜜希低下頭，看到我癱在地上，對我點點頭，說：「外面談，現在。」然後她起身離席，只在盤子旁邊留下十元美金。

她坐在人行道的長椅上等我。天氣很冷，街上幾乎空無一人，我挨著她坐下。我本想繞著她跳舞。不過，既然我已經知道有人在看，這種舉動就變得奇蠢無比。

「妳吃了我的心。」我聽得出自己聲音有多委屈。這使我更惱怒。

「對，」她說：「是因為這樣我才能看見你嗎？」

我點點頭。

「拿下你的化裝舞會面具，」她說：「看起來真蠢。」

我伸手摘下面具，她似乎有點失望。「也沒好多少，」她說：「好，現在把帽子交出來，手杖也是。」

我搖搖頭，於是蜜希伸手拔下我頭上的帽子，奪過我手中的手杖。她用塗著紅色指甲油的纖長手指反覆把玩那頂帽子，一會兒摸來摸去，一會兒又折來折去，然後伸了個懶腰，臉上綻出大大的微笑。我靈魂中的詩意已離我而去；我在二月的寒風中瑟瑟發抖。

「好冷。」我告訴她。

「才不冷，」她說：「今天是意義重大、奇妙神祕又完美的——情人節，對吧？情人節怎麼會冷？這可是一年一度的大好日子。」

我低頭一看，只見衣服上的菱格彩繪正一點一點褪去，變成陰慘慘的白色；屬於皮埃洛的白。

「我這是怎麼了？」我問她。

「我不知道，」蜜希說：「也許你會就這樣褪色消失吧。不然就是找一個新角色……害相思病的痴情種。搞不好你會在蒼白月光下失魂落魄地悲嘆遊蕩，你只消找個小乳鴿。」

「那就是妳啊，」我對她說：「妳就是我的小乳鴿。」

「再也不是了，」她告訴我，「畢竟丑角劇的樂趣就在這裡，不是嗎？互換戲服、互換角色。」

她拋給我一個微笑，戴上我的帽子——我的帽子，我的哈勒昆帽子——然後輕撫我的下巴。

「那妳呢？」我問道。

她把魔杖往上一拋，那東西在半空中滴溜溜一轉，畫了道弧，紅黃相間的緞帶繞著杖身盤旋飛舞，幾乎是悄然無聲地漂亮降落，重新回到她手上。她拿杖尖抵著人行道，拄起身子，這幾個動作是一氣呵成。

「我有事要做，」她告訴我，「有票要買，有人要夢。」母親留給她的藍色大衣不再是藍色，現在變成鮮黃，上面還布滿紅色菱格圖案。

她傾身在我脣上深深一吻。

不知哪裡傳來汽車引擎逆火的聲音，我嚇得轉過頭，一回神才發現整條街只剩我一人，我獨自坐在這裡好一陣子了。

夏琳打開鹽罐咖啡館的門，「嘿，培特，你忙完了沒？」

「忙完什麼？」

「好了，來，哈福說你抽菸摸魚的時間已經過了，再待下去你會凍僵的，回廚房來吧。」

我愣愣看著她。她甩著可愛的鬈髮，拋來一抹稍縱即逝的微笑。我站起來拍拍身上的白衣（這是廚房助手的制服），然後跟著她進屋。

今天是情人節，我心想，向她告白吧，對她吐露衷曲。

不過我什麼也沒說；我不敢。我跟著她回裡頭，我是個只敢暗戀不敢說的膽小鬼。

廚房裡有一大疊髒盤子等著我，我開始把剩菜刮進廚餘桶。有面盤子裡還剩一塊深色的肉，旁邊是一片吃了一半、淋滿番茄醬的薯餅。那塊肉看起來根本是生的，不過我趁哈福轉過身去時拿它蘸了蘸凝固的番茄醬，送進嘴裡。肉嘗起來像金屬，口感像軟骨，但我還是把它吞下肚。我也不知道自己為什麼要這麼做。

盤裡一滴紅色番茄醬滴到我的白色制服袖子，形成一個完美的菱形格紋。

「嘿，夏琳，」我隔著廚房喊道，「情人節快樂。」然後吹起口哨。[83]

83 譯注：哈勒昆（Harlequin）、小乳鴿（Columbine）、皮埃洛（Pierrot）、醫生和潘塔隆（Pantaloon）均為義大利即興喜劇中的角色。哈勒昆在劇中通常是潘塔隆或醫生的僕人，身穿五彩繽紛的菱格緊身衣，手持木棒，喜歡惡作劇，熱烈追求機智頑皮的女僕小乳鴿，但小乳鴿只是拿他取笑；皮埃洛是忠厚老實的僕役，因為苦戀小乳鴿未果而經常對月悲嘆，特徵是臉孔塗成白色，身穿寬大的白衣；潘塔隆是貪花好色但不擅長與女性相處的老守財奴；不學無術卻又愛賣弄學問。

髮・鎖

我們有義務為彼此說故事，
純粹人與人之間的義務，而非父女之間的義務。
這故事我已經跟妳說過一百次了：

「從前從前有個小姑娘叫金髮，
因為她長了一頭長長的金色頭髮，
她走進樹林裡看到了——」

「——牛。」妳很肯定地說，
妳記得我們在樹林裡看到的迷路小母牛，
就在屋子後，上個月。

「好好好，也許她有看到牛，
可是她也看到了一間房子。」

「——一間好大好大的房子。」妳告訴我。
「不，是一間小房子，塗滿油漆、整整齊齊的小房子。」

「好大好大的房子。」
妳像所有兩歲大的孩子一樣堅定不移。
我希望自己也能這麼篤定。
「唉，好好好，一間好大好大的房子，
然後她走進去……」

我一邊說一邊想起
沙賽筆下那位女主人翁的頭髮已被歲月染成銀白。
老太太與三隻熊……
也許那頭銀髮曾經是金色，
　當她還是小姑娘時。

現在，我們已說到麥片粥，
「一碗太——」
「——燙！」

「一碗太——」

「——涼！」

然後一碗，我們一起說：「剛剛好。」

粥吃了，熊寶寶的椅子也坐壞了，
金髮走上樓，試試床鋪，睡覺，
真不聰明。
但是就在這時小熊一家回來了。
我還記得沙賽，
我裝出熊爸爸粗粗的喔喔吼聲嚇妳，
　妳聽得好高興。

當我還是小孩時聽到這個故事，
真要說我覺得自己是哪位，我只能是熊寶寶，
我的粥被吃了，我的椅子被坐壞了，
我的床上睡著一個陌生的小女孩。

我學熊寶寶哇哇大叫，逗得妳咯咯笑，

「有人吃了我的粥，
我的粥被吃——」
「——光光了。」妳說，這是一句回答，
抑或一句禱後讚語。

小熊一家猶豫不決地上樓，
他們覺得自己的家遭褻瀆，他們明白了
鎖的作用。他們來到臥室，
「有人睡過我的床。」
說到這裡我遲疑了，腦海迴響著老笑話、
帶點黃的卡通、露骨的報紙標題。

有一天妳看到這種句子將勾起脣角，
先是失去興趣，然後失去純真，
純真，說得好像那是筆資產似的。
「要是辦得到，」我父親曾寫信給我，
我小時候他壯得像頭熊，
「我會把我有經驗的與沒經驗的統統送給你。」

現在該輪到我這樣對妳了，
可是我們只能從自己的錯誤中摸索，我們睡下，
真不聰明。

一年一年過去，
當妳的孩子長大，當妳的
　黑髮開始轉白，
當妳變成一位老太太，身邊只剩下妳的三隻熊，
妳會看見什麼？妳會說什麼故事？

「然後金髮跳出窗外，
她——」
我們異口同聲說：「一路跑回家。」

然後妳說：「再說一遍，再一遍，再一遍嘛。」

我們有義務為彼此說故事。
而我覺得自己像是熊爸爸，

出門前會鎖門，
回家後會檢查每張床鋪和椅子。
一遍。
一遍。
再一遍。[84]

84 譯注：原篇名「Locks」有兩層含意，一指鎖，一指髮絲。

蘇珊的問題

當晚她又做了那個夢。

夢裡，她與兄弟和妹妹站在戰場一角。時值夏季，綠油油的草原青翠欲滴：那是一種生機蓬勃的綠，就像板球場，或從海岸北行時見到的南丘[85]緩坡。草原上有屍體，不過都不是人類。她見到一隻被割開喉嚨的人馬，就躺在附近。它的馬下半身是鮮亮的栗色，人形上半身的皮膚則是太陽晒成的榛果褐。她發現自己正瞪著它的生殖器，一邊疑惑人馬究竟怎樣交配，一邊想像被長滿鬍子的臉親吻的感覺。她目光一轉，看到割開的喉嚨以及流淌一地的黑紅濃稠血泊，不禁顫抖著。

蒼蠅圍著屍體嗡嗡亂飛。

草間纏繞野花，這些花昨日才首度綻放，打從……多久以前呢？一百年？一千年？十萬年？

她不知道。

這兒冰天雪地，她看著戰場時心中想著。

昨天這裡冰天雪地，永冬，沒有聖誕老人。

妹妹拉拉她的手，伸手一指。他們站在綠丘頂上，談話談得很專心。金毛獅子雙手負在身後，一身雪白的女巫對獅子咆哮，而獅子只是靜靜聆聽。孩子聽不出他們在說什麼；既聽不出女巫冰冷的怒語，也聽不出獅子低沉單調的回應。女巫的頭髮黑得發亮，雙唇紅豔豔。

她在夢裡注意到這些。

他們很快就會談完，獅子與女巫……

她有些特質讓教授瞧不起。例如體味，她聞起來像她祖母、像個老太婆，她不能原諒這件事，所以一醒來就去泡香水澡，洗完後用毛巾擦乾，光著身體將幾滴香奈兒香水點在雙臂下和脖頸間。她深信這是她唯一的奢侈之舉。

她今天穿深褐色禮服；她把這套衣服當成面訪服，與她的授課服和家居服形成對比。現在她退休了，穿家居服的時候越來越多。她塗上口紅。

吃完早餐，她洗了個牛奶瓶放在後門。她發現隔壁人家的貓在門口踏墊上放了一顆老鼠頭和一隻老鼠爪，簡直像是有隻老鼠游過那張刮泥墊，只是大半身體都沉在底下。她噘起嘴，折起昨天的《每日電訊報》，把鼠頭鼠爪抖進報紙裡，盡量避免手摸到。

今天的《每日電訊報》已在玄關等著她。一起送來的還有幾封信，她沒打開，只是看了看信封，便擱在她小書房的書桌上。退休後，她除了寫作，否則不會進書房。現在她走進廚房，坐在老橡木桌前，拿起用銀鏈掛在脖子上的閱讀用眼鏡，架在鼻子上，開始看訃聞。

85 South Downs，英格蘭南部的白堊丘陵。

她並不真的認為自己會在上頭看到認識的人，可是她發現世界很小（也許是以殘酷且幽默的方式發現）。訃聞編輯一定是拿彼得．貝瑞爾—岡恩五〇年代初拍的照片來刊登；他看起來一點也不像教授上次見到的模樣。那是幾年前《文學月刊》的耶誕舞會，他患了痛風，鷹勾鼻尖低垂，動作巍巍顫顫，他的一切讓她不禁聯想到諷刺漫畫上的貓頭鷹。

照片上的他十分俊美，既狂野又高雅。

她曾經耗上整晚與他在一座涼亭裡接吻，她記得非常清楚，只可惜她無論如何都想不起究竟是哪個花園的涼亭。

她想，大概是在查理斯和納蒂亞．瑞德國內的房子，這表示發生的時間在納蒂亞與那個蘇格蘭藝術家私奔、查理斯帶教授到西班牙之前。不過她很肯定自己那時還不是教授。好多年過去，現在去西班牙度假似乎是稀鬆平常，但當年那兒可是既有異國情調又危險的場所。

他向她求婚，她毫不留情地拒絕，現在卻不記得為什麼要那麼做。他是個樂觀開朗的小夥子。在一個溫暖的春日，在西班牙海灘的一張毯子上取走她終於棄守的童貞。她那時正值雙十年華，卻偏偏以為自己很老成……

門鈴響起，她放下報紙，走去開前門。

她第一個念頭是：這女孩看起來好年輕。

她第一個念頭是：這女人看起來好老。「請問是海斯汀教授嗎？」她說：「我叫葛麗塔．康萍，正在為您撰寫簡傳，要登在《文學年鑑》上。」

老婦凝視她片刻，一時間顯得既脆弱又蒼老，然後她露出微笑；那是個親切的笑容，葛麗塔頓時對她產生好感。「親愛的，請進，」教授說：「我們去客廳吧。」

「我帶了這個給您，」葛麗塔說：「我自己烤的。」她一面從袋子裡拿出烤盤，一面祈禱東西別在烤的途中變形，「巧克力蛋糕，我在網路上看到您喜歡這個。」

老婦眨著眼，點點頭。「沒錯，」她說：「妳太客氣了。這邊請。」

葛麗塔跟著教授走進一個舒適的房間，教授請她坐在扶手椅上，而且堅持要她待著別動，隨即匆匆忙忙走出去，回來時手上拿著一只托盤，上頭盛著茶具，一盤巧克力餅乾，還有葛麗塔烤的巧克力蛋糕。

兩人喝了茶，葛麗塔讚嘆著教授的胸針有多美，然後拿出筆記型電腦和筆，以及教授最新出版的書，《兒童小說中意義的追尋》，書裡夾滿便利貼和紙條。她們討論了較前面的章節，該書提出的假說認為，一開始並沒有明確針對兒童而寫的小說，直到維多利亞時代才開始標榜童年的純潔與神聖的價值，那時才出現兒童小說……

「嗯，純潔。」教授說。

「還有神聖？」葛麗塔微笑著說。

「還有裝神聖，」老婦糾正她，「讀《水孩兒》[86]很難不搖頭。」

---

86 *The Water Babies*，查理・金斯利（Charles Kingsley, 1819-75）的兒童小說，在十九世紀和二十世紀初極受歡迎。

然後她談起以前畫家是如何畫兒童：他們把兒童畫得跟成人沒兩樣，只是身形比較小，而且完全不考慮小孩的身材比例；她又談到格林兄弟的故事原本是為成年人蒐集，後來他們發現有人把故事讀給小孩聽，才把書刪改成更合宜的版本；她說到在貝洛[87]〈森林中的睡美人〉原始版本的結尾，王子的食人魔母后想陷害睡美人，好吃掉她的孩子。而葛麗塔頻頻點頭做筆記，偶爾緊張地試圖插話，好讓教授覺得這是談話，或至少是面訪，而非授課。

葛麗塔問：「您對兒童小說的興趣從何而來？」

教授搖著頭說：「我們的興趣──任何一種興趣──又是從何而來？妳對童書的興趣從何而來？」

葛麗塔說：「書對我來說好像一直都很重要。小時候是這樣，長大後也沒變，我就像達爾筆下的瑪蒂達[88]……府上是書香世家嗎？」

「不算是……嗯，我家人都過世多年──或許該說是橫死多年了。」

「您的家人是同時過世嗎？是因為大戰嗎？」

「不，親愛的，我們在戰時有被疏散──是因為火車車禍，戰爭結束後幾年發生的。我當時不在。」

「就像『納尼亞』嘛。」葛麗塔一說完就覺得自己像個傻瓜──而且是超級大傻瓜，「很抱歉，我不該說這種話，對不對？」

「親愛的，妳說呢？」

葛麗塔感到自己臉紅了。她說：「我只是對那段故事印象非常深刻。在《最後的戰役》

裡，妳在那兒，看著大家在回學校的途中發生車禍，結果全都死了。當然，除了蘇珊以外。」

教授說：「親愛的，還要茶嗎？」葛麗塔知道自己不該再繼續這個話題，但還是說：

「唉，那總是惹得我非常火大。」

「親愛的，妳是指？」

「蘇珊。其他小孩都上了天堂，只有蘇珊沒有。因為她太喜歡口紅、絲襪和舞會邀約，所以不再是納尼亞之友。我甚至跟我的英文老師討論過蘇珊的問題；那時我才十二歲。」

她準備擱下這話題，開始談兒童小說如何在讀者成長過程中潛移默化，影響他們信仰觀的形成，教授卻說：「親愛的，那麼請告訴我，妳的老師是怎麼說的？」

「她說即使蘇珊那時拒絕了天堂，還是可以用餘生來懺悔。」

「要懺悔**什麼**？」

「我猜是懺悔自己信仰不堅吧，還有夏娃原罪。」

教授逕自切了塊巧克力蛋糕，似乎正在回憶著什麼。然後她說：「我不認為全家橫死後

87 Charles Perrault（1628-1703），法國作家，發表過〈小紅帽〉、〈睡美人〉、〈灰姑娘〉和〈藍鬍子〉等多篇童話故事。

88 Matilda，挪威作家羅爾德・達爾（Roald Dahl, 1916-23）筆下的人物，她聰明伶俐又愛讀書，卻因此招致粗鄙的家人和師長厭惡。

她還有心情想絲襪和口紅，至少我就沒辦法。父母留下的一點點錢財比大家想像的都少，僅夠溫飽，根本談不上奢侈……」

「蘇珊一定有其他不對勁的地方，」年輕的記者說：「只不過他們沒告訴我們，否則——該死，她不可能會拒絕往前走、拒絕上天堂。我是說，她在意的每個人都領賞去了，跑到有瀑布的魔法世界享福，只有她被丟下。」

「我不知道書裡的女孩是怎麼樣，」教授說：「不過留下來也表示她得去指認兄弟和小妹的屍體，那場車禍死了不少人。我被帶到附近的學校——在開學第一天——然後就被領去認屍。

「我哥哥看起來還好，像睡著一樣。另外兩個可就有點悽慘了。」

「我想蘇珊或許是看到了他們的屍體，但他們其實是去度假，完美的學校假期，在草原上嘻嘻哈哈地跟動物說話，永遠幸福快樂。」

「她或許看了吧。我只記得我滿腦子想著火車能造成多麼嚴重的死傷，當兩輛火車對撞，裡頭的旅客會多慘。親愛的，妳應該沒認過屍吧？」

「我沒有。」

「那是妳的福氣。我記得自己看著他們，心裡想著：要是認錯了怎麼辦？要是這根本就不是他，那怎麼辦？唉，我的弟弟身首異處啊。上帝居然因為我喜歡絲襪和舞會，就罰我走過布滿蒼蠅的學校餐廳去指認艾德，嗯……祂未免太會給自己找樂子了，你說是不是？就像貓一樣，喜歡從老鼠身上搾出最後一點——或說最後一滴樂趣。我猜這年頭就是這樣。不知道，我真的不知道。」

她話聲漸沉，半晌後才說：「親愛的，我真的很抱歉，我想今天我無法繼續了。也許妳可以請編輯打通電話給我，我們另約時間做完訪談。」

葛麗塔點頭說：「當然好。」但她內心深處有種特別的預感：她們不會再見面了。

當晚，教授吃力地一步一步慢慢爬上自家樓梯。她從烘櫃拿出床單和毯子，鋪在屋子盡頭那間空臥室的床上。房裡很空，只有一張戰時出產的粗製濫造梳妝臺，配有一面鏡子和幾個抽屜，一張橡木床，一座積滿灰塵的蘋果木衣櫥，裡頭只有衣架和硬紙盒。她將一只花瓶放在梳妝臺上，瓶裡插著猶帶泥濘又不值錢的紫杜鵑。

她從衣櫃裡一只塑膠購物袋中拿出裝著四本相簿的盒子，爬上小時候的床，躺在床單上看著那些黑白與褐色的照片，還有幾張顏色很假的人工著色相片。她看著兄弟、妹妹和父母，因他們竟曾如此年輕感到有些奇怪。怎麼會有人曾如此年輕呢？

一會兒後，她發現床邊散落幾本童書，不禁有些疑惑。她不記得自己有把書擺在臥房的床邊小几上，可是更令人大惑不解的是，這裡應該沒有床邊小几才對。最上面是一本老舊的平裝書，書齡一定超過四十年——封面上寫的價格居然是以先令為單位；上頭畫著一隻獅子和兩個女孩，女孩正在編雛菊花環，打算套在獅子的鬃毛上。

教授驚訝得張大嘴巴，直到這時，她才明白自己在做夢；因為她家裡根本沒有這些書。平裝書下，是一本包著書衣的精裝書，是她在夢裡一直很想看的《瑪麗．包萍帶來黎明》[89]，特萊維斯生前壓根兒沒寫過這本書。

她拿起書，翻到中間部分，讀起了這則正在等待她的故事。珍和麥可在瑪麗·包萍離開那天跟著她一起去了天堂，他們見到耶穌小弟弟。耶穌還是有點怕包萍，因為她當過他的保母；聖靈也抱怨，自從包萍離開後，他的床單老是無法維持整潔的白色。天父說：「我不可能命令她去做什麼；她不行，**她**可是瑪麗·包萍。」

「可是祢是上帝啊，」珍說：「萬事萬物都由祢創造，大家都得聽妳的。」

「她不算在內，」天父又說了一次，搔搔自己斑白的金鬍子，「**她**不是我創造的，她可是瑪麗·包萍吶。」

教授在沉睡中全身一震，接著就夢到在讀自己的訃聞。她在白紙黑字中研究著自己的人生，心想這輩子過得還算不錯。大家都在那兒，連她早已遺忘的人也不例外。

康頓的一間小公寓裡，葛麗塔睡在男友身旁；她也在做夢。

夢裡，獅子與女巫一起走下山丘。

她牽著妹妹的手站在戰場上，抬頭看看金毛獅子和牠那對琥珀色的灼亮雙眼。「牠不是一隻溫馴的獅子，對不對？」她悄悄對妹妹說，她們都打了個冷顫。

女巫看了大家一眼，轉頭冷冷地對獅子說：「我答應談判條件，女孩歸你，男孩歸我。」

她暗叫不好，拔腿就跑，但沒跑出十幾步，那野獸已在眼前。

夢裡，獅子把她脖子以下全吞下肚，她被吃得只剩頭和一隻手，就像家貓把自己不想吃的老鼠殘骸擱著，準備留到下一餐，或當禮物送人。

她真希望牠把她的頭一起吃掉算了，這樣她就不必眼睜睜看著一切發生。死者的眼瞼閉不起來，她沒法眨眼，凝視著兄弟那堆慘不忍睹的屍塊。巨獅吃她妹妹時比較細嚼慢嚥，感覺似乎比吃她時更津津有味。話說回來，小妹本來就是牠的最愛。

女巫脫下白袍，露出一身與袍子一樣雪白的肌膚，還有一對高挺纖巧的胸脯，乳頭顏色深得發黑。她仰躺在草地上，張開雙腿，身下的青草開始結霜，她說：「來吧。」

獅子用牠粉色的舌頭舔舐女巫雪白的陰部，直到女巫再也按捺不住，一把將牠的大嘴按向自己的雙脣，冷冰冰的雙腿纏上牠金色的皮毛……

她是死者，頭顱擱在草地上，嵌在顱內的雙眼別不開視線；她是死者，雙眼將整場戲自頭看到尾。

等他們大汗淋漓又心滿意足地完事，獅子才踱到她頭旁的草地，大嘴一張、三兩口吞下她的頭，以有力的下顎碾碎她的顱骨，那時——直到那時，她才醒來。

她嚇得一顆心碰碰狂跳，試著搖醒男友，可是他還在打呼說夢話，根本叫不醒。

那是真的，葛麗塔在黑暗中失去理性地想，她長大了，她還活著，她沒死。

---

89 Mary Poppins，澳洲作家特萊維斯（P. L. Travers, 1899-1996）創造的人物，她是個會魔法的神仙保母，能撐著雨傘御風飛翔。

她想像教授在半夜醒來，聆聽角落的老蘋果木衣櫃裡傳來的噪音。幽靈飄蕩的沙沙聲可能被誤認成老鼠奔跑的腳步聲；還有毛茸茸的巨大腳掌踏著步，以及遠方狩獵號角吹奏的危險樂音。

她知道這都是些胡思亂想。不過，隔天讀到教授的訃聞時，她不會驚訝。死亡總在夜晚來訪，她再度入睡之前這麼想著；就像獅子。

白女巫裸身騎在金毛獅子的背上，牠的口鼻還沾著新鮮的血肉，但牠用大大的粉色舌頭往臉上一捲，整張臉就又變得乾乾淨淨。

你想那會是什麼感覺？

我躺在床上，可以感覺到身下的亞麻床單，它讓我的身體很暖和，不過有點皺。沒人跟我一起躺在床上。我胸口不痛了，我什麼感覺也沒有，感覺非常好。

早晨的憤怒光線透過臥室窗戶射入，在我醒來後，夢境就像過曝的底片漸漸褪色，慢慢由回憶取而代之。現在，僅憑著一朵紫花和枕上殘留的餘香，我的回憶中充滿著貝琪的身影，十五年的光陰一如五彩碎紙和落花，從我指縫間流逝。

當年她才二十歲，我比她年長得多，都快二十七了。我有妻子、有工作，還有一對雙胞胎女兒。而我願意為她放棄這一切。

我們在德國漢堡一場會議上邂逅。我看見她在一場未來式互動娛樂的發表會上表演，發現她既有魅力，又很會逗人開心；她的頭髮又黑又長，還有一雙藍綠色眼睛。起先我覺得自己一定是聯想到了某個舊識，但我很快就明白，我想到的那個人我根本沒親眼見過——電視影集《復仇者》女主角艾瑪．琵雅的演員，黛安娜．雷[90]。我那時還不到十歲，然而我從黑白電視的時代就愛死她了。

---

90 The Avengers，英國六〇年代的科幻間諜影集，以黛安娜．雷擔任女主角的期間聲勢最盛。

當晚，我出席某個軟體廠商舉辦的舞會，在一條走廊上碰到了她，我向她道賀演出之成功，她則告訴我她是個受雇在發表會上獻藝的演員；（「我們也不能老待在倫敦西區[91]，你說是不是？」）她名叫莉貝卡。

後來我在門口吻了她，她一面嘆息一面緊偎著我。

後來，會議期間貝琪都睡在我下榻的旅館房間。我愛她愛得如痴如狂，更一廂情願以為她也是如此。回英國後，我們的關係依然持續：夢幻美妙、超越言語、醉人心脾。我知道這就是愛情，在我心中，愛情嘗起來就像香檳。

我一有空就去找貝琪。我告訴妻子我工作繁重，要忙到很晚，必須在倫敦留宿。但我卻與貝琪在她位於貝特西的公寓幽會。

我貪戀她的肉體，貪戀她金黃色的柔軟肌膚、她藍綠色的眼睛。貝琪發現自己做愛時有些放不開。她似乎喜歡做愛，但要真槍實彈地上陣卻令她卻步。口交對她來說無論做與被做都有點噁心，每次只想速速了事。這些我都不在意；我光是看著她就很滿足了。她那麼機智、那麼風趣。我喜歡她拿黏土捏出小娃娃臉形，喜歡看塑形土在她指尖搓揉後印出一道道黑色月牙痕；她的嗓音動聽，還會偶爾興之所至地唱起歌；流行歌曲、民謠、歌劇、電視廣告歌，想到什麼唱什麼。而我妻子從來不唱歌，甚至不曾為女兒唱過兒歌。

貝琪似乎讓這世界色彩更明亮。我開始注意到以前從沒發現的生活情趣：我見到花朵的典雅繁複——因為貝琪愛花；我變成默片的影迷，把《月宮寶盒》和《少年福爾摩斯》[92]看了一遍又一遍——因為貝琪愛默片；我開始蒐集唱片和錄音帶——因為貝琪愛音樂。我很樂意愛其所愛。以前我從來不聽音樂，不懂黑白默片喜劇的優雅；我從來沒碰過、沒聞過，甚至沒正眼看過花——直到遇見她。

她跟我說她得暫停演戲，去做些能賺錢、能有固定收入的工作。我把她介紹給一位在做音樂的朋友，她成了他的私人助理。有時我會懷疑他們有一腿，不過我什麼都沒說——我不敢。雖然我為此怏怏不樂，但也不願危及我倆現有的關係。況且我知道自己根本沒資格指責她。

「你想我會有什麼感覺？」她問。我們從她家附近的泰國餐廳散步回去。只要有機會與她相聚，我們都會去那裡用餐。「明知你每晚都會回到老婆身邊，你想我會有什麼感覺呢？」

我知道她說的沒錯。我不想傷害任何人，可是我感到自己彷彿被撕成兩半。我擁有一小間電腦公司，可是無心工作；我想鼓起勇氣跟妻子提離婚，我想像著，當我告訴貝琪我永遠只屬於她一個人，她會多麼驚喜。這麼做一定會對妻子卡洛琳造成很大的傷害與打擊，對我的一雙女兒更是如此。可是我不得不這麼做。

每次陪著幾乎一模一樣的雙胞胎女兒玩（分辨的訣竅是這樣的：亞曼妲嘴唇上方有顆小

---

91 West End。西區為倫敦的劇院區，有非常多歷史悠久的大小劇院。

92《月宮寶盒》（*The Thief of Baghdad*）和《少年福爾摩斯》（*Sherlock Junior*）分別為范朋克（Douglas Fairbanks, 1883-1939）和巴斯特・基頓（Buster Keaton, 1895-1966）主演的經典默片。

痣；潔西卡下巴比較圓），我都得看著她們那頭比卡洛琳稍淡的深蜜色頭髮；每次帶她們去公園、幫她們洗澡、晚上把她們塞進被窩，我都會感到一陣心痛。但我知道自己必須有所決斷。我心中的痛苦很快就會被貝琪給我的無比愉悅取代，我可以與她雙宿雙飛；我可以愛著她，可以每天一醒來就看見她。

在聖誕節前不到一週，我終於下定決心。而時間飛快流逝，一下子就到聖誕節了。我帶貝琪去泰國餐廳吃晚餐，她一面舔著一串雞肉沙嗲上的醬汁，我一面告訴她我很快會離開妻兒、跟她在一起。我以為會在她臉上看見微笑，可是她什麼都沒說，當然也沒微笑。

那天晚上回到公寓，她不但拒絕與我上床，反而宣布我們玩完了。我可能是喝了太多酒，結果在成年後第一次嚎啕大哭。我苦苦哀求她不要變心。

「你不好玩了。」她的宣言簡單而冷淡。我垂頭喪氣地坐在客廳地板上，倚著她家破沙發的扶手。「你以前很好玩，也很風趣，現在卻一天到晚愁眉苦臉。」

「我很抱歉，」我可憐兮兮地說：「真的，我很抱歉。我會改。」

「你看？」她說：「真是一點也不好玩。」

她開門進了臥室，門在身後鎖起來。我坐在地上，一個人喝光一整瓶威士忌，爛醉之後就哭哭啼啼，在她家裡晃來晃去，一邊亂翻她的東西一邊嗚咽。我偷看她的日記，還走進浴室拿出她洗衣籃裡的髒內褲，臉埋進內褲裡聞她的味道。我傷心至極，甚至還去敲她臥室的門，呼喚她的名字。可是她既沒回答也沒開門。

在天亮前幾個小時，我拿灰色黏土為自己捏了個石像鬼。

我記得這件事：全身赤裸的我在壁爐架上找到一大團塑形土，抓著它又擠又壓，直到它軟到可以任我搓圓捏扁。然後在酒醉、情欲高漲和狂怒之下，我對著它手淫，把乳白色的精液揉進那團不成形的灰色黏土裡。

我從來就不是什麼雕塑家，不過，那晚有個東西在我手下成形。它有粗粗短短的手、咧嘴大笑的臉面、胖胖的翅膀和歪七扭八的腿。這是我的情欲、自憐與怨恨的產物。最後，我拿僅剩的一滴黑牌約翰走路威士忌給它洗禮，把它放在我心口；我的小小石像鬼。我要它保護我不再受藍綠色眼睛美女傷害，不再為七情六欲所苦。

我躺在地上，石像鬼窩在我胸膛。我沒有多久就睡著了。

我在一、兩個小時後醒來，她的大門仍舊深鎖，天也還沒亮。我爬去浴室吐，吐在馬桶、地板和她被我弄得一片狼藉的內衣裡，然後回家。

我不記得回到家後跟妻子說了什麼，也許有些事她不想知道。所以一個不問、一個不說，就這樣相安無事。也許卡洛琳取笑我居然在耶誕節喝得酩酊大醉——無所謂，反正我幾乎什麼都不記得。

我甚至沒再去貝特西的公寓。

每隔一、兩年，我就會遇見貝琪。有時在路上，有時在地鐵，有時在倫敦市中心，每次情況都不大舒服。面對我時，她似乎有些敏感笨拙，我想我也一樣。我們會問好，她會恭喜我最近的成就——因為我把所有精力都投入在工作上，建立了一個……即使算不上帝國（他人都是用這種詞來稱呼的），至少也算是兼營音樂、戲劇與互動式冒險遊戲的小小公國。

有時我會邂逅一些女孩，聰明美麗的好女孩。日子慢慢過去，我也遇過可能會讓我心動的女人，或可能會愛上的人們。但我沒有，我誰也不愛。

腦與心。我盡量不讓腦子想到貝琪，我對自己保證，我已經不愛她、不需要她，也不會再去想她了。但每當我真的想起她，真的憶起她的微笑，還有她的雙眼，就會感到一陣心痛。我的胸中會有極大痛楚，是真的能感覺到的疼痛，像有什麼東西正用銳利的爪子抓著我的心臟。

每次每次，我會想像自己真的感覺到胸膛內的小石像鬼。它用冷冰冰的石頭身體裹住我的心，保護著我，直到我什麼也感覺不到，專心回頭工作。

一年年過去，雙胞胎長大了，離家上大學（一個去北英格蘭，一個去南英格蘭，就這點而言，我的雙胞胎女兒就不怎麼像了）。我也離家，把屋子留給卡洛琳，自己搬去卻爾西的一間大公寓裡獨居。即使說不上快樂，至少也還算生活得很滿意。

昨天下午我們在海德公園相遇。貝琪先看到我坐在一張長椅，就著春日陽光讀著一本平裝書，便跑過來碰了碰我的手。

「忘記老朋友了嗎？」她問。

我抬起頭。「哈囉，貝琪。」

「你一點也沒變。」

「妳也一樣。」我濃密的鬍鬚泛了銀灰，頭頂的髮絲也掉得差不多，而她則是個保養得宜的三十五、六歲女子。不過我沒有說謊，她也一樣。

「你混得不錯，」她說：「我常在報紙上看到你的消息。」

「這只表示我手下的出版部員工沒白拿薪水。妳呢？最近在做什麼？」

她在主持一個獨立電視網的新聞辦公室，她說她其實希望當初專心演戲就好，要是這樣，現在一定能登上倫敦西區的舞臺。她用手指把玩著那頭烏黑的長髮，微笑就像艾瑪・琵雅。我曾經願意跟隨她到海角天涯。我闔上書，塞進夾克口袋。

我們攜手走過公園，或黃或橘或白的春季花朵沿途對我們點頭致意。

「真像華茲華斯，」我對她說：「〈水仙〉[93]。」

「這些是中國水仙，」她說：「水仙是中國水仙的一種。」

我們沉浸在海德公園的春日裡，幾乎忘了四周的城市喧囂。我們在一個冰淇淋攤買了兩客五彩繽紛的冰淇淋。

「是因為有了別人嗎？」我終於問了，盡可能以若無其事的語氣，還舔了舔冰淇淋，「妳是為了誰才跟我分手的嗎？」

她搖搖頭。「你變得太認真了，」她說：「就這個原因；而且我不想破壞別人的家庭。」

那天晚上夜深之後，她重複道：「我不想破壞別人家庭，」然後疲倦地伸伸懶腰、加了一句，「但那是當年，現在我不在乎。」

我沒有告訴她我離婚了。我們在綠街一家餐廳吃壽司和生魚片，喝了不少清酒，不但暖

---

93 William Wordsworth（1770-1850），英國浪漫主義詩人，〈水仙〉（Daffodils）為其名作。

了身，也讓我們整晚都紅光滿面。我們招了輛金色烤漆的計程車一起回我在卻爾西的公寓。

清酒溫暖了我的胸膛，我們在臥室裡咯咯笑著、親吻擁抱。貝琪細細研究著我的唱片收藏，播放菸槍牛仔樂團的《三位一體》專輯，低聲跟著唱。雖然只隔不到幾小時，我卻已想不起她究竟何時脫掉衣服，怪的是我記得她的胸形還是很美，只不過與當年不過是個小女孩時相比，已不再有那樣的堅挺與形狀；她深紅色的乳頭非常顯眼。

我胖了一些，她沒有。

當我們爬上床，她悄聲說：「你可以用嘴嗎？」我照她說的做。她的陰脣充血發紫，飽滿又狹長。我舔上去後，它就像一朵花般在我嘴前綻開。她的陰蒂在我舌下膨脹，全世界都瀰漫她鹹鹹的味道。我又舔、又啃、又吸、又挑逗，感覺像是玩了好幾個小時。

在我舌頭的撩撥下，她斷斷續續達到幾次高潮，然後她把我的頭拉向自己，我們又親吻了一會兒，最後她引導我進入她體內。

「十五年前你的老二有這麼大嗎？」她問。

「我想有吧。」我對她說。

「嗯。」

一會兒後，她說：「我要你射在我嘴裡。」而我很快就達標。

我們默默並肩躺在一塊兒。她說：「你恨我嗎？」

「不恨。」我睡眼惺忪。「我以前恨過，恨了好多年，但也愛著妳。」

「那現在呢？」

「我不恨妳了，都過去了，像氣球一樣全都飄進夜空。」說出口時，我發現自己說的是真話。

她挪近我，我們肌膚緊貼著肌膚，「真不敢相信我當年放手讓你走。同樣的錯我不會犯第二次的，我真的很愛你。」

「謝謝。」

「笨蛋，不是要說謝謝，你要說我也愛妳。」

「我也愛妳。」我半睡半醒地回答，還吻了她依然黏答答的雙唇。

然後我就睡著了。

夢裡，我感到體內有個東西在伸展，有東西在動、在變化；是冰冷的石頭，是一輩子的黑暗。一撕一扯，我的心彷彿正在碎裂。有一瞬間，我感到筆墨難以形容的疼痛。黑暗、陌生與鮮血的滋味。

我一定也夢到了灰色的黎明。我睜開雙眼，剛從夢境離開，但還沒完全清醒。我的胸膛洞開，肚臍到脖子間有一道黑暗裂口，一隻畸形的灰色土製巨手正往我胸口縮回去，石頭指間還纏著長長的黑髮。我眼睜睜看著那隻手縮回我的胸膛，就像燈一打開蟲子就立刻鑽回縫隙。我半夢半醒、垂眼注視。見到這種不可思議的情況，我只能這樣想：這其實只是另一場夢。我胸膛的裂口迅速收攏、癒合，冷冰冰的手也永遠消失了。我感到自己再次閉上雙眼。我很累，於是再度潛回瀰漫清酒香的舒適黑暗。

我又睡著了，但後來夢了什麼，現在全都記不清了。

幾分鐘前，我終於完全清醒。晨光直射在臉上，我床畔身側空無一人，只有枕上留下一朵紫花，正握在我手中。它讓我想到蘭花，不過我不怎麼懂花卉，它的香氣非常奇特，鹹鹹的，像女人。

這一定是貝琪臨走前留給我的；那時我還在睡覺。

我很快就得起來了，我得下床重拾工作。

我不知道會不會再見到她，但我知道自己根本不在乎。我可以感覺到身下的床單、胸口冰冷的空氣；我覺得很好，我感覺好極了。

我什麼感覺也沒有。

我的一生

「我的一生？饒了我吧，你不會想要聽
　我的一生的，老天爺，我喉嚨好乾……
來一杯？唔，既然是你請客，今天又
　這麼熱，當然好啊，有何不可？一小杯就好。
來杯啤酒如何？再配上一口威士忌，
　大熱天喝起來很爽，唯一的
問題就是酒會讓我
　想起，而有時候我並不想
去想起。我是說，我媽：有個
　女人，我認識的她從來就不是個女人
不過我看過她的照片，
　手術前的照片，她說我需要一個父親，
因為我本來的父親在
　眼睛復明後就甩了她（起因是他

被一隻暹羅貓撞到頭，貓
　從一戶頂樓豪華公寓的窗戶摔下
三十層樓，撞到我父親的頭，奇蹟似的
　正好撞對地方，恢復了他的視力，
然後毫髮無傷地降落在人行道上，
　證明了那說法是真的，
貓果然永遠都會用腳著地），宣稱他
　以為當初娶的是她的雙胞胎姊妹，
她長得跟我媽完全不一樣，但是
　基於生物學上的奇蹟，聲音倒是毫無差別，
一旦閉上眼睛，連法官也分不出兩姊妹，
　所以法官判准他們離婚。
就這樣，我父親又恢復單身，可是他
　走出法院後又被打到頭，
罪魁禍首是天上掉下來的碎石，有人
　說那是飛機傾倒的排泄物，
不過化驗結果顯示有科學上
　未知的元素成分，

報紙上說那排泄物裡有
　外星蛋白質，但是後來事情被壓下來了。
基於安全理由，政府把我父親的屍體帶去保管，
　還給了我們一張收據，
可是一星期後字跡就不見了，我猜
　那墨水裡有什麼古怪，不過那是後話了。
然後我媽宣布家裡得有個男人
　照顧我，這重責大任落在她身上，
她與醫生達成協議，所以當
　他們倆贏得水中探戈大賽冠軍後，
他答應免費幫她做變性手術。我從小就
　叫她爸爸，對這些往事一無所知。
之後我就沒碰過什麼
　有趣的事了，再來一杯？
好，我就再陪陪你吧，再來杯
　啤酒，也別忘了威士忌，
嘿，我要雙份，不是我想喝，只是
　天氣太熱了，即使

不是酒鬼也受不了……你知道的，
我老婆就是在這樣的日子融化的，
　我讀過人會自己爆炸的文章，
有個專有名詞叫人體自燃，可是
　瑪莉—陸，那是我老婆的名字，
我們在她從昏迷中醒來的那天相遇，
　她睡了七十年，一天都沒變老，
沒想到球狀閃電能有這種效果。
　那艘潛水艇中所有的人，
包含瑪莉—陸在內，都被冷凍起來延長壽命。
　我們結婚後她重新造訪老朋友，
坐在他們的床邊看他們
　睡覺。我那時在當卡車司機，
生活幸福美滿，她雖然睡了七十年，但是
　適應得還不錯，而我，我常常在想，如果
那臺洗碗機沒有鬧鬼——呃，
　鬼上身，我猜這樣說比較貼切——
她今天就還在我身邊。它控制了她的心神，

我們唯一找到的驅魔師
原來只是個來自烏特勒支的侏儒，
壓根兒不是什麼祭司，
拿著蠟燭、鐘鈴和書籍到處招搖撞騙。
我老婆被那臺洗碗機纏得死死的，然後就融化了——
在我們家床上消融成一灘液體——
巧的是，我的卡車就在那天被偷。
之後我就離開美國去環遊世界。
從那時起生活就像一灘死水般無聊，
除了……不，我的腦筋快空白了。
我的記憶被熱氣吞噬啦，
再來一杯？喔，好啊……」

十五張彩繪吸血鬼塔羅牌

0 愚者

「你想幹什麼?」

年輕人已經連續一個月夜夜造訪墓園。他看著冰冷的花崗岩、嶄新的大理石與覆滿陳年苔蘚的墓碑和雕像,上頭被月亮投射寒涼的光芒,他曾凝視著陰影與貓頭鷹,看著幽會的情侶、醉漢和青少年壯著膽子在晚上抄捷徑穿過墓園。

他在白天睡覺,反正沒人在乎。晚上,他一個人站在這裡,凍得瑟瑟發抖。而當他站在懸崖邊,那東西來了。

那聲音在黑夜中由四面八方傳來,在他頭裡頭外迴響。

「你想幹什麼?」那東西又問了一次。

他想知道自己敢不敢回頭看,不過隨即明白他不敢。

「嗯?你每個晚上都來,到一個不歡迎生者的地方——我都看到了。你來做什麼?」

「我想遇見你,」他沒有轉頭,「我想獲得永生。」他嘶啞著聲音說。

他已經站上懸崖,沒有回頭路。在想像中,他能感覺到針一般銳利的獠牙刺進他脖子,彷彿一段邁入永生的刺耳序曲。

聲音響起，低沉而悲傷，好似湍急的地下河流，過了好幾秒他才聽出那是笑聲。

「這並非生命。」那聲音說。

它沒再說話，一會兒後年輕人才明白，墓園裡只有他一個人。

1 魔術師

他們問聖傑曼的男僕，據說他家主人聲稱自己有一千歲，事實真是如此嗎？

「我怎麼會知道？」男僕回答，「我才服侍主人三百年。」

2 女祭司

她肌膚蒼白、眸色暗沉，頭髮也染成黑色。她在日間脫口秀宣稱自己是吸血鬼女王，並朝攝影機露出精緻的犬齒，還讓已分手的戀人尷尬地（程度各異）承認她曾經吸過他們的血——還喝下去。

「但鏡子照得到妳，對吧？」脫口秀女主持人問。她是美國最有錢的女人，能有今日的地位，全靠孜孜不倦地在攝影機前挖出他人的祕辛、傷口與失去，將他們的痛苦展示給全世界觀賞。

現場觀眾哄堂大笑。

女子似乎有點受到冒犯，「對，與大眾認知相反，吸血鬼其實可以在鏡子或電視攝影機前現出身影。」

「唉，寶貝，妳終於有件事說對了呢。」日間脫口秀主持人說道。不過她用手遮住了麥克風，所以這句話沒播出去。

5 教皇

這是我的血，兩千年前，他說，這是我的身體。

這是唯一清楚應許信徒一個未來的宗教：信者得永生。

直到今日，還是有人記得他。有人宣稱他是彌賽亞，有人認為他只是個具有特殊力量的凡人。不過大家都沒講到重點：不管他是誰，他都改變了世界。

6 戀人

死後，她開始在夜裡去找他。他越來越蒼白，眼下出現深深的黑眼圈。一開始，大家以為他只是因她去世太傷心，但有天晚上，他不見了。

要拿到開棺驗屍的許可真不容易，不過他們還是拿到了。他們把棺材拖出來，拔出釘子、掀開棺蓋一看——果真沒白費力氣。只見棺材底部積著六英寸深的水，水中的鐵質已氧化成深橘紅色；裡頭躺著兩具屍體：她的（這是當然），還有他的。他比她腐爛得更嚴重。

後來有人疑惑地問說：為了單人打造的棺材怎麼塞得下兩人？尤其考量到她的狀況，更是匪夷所思——因為她顯然懷孕了。

這讓大夥兒又是一陣迷惑，因為她下葬時根本看不出懷孕的跡象。

再後來，教會當局從傳言中聽說大家在墳墓裡發現的東西。在當局要求下，大家再次把她挖出來。這次挖了就沒再埋回去；可是她的腹部是平的。當地的醫生告訴大家，之前她的腹部之所以鼓起來是因為脹氣。鎮民點點頭，彷彿真的相信了。

7 戰車

這是基因工程的終極傑作：他們創造出一種能進行星際旅行的人種。這些人需要超乎想像的生命跨度，因為星球之間的距離極為遙遠；他們的空間十分有限，食物供給必須緊縮；他們必須擁有在當地維持生活的能力，也要與同胞一同攜手，在新發現的世界進行殖民。

在給予殖民地開拓者祝福後，家鄉隨即送他們上路。不過他們早就將太空船電腦中可追蹤位置的所有線索移除。有備無患。

10 命運之輪

你把醫生怎麼了？她問完忍不住笑出聲，接著又說：我還以為醫生十分鐘前就來了。
我說：對不起，我餓了。
我們一起哈哈大笑。
她說：我去幫你找找。
而我坐在診療室裡剔牙，一會兒後，助理小姐回來了。
她說：抱歉，醫生一定是暫時外出。要不要我幫你預約下週？
我搖搖頭說：我會再打電話來。但這是我今天第一次撒謊。

11 正義

「它不能算人類，」治安法官說：「人類的判決不能用在它身上。」
「噯，」律師說：「不過我們總不能未經審判就把它處死啊，這還是有先例的：有隻豬吃了一個跌到豬欄裡的小孩，結果被判有罪吊死；一群蜜蜂因為螫死一個老翁被判有罪，最後被絞刑吏燒掉。這邪惡的孽種一樣罪有應得。」
嬰兒的犯行罪證確鑿，詳情如下：它起先是被一個女人從鄉下帶來，她說這是她的孩子，她丈夫早死了。她向一對做馬車的工匠夫婦租了個房間，老工匠常常抱怨自己鬱鬱寡歡又無精打采。後來，僕人發現那對夫婦與那位女房客陳屍家中，嬰兒倒是在搖籃裡活得好好的。它臉色蒼白，眼睛瞪得大大——臉上和嘴脣都有血跡。

陪審團認為小傢伙罪證確鑿，於是判它死刑。

劊子手是鎮上的屠夫，他在全鎮鎮民的見證下將嬰兒砍成兩半，屍塊丟進火裡。

他自己的孩子也在當週稍早幾天死去。嬰兒夭折固然令人難過，但在當時是很平常的。屠夫的妻子傷心欲絕。

她早先離開鎮上去探望住在城裡的姊姊，不到一個星期，屠夫也跟著去了城裡。屠夫、屠夫太太和小寶寶，這一家三口是世上最幸福的家庭。

14 節制

她說她是吸血鬼。但我知道一件事：這女人是個騙子；你從她的眼睛就看得出來。那對眼睛雖然黑得像煤炭，卻從來不會真正直視你，只會盯著你肩膀後方某個看不見的東西，或你身後，或你頭頂，或你臉前兩英寸處。

「這喝起來是什麼味道？」我問她。這裡是酒吧後頭的停車場，她在酒吧值大夜班，調得一手好酒，不過自己什麼都不喝。

「V8汁，」她說：「原汁原味，不是那種低鈉的。或者也可說是鹹味西班牙冷湯。」

「西班牙冷湯是什麼？」

「一種蔬菜湯。」
「妳在唬爛我吧。」
「才沒有。」
「所以妳喝血嘍？就像我喝V8那樣？」
「這麼說其實也不對，」她說：「要是你覺得V8很噁，可以改喝別的。」
「好啊，」我說：「說真的，我不怎麼喜歡V8。」
「看看，」她說：「在中國我們不喝血，喝的是髓汁。」
「那喝起來味道怎樣？」
「也沒怎樣，就像清湯。」
「妳喝過？」
「我知道有人喝過。」
我們靠在一輛卡車旁，我想看看能不能在後視鏡裡看到她。不過天色太黑，我看不清楚。

15 惡魔

這是他的肖像——瞧他那口黃板牙和紅潤臉頰。他有角，他一手拿著跟腳一樣長的木樁，一手握木槌。
當然，世上才沒有惡魔這種東西。

16 塔

這座塔以唾液與惡意建造，
聽不見也看不到。
咬人者人恆咬之。
（晚上還是去外頭比較好。）

17 星星

更有錢又更老的傢伙追隨冬天的腳步，哪裡晝短夜長就去哪裡。不過比起南半球，他們還是喜歡北半球。

「看到那顆星星了嗎？」他們指著天龍座的一顆星星，說：「我們來自那裡，總有一天要回去。」

年輕人嗤之以鼻。然而，年年月月過去，幾世紀後，他們發現自己思念著某個從未見過的地方，並發現北方更讓人安心——前提是天龍雙星得在大小熊星座附近，與上方寒冷的北極星比鄰。

19 太陽

「想像一下，」她說：「天上有個東西會傷害你，甚至要你的命——比如一隻巨大老鷹之類的。想像一下，你只要白天一走出去就會被牠叼走。

「那個，」她說：「它對我們來說就是這樣的。只不過它不是鳥，而是明亮、美麗又危險的陽光。我已經有一百年沒看過了。」

20 審判

他告訴他們，這個方法能一面談論欲望，又能完全不提到欲望。

那種方法可用來談性，以及談對性的恐懼；談死亡以及談對死亡的恐懼——我們還有什麼沒談到嗎？

22 世界

「你知道世上最傷心的事是什麼嗎？」她說：「世上最傷心的，莫過於我們就是你。」

我什麼也沒說。

「在你的幻想故事裡，」她說：「我們一族就像你們，只不過更好一些。我們不會死、不會老、不會痛苦、寒冷或飢渴；我們打扮入時，擁有數百年積累的智慧——我們是需要鮮血沒錯，可是這就像你們人類需要食物、關愛或陽光，是一樣的——況且這渴求能讓我們走出房屋、地窖、棺材，不管那渴求是什麼。」

「然而，事實是？」我問她。

「我們就是你們，」她說：「我們真的就是你們。我們擁有你們那些亂七八糟的缺點，那些讓你們成為人的東西——你們的孤獨與迷亂……可是這些對我們沒有任何好處。

「我們比你們更冰冷、更無生命。我想念陽光、想念食物；我知道碰觸別人、關心別人是什麼感覺，我記得生命，記得自己曾將人看做人，而不是可以吃或可以控制的物體；我還記得有**感覺**是怎麼一回事，快樂也好，悲傷也好，**什麼**都好……」她戛然而止。

「妳在哭嗎？」我問她。

「我們不哭。」她對我說。而我說過，這女人是個騙子。

飼者與食者

這是真實故事，非常真實。不僅故事內容是真的，就連給我們的教訓也是真的。

那天深夜，天氣很冷，我待在一個根本不該待的城市——至少不該在三更半夜還待在這兒——但我不會告訴你是哪個城市。我錯過最後一班火車，又不想睡覺，於是就在車站附近的街道上亂晃，最後終於找到一家二十四小時營業的咖啡館。總之，有個溫暖的地方能坐坐就好。

你應該知道這種地方，八成自己也去過：店名就寫在髒兮兮的玻璃窗上，底下還貼著百事可樂的商標，每根叉子上都黏著乾掉的雞蛋碎屑。我雖然不餓，還是叫了一片吐司和一杯油膩膩的茶，省得有人來囉唆。

店裡還有幾個人，都獨自坐在桌前，臉幾乎都要垂到空盤子裡了。他們身上穿著骯髒的外套和風衣，釦子一路扣到領口，看樣子不是流浪漢就是失眠症患者。

拿著托盤離開櫃臺時，我突然聽見有人開口，「嘿。」是個男人的聲音。那聲音叫道：「老兄。」我知道他是在叫我，而不是對這個空間說話。「我認識你，來來，來這邊坐。」

我沒理他；我不想惹麻煩。更何況在這種地方碰上的傢伙向來難纏。

接著他叫了我的名字，我只好轉過頭看。畢竟人家都說知道你名字，你還能裝傻嗎？

「你不認得我啦？」他問。但我搖頭。我不認識他這長相的人——這副尊容一旦見過，想忘可不容易吶。「是我啊，」他低聲懇求道，「艾迪．巴洛——拜託一下，老兄，你明明認識我。」

他說出名字後我就多多少少有印象了。我是說——我認得艾迪．巴洛。我們十年前曾在同一個建築工地工作，那是我這輩子唯一接觸粗活的一次。

艾迪．巴洛是個高大的肌肉男，有著電影明星般的笑容和慵懶氣息。他當過警察，有時會跟我說些故事，一些拼湊又重新改編、真實的打擊犯罪故事。他因為得罪一位高級警官被迫離開警界，說是警司的老婆逼走他的。艾迪老是栽在女人身上；他真的很受女人歡迎。

我們當年一起在工地做粗活，那時就常有女人纏著他，塞給他三明治、小禮物什麼的；她們就是喜歡他。我以前常常冷眼旁觀，想看他到底有何祕訣，可惜我從來看不出個所以然。最後我斷定她們大概就是喜歡他這個人吧：高大、強壯，腦袋不算聰明，可是帥得不得了。

不過那都是十年前的事了。

可是坐在貼皮餐桌對面的這個男人並不帥。他兩眼無神、眼眶通紅，絕望地垂下眼神盯著桌面，膚色灰敗，骨瘦如柴——我都可以透過那黏膩的頭髮看到頭皮了。

我說：「你怎麼啦？」

「什麼意思？」

「你看起來有點慘。」我說。但其實他看起來比有點慘還慘，簡直像是快掛了。艾迪・巴洛曾是個大塊頭，現在卻整個人垮了下去，瘦得只剩皮包骨。

「喔。」他說，不過那語氣也可能是「喔？」可是我分不清。接著他認命又平靜地說：「每個人遲早都會這樣。」

他用左手指了指對面的座位，右臂卻僵硬地垂在身側，手藏在外套口袋裡。

艾迪的桌子就在窗邊，來來往往的行人都能看到我們。要是換我，絕不會選這個座位，可惜現在後悔也來不及了。我坐到他對面啜著茶，一語不發。但這麼做大概是錯的，閒談一下搞不好可以讓他忘記那些鬼話。不過我只是捧著杯子，什麼也沒說，所以我猜他八成以為我很有興趣，想多知道一點。可是我才沒興趣，我自己的麻煩就夠多了，我不想知道他究竟是沾了什麼才落到今天這地步。管它是酗酒、嗑藥還是生病。不過他開始用死氣沉沉的聲音娓娓道來，我也就姑且聽之吧。

「幾年前，他們修馬路支道時來到這裡，後來就留下來了；反正就是那麼一回事。我在攝政王街後面一棟老房子租了個房間，是個閣樓。那房子其實是個家庭住宅，他們只出租頂樓，所以只有我和寇薇小姐兩個房客。我們都住在閣樓，只不過是分開的房間，就在隔壁。她房裡的動靜我都聽得到。屋裡還有隻貓，房東養的，牠不時會上樓來跟人打招呼，房東一家反而很少上來。

「我習慣和房東一家一起吃飯，寇薇小姐卻從不下來吃，所以我搬進去一個星期後才碰見她。她那時正好從樓上洗手間出來，看起來好老好老，臉上皺紋之多，活像隻老得不能再老的猴子。不過，那頭及腰的長髮卻像年輕女孩。

「有件事倒是很有意思。不知怎麼，你總會覺得老人家跟我們不會有一樣的感覺。我的意思是……她老得可以當我奶奶了……」他停下來用灰灰的舌頭舔了舔嘴唇，「總之……有天晚上我上樓時，看到房門門口地板放著一個牛皮紙袋，裡頭裝蘑菇。我馬上就知道那是禮物，而且是給我的。不過那不是一般常見的蘑菇，所以我就去敲她的房門。

「我說：『這是給我的嗎？』

「她說：『巴洛先生，那是我自己採的。』

「『不會是什麼毒蕈吧？』我問，『妳確定沒毒嗎？會不會是什麼稀奇古怪的蕈類？』

「但她只是哈哈大笑，甚至還發出咯咯聲。『可以吃的，』她說，『是上好的鬼筆菇，要快點吃，鬼筆菇很容易變質；跟奶油和大蒜一起炒最好。』

「我說：『妳要不要也來一點？』

「『不了，』她說：「我以前很愛吃蘑菇，可是現在胃不行了。但那真的很美味，再也沒有什麼東西比鮮嫩的鬼筆菇更好吃。這樣的東西居然沒人吃，太不可思議了。周遭可以當成食物的東西多得是，只是大家不知道罷了。』

「我向她道謝，回到我租的那半邊閣樓。這裡幾年前改裝，施工品質相當不錯。我把蘑菇放在水槽旁邊，幾天後，它化成一灘墨汁似的黑水，我只好把那坨噁心的玩意兒放進塑膠袋裡扔掉。

「我拎著塑膠袋下樓時正好碰見她要上樓，她說：『你好，巴先生。』

「我說：『妳好，寇薇小姐。』

「她說：『叫我愛芙吧。蘑菇吃起來怎麼樣？』

「我說：『很棒啊，謝謝妳，果然很好吃。』

「陸陸續續，她又在我門口放了其他東西。小禮物啦、插在舊牛奶瓶裡的花啦，之類的。不過後來就停了。禮物突然停了的時候，我有鬆了一口氣的感覺。

「有一天，我下樓去跟房東一家吃飯，房東那位在念理工學院的兒子正好放假回家。當時是八月，天氣很熱。有人說已經一星期沒看到她，問我能不能去瞧瞧，我說當然可以。

「於是我就去了。門沒鎖，她躺在床上，身上蓋著一件薄被，不過可以看出薄被下的身體一絲不掛——我沒想偷看，她可是個老太婆欸。這就跟看到你奶奶沒穿衣服一樣——不過看到我她似乎很高興。

「我說：『妳要看醫生嗎？』

「她搖搖頭說：『我沒病，我只是餓了，就這樣。』

「我說：『妳確定嗎？我可以打電話找人，不麻煩的，他們會為老人到府服務。』

「她說：『你叫艾德華[94]對吧，我不想麻煩別人。只是我很餓。』

「『好，那我去拿些吃的給妳，』我說，『一些容易消化的。』就在這時，她嚇了我一跳。她先是有些不好意思，接著便很小聲地說：『我要肉，新鮮的、生的。我不要別人幫我煮。肉，拜託你，艾德華。』

「我說了『沒問題』就下樓去了。但我腦中還閃過一個念頭，想說不如從貓碗裡偷拿一點給她好了，當然最後我沒那麼做。我覺得自己好像知道她想要什麼，所以只能盡力滿足她，我別無選擇。所以我去喜互惠超市幫她買一包上好的沙朗牛排。

「那隻貓聞到肉味，跟我上樓。我對牠說：『小貓咪，下去，這不是給你的，是給寇薇小姐的。她身體不舒服，要拿這個當晚餐。』但這傢伙對著我喵喵叫，好像一星期都沒人餵似的。但我當然不會上當，牠的碗根本還有半滿。這貓真笨。

「我敲敲她的門，她說『請進』，人還躺在床上，我把那包肉遞給她，她說：『謝謝你，艾德華，你人真好。』說完就直接在床上撕起塑膠封膜。塑膠盤底部積的血水都流到她床單上，她卻渾然不覺。這畫面看得我忍不住直發抖。

「我奪門而出，但還是聽到她開始用手抓著生肉塊往嘴裡塞；她連床都沒下。

「但是第二天她就能起來走動了。而且，儘管她已經一把年紀，之後卻整天忙進忙出。人家都說紅肉對身體不好，可是對她來說似乎好得不能再好。而生肉嘛……嗯，韃靼牛肉[95]不就是生的嗎？你吃過生肉嗎？」

我沒想到他會突然這樣問我，所以回答說：「你問我嗎？」

艾迪用那雙死氣沉沉的眼睛看著我。「這桌也沒別人啊。」

「有，小時候吃過一點，那時候我才四、五歲吧。祖母帶著我去買肉，老闆給我幾條生

---

94 艾迪（Eddie）為艾德華（Edward）的暱稱。

95 steak tartare，一道以生牛絞肉做成的中亞料理。

肝切片，我就在店裡當場吃下去，就這樣。大家看了都哈哈大笑。」

我二十年沒想起這件事了。不過這是真的。

我到現在還是喜歡吃半生的肝。有時，煮肝臟時如果旁邊沒人，我就會趁下鍋前先切一小片吃下去，享受那肌理口感還有赤裸裸的鐵腥味。

「我可沒有，」他說：「我喜歡吃煮得熟透的肉。後來湯普森就失蹤了。」

「湯普森？」

「就是那隻貓。有人說本來有兩隻，都叫湯普森——我不知道為什麼。很蠢對不對？竟然幫兩隻貓取一樣的名字。噢，第一隻被卡車輾死了。」在貼皮桌面上，他用指尖把糖粒推成一堆——依然用左手。我不禁開始懷疑他右手到底還在不在，搞不好那袖子裡根本是空的。不過這也不關我的事。一輩子那麼長，誰不會失去點什麼？

我開始思考該怎麼跟他說我沒錢，免得他說完故事後伸手跟我討。我是真的沒錢，身上只有一張火車票和搭巴士回家的幾便士。

「我一直都不大喜歡貓，」他突然說：「我就是沒辦法真心喜歡。我喜歡狗，牠們塊頭大，又忠心耿耿，你走到哪兒牠們就跟到哪兒。不像貓，一跑就是一整天，到處不見鬼影。我小時候家裡有隻貓，叫『生薑』，街尾有戶人家也有養一隻貓，叫『果醬』——結果後來才發現原來那是同一隻貓！只是牠腳踏兩條船，吃兩家的飯。我說啊，貓就是這種吃裡扒外的小混蛋，不可信賴。

「所以湯普森失蹤時我沒有什麼感覺。房東一家很擔心，我可沒有，我知道牠會回來，貓就是這樣。

「總之，幾個晚上後，我聽到牠的叫聲。那晚我怎麼也睡不著，就在三更半夜，我突然聽到牠喵喵叫，而且是喵嗚喵嗚那樣叫個沒完。聲音不大，可是要是你在失眠，那種鬼叫真的會弄得人神經兮兮。我想牠搞不好是被困在屋椽或是屋頂上了。但不管在哪，反正我知道牠再這樣鬧下去，我今晚就別想睡了。所以我起床穿了衣服，還套上靴子，以免待會兒得爬屋頂。準備好後，我就出去找貓。

「我走進走廊，發現貓叫聲來自寇薇小姐那半邊的閣樓。我過去敲她的門，不過沒人回應；我試著轉了轉門把，發現門沒鎖，所以我就進去了。我想貓可能是被困在什麼地方或是受傷，我只是想幫忙，真的。

「寇薇小姐不在。我的意思是，有時房裡有沒有人是感覺得出來的，那個房間確實是空的沒錯，只是地板一角有個東西在喵嗚喵嗚……我就打開燈，想看個究竟。」

他停頓了快要一分鐘，左手手指摳著番茄醬瓶口附近的黑色黏塊——這瓶子的形狀就像大番茄——然後繼續說：「我真搞不懂牠怎麼還能活下來——我是說，牠是活著沒錯，只看胸部以上的牠的確是還活著，有呼吸，毛皮什麼的也還在——可是牠的後腿和胸腔就像被吃剩的雞，只有骨頭，還有那個……叫什麼名稱啊？肌腱嗎？然後牠抬起頭看著我。

「雖然牠只是一隻貓，不過我知道牠想要什麼，牠眼裡寫得清清楚楚。我的意思是……」

他頓了頓，「反正我就是知道。我從來沒見過這樣的眼神，要是你也看過，也會知道牠想要什麼——再無其他要求。所以我就如牠所願。只要你還有點良心，都不會忍心拒絕牠的要求。」

「所以你做了什麼?」

「我用靴子,」他稍停片刻,「沒流多少血,不算太多。我只是用腳一直踩牠的頭,踩到幾乎看不出是什麼東西。要是你看到牠那樣望著你,你也會這麼做。」

我什麼也沒說。

「就在這時,我聽到有人走上閣樓的樓梯。我拚命思考該怎麼辦——畢竟現場那樣子看起來可是挺不妙的。我也不知道這裡究竟算什麼現場,不過我只是呆站在那兒,覺得自己超級蠢,靴子上還沾著一團黏答答的東西。門打開來,寇薇小姐進來了。

「她看到這團狼藉,又看看我,然後說:『你殺了牠。』我聽得出她聲音有點怪,一開始我不知道是怎麼回事,等她靠近後我才發現她在哭。

「老人家有一種本事:當他們哭得像個小孩,你真的不知道眼睛該看向哪裡。你會這樣嗎?『我只能靠牠撐下去了啊,你居然殺了牠,我花了那麼多心血,』她說,『我努力讓肉保持新鮮,讓生命維持下去。我的心血都白費了。』

「她說:『我是個老太婆,我需要肉。』

「而我不知道該說什麼。

「她用手擦擦眼淚,『我不想麻煩別人。』說著說著,她又哭了。然後她看著我,說:『我從來不想麻煩別人,那是我的肉,現在誰可以來餵我?』」

他停下,灰白色的臉頰用左手撐著,好像十分疲倦;無論是對我,還是對故事,甚至對生命感到疲倦。然後他甩甩頭，看著我說：「要是你看到那隻貓，你也會那麼做，誰都會。」

他抬起頭。從他開始說故事至今，這是他第一次看進我的眼睛。我彷彿在他眼底見到無聲的乞求，一種他基於自尊所以說不出口的乞求。

我心想：來了，他要跟我要錢了。

外面有人敲了敲咖啡店的玻璃窗，聲音不大，但艾迪卻整個人跳了起來。他說：「我得走了，這表示我得走了。」

我只是點點頭。他從座位站起來，個子依舊很高大，這點幾乎讓我感到驚訝，因為他很多部位看起來都已不如以往。他起身時推開了桌子，還把右手從外套口袋裡抽出來。我猜是為了保持平衡吧，我也不知道。

又也許他是想讓我看他的右手——不過，要是他真想讓我看，為什麼要一直藏在口袋？不對，我認為他沒想讓我看，那只是不小心。

他外套下沒穿襯衫或工作服，所以我能看到他的手臂和手腕。這兩處都沒什麼不對勁，他的手腕很正常。可是當你看到手腕底下，就會發現骨頭上大部分的肉都不見了，像被人啃過的雞翅膀，除了幾絲乾掉的碎肉渣，幾乎什麼也不剩。他只剩下三隻手指和大部分拇指。我猜不見的那根指骨一定是脫落了，畢竟沒有皮肉能繫住它。

這就是我看到的景象——但只有那麼一瞬間——下一秒他又把手收回口袋，推開門，步入寒夜。

我透過骯髒的咖啡店窗玻璃看著他。

真有意思，他之前說了那麼多，害我把寇薇小姐想像成老太婆，可是外頭人行道上正在等他的女人看起來不過三十出頭。是，她頭髮確實很長，就是那種長到可以坐在上面的頭髮，雖然這麼說聽起來很像什麼黃色笑話；我覺得她看起來有點像嬉皮，有一種飢渴的美。她挽住他的手臂，抬頭望進他的眼睛，兩人一起離開咖啡館的燈光下。這兩人根本就像一對初識戀愛滋味的年輕男女。

我回到櫃臺加點了一杯茶和兩包炸薯片，準備熬到天亮。我坐在那裡回想他最後一次看我時臉上的表情。

回首都的火車上，坐我對面的女人手裡抱著一個嬰兒。嬰兒漂在一個裝滿福馬林的厚重玻璃容器中。女人急著想把它賣掉，雖然我已累到極點，還是跟她聊了聊賣掉的理由。然後又聊了些其他有的沒的瑣事，藉此度過整趟車程。

疾病製造者哮吼症

這是一種強烈到可以算疾病的痛苦。不幸的是，該病影響範圍極大，主要患病對象為習慣性以病態的方式羅列疾病名目，並且編造疾病的人。

明顯初期徵兆包括頭痛、神經性絞痛、明顯顫抖，長出幾種私密性的疹子……上述其中之一。不過，不論是綜合觀之或分開來看，這些都不足以當做罹患此症的依據。

疾病的第二階段是心理上的症狀：對於未知或未發現的疾病和病因異常依戀，其關注範圍擴及所謂的創造者、發現者，或該疾病的研究、療法或治癒案例的相關人士——筆者要鄭重警告各位讀者——不管在什麼情況下，千萬不要相信眼前華而不實的廣告，無論雙眼暴凸或看起來很普通的辦法，注射小劑量牛肉汁或肉湯都有助於維持體力。

到本階段，尚有治癒可能。

然而，若到發病的第三期，便能看出疾病的真面目，患病與否也能夠確診。至此階段，病人在言語與思考會出現某種問題，具體的影響將顯現在說話與寫作能力上。假如沒有立刻得到照顧，病情將會迅速惡化。

咸認兩盎司的睡意與窒息煮沸，面部將青紫腫脹，喉嚨狀態像是遺傳所致，舌頭會出現類似肺臟的自然特徵，諸如此類。症狀相繼併發。情緒容易受刺激——凡任何迫使他想起該疾病的刺激源都有可能。庸醫總肆無忌憚又恬不知恥地在大眾面前自吹自擂。

透過疾病製造者哮吼第三期的一項不幸特徵，可以診斷出患者是否罹患該症：其患者的正常思考與敘述順序，往往會被自身對真實或想像的疾病及其荒謬療法的評論打斷，而且在一開始，這些評論看起來是符合邏輯的。其症狀是全身發熱，並且發作得很突然，而且位置會正好在膝蓋骨上方的圓形隆起處。雖然是慢性的，最後也有嘔吐的可能，並有帶攻擊型的毒霧。而瀉根為鹼性，本身呈無色，猶如腸道內的大蛔蟲。

最防不勝防的是，疾病製造者哮吼第三期的高危險群，恰恰是最不易受懷疑也最謹慎小心者，因此他們的營養品裡也許不能含生薑與精餾酒精，靜脈會腫脹，並因中暑而脫水。

患者若靠頑強的意志力，也許能繼續輕鬆流暢地書寫、交談。俟病情逐漸邁入末期，所有對話都會惡化成反覆跳針、自言自語又滔滔不絕的有害囈語。同時持續咳嗽、血管膨脹、雙眼暴凸、全身劇烈顫抖。會經由濃重的黑霧入侵傳染，如果無法滿足，就會陷入憂鬱、食欲不振，也許還會嘔吐、發燒，舌頭像是搗爛的植物根。

與此同時，對抗疾病製造者哮吼的防疫戰中，唯一證實可靠的療方就是藥旋花液，配方是一比一的藥旋花與瀉根脂，儘管筆者要警告各位讀者，千萬不要太相信中暑而脫水。藥旋花雖普遍，但不一定是顯性的。患者面部會青紫腫脹，喉嚨更加紅腫。也許，筆者必須鄭重警告各位千萬不要相信自己的腸子。

疾病製造者哮吼症患者很少意識到他們的痛苦本質。確實，淪落為偽醫學的胡說八道之悲慘境地，定會勾起外人的同情與憐憫。那些在胡言亂語中頻頻迸出的理性，也只能讓醫生毅然決然地否定發明與創造出來的虛構疾病；虛構的疾病在現代世界不可能有立足之地。

當水蛭的吸血時間超過身體所需，會被前述煮沸的兩盎司睡眠與兩盎司華而不實的廣告攻擊，庸醫將肆無忌憚又恬不知恥地在大眾面前自吹自擂；藥旋花往往容易遇熱而激活。次日，以濃烈的碘酒處理疹子綽綽有餘。

這不是瘋。

這是劇痛。

面部青紫腫脹泛黑，成分是碳酸氫鉀、倍半碳酸銨和精餾酒精。咳嗽不止，習於攝取大量食物，超過必要程度。

腦海中心愛的景象。

也是心愛的景象。

也可能越來越大。

First published in *The Thackery T. Lambshead Pocket Guide to Eccentric & Discredited Diseases*.

末了

末了，主將世界賜予人，全世界都屬於人——除了一個園子外。主說：這是我的園子，你們不可進來。

一個男人和一個女人來到園中，他們名叫地與氣。

他們帶著一顆小果子，由男人拿著。他們來到園子的大門時，男人把果子給了女人，女人把果子給了拿火焰劍守衛東門的蛇。

蛇接下果子，把它放在園中那棵樹上。

地與氣知道他們穿著衣服，便把衣服一件一件脫了，直到赤身裸體。主在園中行走時見到那男人與女人，他們不再知道善惡，卻感到心滿意足。主看著是好的。

然後主打開門，將園子賜予人。蛇站起來，驕傲地抬起四隻強壯的腳走了。只有主知道牠去了哪裡。

之後伊甸園只剩靜默，僅偶爾傳來人從動物身上奪走牠們名字的聲音。

歌利亞

我想我可以大聲地說：我一直懷疑這世界是廉價冒牌黑心貨，是某種更深沉、更廣闊、更鬼怪的事物以拙劣偽裝變成的。而其實，從某個角度而言，我已知道了真相。不過我想這世界大概一直就是這樣，即使我現在知道了真相（吾愛，若妳正在看這些文字，那麼妳也知道了）。它看起來依然那麼廉價、那麼粗製濫造。不同的世界，不同的粗劣質感，但感覺起來是同一回事。

他們說：這就是真相，而我說：這是全部的真相嗎？他們說：算是吧，據我們所知其實差不多。

好的，當時是一九七七，我與電腦最近的距離，就是我剛買了一臺又大又貴的計算機。我弄丟了它附的說明書，之後就再也搞不清楚它有什麼功能了。我用它做加減乘除，慶幸自己不必用到這鬼玩意兒的其他功能，像是什麼計算餘絃正絃、找切點或曲線數值等等。自從前陣子向皇家空軍申請入伍被打回票，我就一直待在北倫敦，在埃奇韋爾區地鐵北線附近一家小型地毯批發店擔任簿記員。每當看到飛機飛過頭頂，我都會裝出一副若無其事的模樣，自顧自在巨大的複式帳本寫下數字，假裝不在乎這世界只因為我塊頭太大就否定我。某天，當我坐在店鋪後頭一張充當書桌的餐桌前，整個世界突然開始融化；一滴滴淌下。

我說真的。牆壁、天花板和一綑綑地毯及《世界新聞報》[96]的上空女郎月曆——彷彿全都是用蠟做的。它們開始滲流、匯集，啪搭啪搭淌落。我可以看見後頭的房屋、天空和雲朵，但接下來連那些景物也滴滴答答流得一乾二淨，再往後則是一片黑暗。

我站在世界融成的泥沼中。那是一灘顏色鮮明的詭異液體，表面並沒有超過我棕色皮鞋的鞋面——我的腳大得像鞋盒，鞋子還得特別訂做，貴得要命——朝上投射出詭異的光芒。

要是在小說裡，我想我會拒絕相信眼前一切。我會懷疑自己是否嗑了藥，或是在做夢。但在現實中……真是見鬼了。我就在現場，這都是真的，於是我抬起頭，瞪著眼前的黑暗——卻什麼都沒發生。於是我開始走來走去，涉水走過這液化的世界，大聲叫喊，想知道這裡有沒有人。

有個東西在我面前閃爍。

有個聲音說：「嗨，老兄。」美國腔，不過語調有點怪。

「哈囉。」我說。

那東西又持續閃爍了一會兒才化成一個衣冠楚楚、戴著粗牛角框眼鏡的男子。

「你知道嗎？」他說：「你真是個大塊頭。」

我當然知道。我十九歲時就長到快七英尺，手指之粗，就像香蕉。小孩都會被我嚇著。——而我很可能活不到四十歲生日。像我這樣的人命都不長。

「發生什麼事了？」我問他，「你知道嗎？」

「敵軍炮彈擊中一個中央處理器，」他說：「二十萬人被捲入平行世界——這下可好了——當然我們已經啟動鏡像系統，很快就會修復、重新進行。你只是偶然飄移到這裡，前後時差不過幾十億分之一秒。我們正在讓倫敦重新運作。」

「你是上帝嗎？」我問。他弄得我一頭霧水。

「是也不是，不完全是。」他說：「反正不是你想的那種上帝就對了。」

接著整個世界天旋地轉，我發現自己又回到那天早晨的例行公事，我剛剛幫自己倒完一杯茶，也體驗了這輩子最長最離奇的一次既視感。在那二十分鐘裡，我對每個人要做的事、要說的話一清二楚。但不久後那感覺就消失了，時間運作又恢復正常，一秒接著一秒，恰如其分地流逝。

然後是一小時接著一小時、一天接著一天、一年接著一年。

我被地毯商解雇，轉到一家賣商用機器的公司，繼續當簿記員。我去游泳池時認識了一個名叫珊朵拉的女孩，後來我們結了婚，生下的兩個孩子體型都很一般。我本以為我們是那種不管怎樣都不會被拆散的夫妻，可惜並不是這樣，所以她帶著孩子離開了我。那時是一九八六年，年紀坐二望三的我在圖騰漢廳路上的一家小店找了新工作——賣電腦。而沒想到我一賣居然賣成了箇中好手。

我喜歡電腦。

我喜歡電腦運作的方式；那是一個令人興奮的時代。我記得我們第一次幫 AT 電腦[97]出

---

96 *News of the World*，英國八卦小報。

貨時，有部分新機器還配備了ＭＢ的硬碟……唉，那在當年可是很了不起的。

我仍舊住在埃奇韋爾區，每天搭地鐵北線上下班。某晚搭地鐵回家時（我們剛剛經過優斯頓站，一半乘客下了車），我的目光越過《標準晚報》[98]上緣打量車廂裡的人，暗自猜測他們的身分，猜他們內心深處究竟是什麼樣的：在筆記本上認真寫東西的苗條黑人少女、戴著綠色天鵝絨帽的小老太婆、牽狗的女孩、裹著頭巾的大鬍子男人……

地鐵突然在隧道裡停下。

至少我是這麼以為的。我以為地鐵停了，周遭一片死寂。

然後我們經過優斯頓站，一半乘客下了車。

然後我們經過優斯頓站，一半乘客下了車。我打量其他乘客，暗自猜測他們內心深處究竟是什麼樣的，就在這時，地鐵在隧道裡停下，周遭一片死寂。

然後車廂突然嚴重傾斜，我以為我們被另一列地鐵撞上。

然後我們經過優斯頓站，一半乘客下了車，然後地鐵在隧道裡停下，然後周遭一片——

（我腦海深處有個聲音低低地說：會盡快恢復正常服務。）

然而這次地鐵開始減速，往優斯頓站停靠，我不禁思考我是不是要瘋了，我覺得自己像在一卷錄音帶上，被反覆倒帶又開始播放；我知道這件事正在進行，可惜我改變不了什麼。不管做什麼，我都無法突破現狀。

坐在我隔壁的黑人少女遞給我一張紙條，上頭寫著：我們死了嗎？

我聳聳肩；我不知道。「死」似乎也不失為一個好解釋。

慢慢地，一切色相都褪成白色。

我腳下沒有地，頭上也空無一物；我沒有距離感，沒有時間感。我身在一個白色的空間，而且並非孤單一人。

眼前的男子戴著粗牛角框眼鏡，身上的西裝看起來像是亞曼尼的。「又是你？」他說：「大塊頭，我才剛跟你說過話欸。」

「我可不這麼認為。」我說。

「就半小時前，炮彈擊中的時候。」

「地毯工廠那時？那是好多年前了，至少過了大半輩子。」

「應該是在三十七分鐘前。我們那時啟動了一套加速模式，嘗試修補與覆寫，同時也在尋找潛在解決方法。」

「誰射的炮彈？」我問他，「蘇聯還伊朗？」

「外星人。」他說。

「你開什麼玩笑？」

「據我們所知，這並不是玩笑。過去幾百年來我們一直在發射種子探測器，看來有個東西跟著探測器一起回來。第一枚炮彈著地時我們就發現了，然後花了整整二十分鐘才制訂好

97 IBM公司於一九八四年發布，八七年停產的個人電腦產品。

98 *Evening Standard*，具有一百八十多年歷史的倫敦老牌報章，二〇〇九年因不堪虧損而改為免費報。

報復計畫、付諸行動。就是因為這樣我們才超速運行——你有沒有覺得這十年似乎過得特別快？」

「是啊，似乎是這樣沒錯。」

「原因就是這個。我們加速它的運作，想辦法一邊支援兼處理，一邊維持正常的現實。」

「那你們現在打算怎麼辦？」

「我們打算反擊，除掉他們——但恐怕還得花一點時間。我們還沒有機器設備，得先製造出來才行。」

白色開始褪去，變成深粉色與暗紅色。我睜開眼，生平頭一遭被眼前的畫面嚇得呼吸一窒。那實在太駭人了。

——世界驟然巨變，地鐵打結，既陌生又黑暗。這個地方變成令人難以置信的所在。實在太荒謬了，一點道理都沒有。這是現實，也是噩夢。這種情況持續了三十秒，而這冰冷的每一秒鐘都彷彿一個小小的永恆。

然後我們經過優斯頓站，一半乘客下了車……

我向拿著筆記本的黑人少女搭訕；她叫蘇珊。幾星期後，她搬來和我同居。

時間轟隆隆流逝，我想我對此變得有些敏感了。也許我根本知道自己一直在尋找什麼；我知道有某種該去尋找的東西，只不過不知道那究竟是什麼。

我千不該萬不該，竟在某天夜裡向蘇珊吐露我的一些想法：我告訴她這世界是假的，我們不過是身軀掛在某處，身上插滿插頭和電線，餵食我們的是有整個世界那麼大的中央處理器（但也可能只是廉價記憶體晶片）；他們拿交感幻覺做營養，讓我們保持快樂，允許我們使用大腦的小小一部分來溝通、做夢，其他部分則被他們（不管這個他們是誰）用來計算數字與儲存資訊。

「我們是記憶體，」我告訴她，「我們的本質就是那樣——是記憶體。」

「你不會真的相信這些鬼話吧？」她的聲音在顫抖，「那只是個童話故事。」

我們做愛時她老是要我粗暴些，不過我向來不敢；我不知道自己力氣多大，我這樣笨手笨腳，搞不好會傷到她。

而我從來不想傷害她。於是我不再告訴她我的想法，用吻岔開話題，假裝那只是開玩笑，可惜好像不怎麼有趣……

不過也沒差，她那個週末就搬走了。

我很想念她，深沉又痛苦地思念，但日子還是得過下去。

如今既視感出現得越來越頻繁；口吃、打嗝或跳針似的時刻反覆上演，有時整個早晨都在重複，有次還重複了一整天。時間好像完全故障了。

然後，某天我一早醒來，又回到了一九七五，我才十六歲，在地獄般的學校待了一整天後，我走出校園，踏進教堂路上一家印度烤肉店旁的皇家空軍徵兵處。

「你真是個高大的年輕人。」徵兵處的軍官說。我一開始以為他是美國人，不過他說他是加拿大來的。他戴著一副大大的牛角框眼鏡。

「我的確是。」我說。

「所以你想開飛機？」

「非常非常想。」我好像隱約想起一個世界，那個世界裡的我早已忘了開飛機的夢想。這對我來說簡直就跟忘記自己的名字一樣奇怪。

「好吧，」戴牛角框眼鏡的男子說：「我們大概得在一些規定上通融一下。不過應該很快就會讓你飛上天。」而他也真的沒唬我。

接下來幾年過得很快，我彷彿把所有時間都花在駕駛各式各樣的飛機上。我縮手縮腳，擠進狹窄的駕駛艙，勉強把自己塞進座位，敲了敲對我來說太小的按鈕。

我先是獲得祕密級身分，然後再升為機密級（與機密級一比，所謂祕密級簡直是小巫見大巫），最後升為絕密級，連首相本人都沒這麼高級別。那時我已在駕駛飛碟那種動力來源成謎的飛行儀了。

我與一個叫珊朵拉的女孩交往、結婚，因為婚後我們就能搬進已婚成員宿舍。

那是一棟漂亮的半獨立式小住宅，在達特穆爾區附近。我們一直沒有生小孩，因為我早早接獲警告，由於工作環境的輻射量可能會破壞生殖系統，在這種情況下，不生似乎是明智之舉。畢竟我不想生下個怪胎。

一九八五年，戴牛角框眼鏡的男人走進我家。

我妻子那週回娘家住幾天。由於我們的關係有點緊張，她說要搬出去，給自己一點「喘息的空間」；她說她被我搞得很焦慮。但我認為，如果一定要舉出一個被我搞得很焦慮的人——除了我自己之外不會有別人了。我好像一直都知道未來會發生什麼事——不只是我，大家好像都知道未來會發生什麼事。我們彷彿已在夢中穿梭自己的人生十次、二十次，甚至百次。

我想把這些事情告訴珊朵拉，但不知怎麼，我知道只要我一開口便會失去她。即使如此，我似乎還是留不住人。所以我就坐在客廳，一面喝茶，一面看著第四頻道的《地鐵》[99]，順道自怨自艾。

戴牛角框眼鏡的男人走進我家，自在地就像走進自己的地盤。他看看手錶。

「好了，」他說：「出發時間到了，你要駕駛一架跟**PL-47**差不多的飛行儀。」

雖然我擁有絕密級身分，對這個**PL-47**也知道的不多。我開過十幾次原型機，它看起來像只茶杯，彷彿從《星際大戰》裡飛出來的玩意兒。

「我應該給珊朵拉留張紙條嗎？」我問。

「不用。」他斷然說道：「好，現在坐在地上，規律深呼吸，慢慢的——吸、呼、呼、吸。」

我壓根兒沒想過跟他爭執，也沒想過反抗。我乖乖坐在地上，開始緩緩深呼吸。吸、呼、呼、吸……

吸。

呼。

---

99 *The Tube*，英國一九八二至八七年間播出的流行音樂電視節目。

吸。

我感到一陣前所未有的絞痛；我快窒息了。

吸。

呼。

我在哀嚎，可是我能聽到自己的聲音；我沒有在哀嚎，我只聽見一陣低沉的嗚咽。

吸。

呼。

那就像是經歷誕生的過程，既不舒服又不愉快。是因為深呼吸我才能熬過去，熬過所有疼痛與黑暗，以及從肺中擠出的汩汩氣泡。我睜開眼，發現自己躺在一張直徑約八英尺的金屬盤上，全身赤裸汗溼，身周是鋪天蓋地的電纜。電纜從我身邊抽離，彷彿一群嚇壞的蠕蟲，或緊張兮兮、色彩斑斕的蛇蚺。

我垂眼注視自己的身體：沒有體毛、沒有傷疤、沒有皺紋。我不知道自己究竟幾歲，十八？還二十？我看不出來。

金屬盤面上嵌著一片玻璃螢幕，這時螢幕微微一閃，出現畫面。我凝視著裡頭戴牛角框眼鏡的男人。

「還記得嗎？」他問道，「你現在應該能存取大部分的記憶了。」

「我想是吧。」我對他說。

「你將坐上PL-47，」他說：「它才剛完工。後來發現有很多地方得恢復成原始設定，我們調整了一些工廠，以便製造這個玩意兒。另一批明天會完工，可是現在只有一架。」

「要是這架不能用，你們會幫我換嗎？」

「如果我們撐得了那麼久的話。」他說：「另一波飛彈攻勢約在十五分鐘前開始，澳洲幾乎全毀，而我們推測這只是前奏，真正的大轟炸尚未到來。」

「他們是拿什麼丟我們？核武？」

「石頭。」

「石頭？」

「嗯，石頭。小行星——很大的小行星——要是到了明天我們還不投降，我們認為他們會把月球丟過來。」

「你在開玩笑吧？」

「我也希望。」螢幕畫面淡去。

我乘坐的金屬盤自動穿過一團團電纜，掠過滿坑滿谷裸身沉睡的人群，滑過布滿微晶片的尖塔林與微微發光的矽利康錐頂。

PL-47在一座金屬山上等著我，迷你金屬蟹在上頭匆忙爬來爬去，負責拋光、檢查每顆鉚釘與螺栓。

我邁開粗得像樹的腿走進飛行儀，仍然因為缺乏運動而雙腿顫抖搖晃。我坐進駕駛座，發現這居然是為我量身打造，坐起來非常適合，因此激動不已。我繫上安全帶，雙手啟動暖機程序；電纜爬上手臂，我感覺有個東西插進尾椎，還有個東西靠了過來，連上頸骨最頂端。

我對飛船的感知啟動了。我可以從三百六十度、上上下下完全感知這艘船——我就等於這艘船；同時，我依然坐在駕駛艙裡劈哩啪啦地輸入密碼。

「祝你好運。」戴牛角框眼鏡的男人出現在我左邊的一面小螢幕上。

「謝謝。我可以問最後一個問題嗎？」

「沒有什麼不可以的。」

「為什麼選我？」

「喔，」他說：「最簡單的答案是：你本來就是設計來執行這件任務的。在你的個案裡，我們改良了一點人類的基礎設定。你比較高大，動作也敏捷得多；你的處理速度與反應時間會更快。」

「我才不敏捷；而且我高大是高大，但老是笨手笨腳。」

「我不是指現實生活中，」他說：「這個世界限定。」

然後我就起飛了。

即使真的有外星人，我也沒見到。不過我見到了他們的飛船：長得像蘑菇或海草，整艘船就是一個有機體，幽光閃爍的龐然大物，繞著月球軌道飛行。它看起來似曾相識，像那種長在腐木或在海面載浮載沉的玩意兒，只是體積大得像塔斯馬尼亞島。

兩百英里長的黏膩觸手將大大小小的小行星拖曳在身後，讓我聯想到僧帽水母——那種詭異的海洋群居生物——四個難分難捨的有機體，夢想能合而為一[100]。

當我與它們的距離縮短到一、二十萬英里，它們開始朝我丟石頭。

我一邊啟動飛彈艙，瞄準某浮動的核心，一邊也不禁疑惑自己究竟是在做什麼。我不是在拯救我認識的那個世界，那是虛擬的，不過是眾多一與零構成的序列。如果硬要說，我其實是在拯救一場噩夢……

但如果噩夢毀滅，夢境同樣也會消失。

我想起一個名叫蘇珊的女孩，那段回憶恍如虛無縹緲的隔世。而我不知道她是不是還活著。（那是一、兩個小時前的事，還是一、兩輩子前的事？）我猜她大概掛在某處的電纜上，全身光溜溜，沒有半根毛髮，對那個患有妄想症的可憐巨人一點印象也沒有。

我離那個怪物已經很近了，足以看見它皮膚上的皺紋。石塊越來越小，丟得也越來越準，我連連閃避，一面迂迴前進，一面小心地躲過石塊。因為這些石頭飛彈實在太符合經濟效益，我心裡有幾分讚賞。他們不需要另外製造，或購買昂貴的炸藥；也不用雷射、不用核武。這些大石頭只需要古老的動能就行了。

只要有一顆擊中飛船，我就死定了。就這麼簡單。

避開攻擊唯一的方法就是超前，所以我一直在持續移動。

那顆核心正瞪視著我，我很肯定那是一種類似眼睛的構造。

距離核心不到一百碼時，我發射出飛彈，射完就趕緊逃跑。

---

100 僧帽水母乍看之下是一隻水母，但其實並不是單一個體，而是由終年群居的四種水螅型珊瑚蟲組成。

那東西內爆時，我還沒有完全脫離爆炸範圍。整個場面就像放煙火，有一種駭人的美麗，結束後只餘幾星閃爍幽光與微塵，其他什麼也不剩……

「我成功了！」我尖叫著，「我成功了，我他媽的成功了！」

螢幕閃了閃，只見牛角框眼鏡正凝視著我，此時那副眼鏡後方已不再有真正的臉孔，只有一個勉強算像是關心與感興趣的表情，就像模糊的卡通畫面。「你成功了。」他同意道。

「好，我要把這玩意兒降落在哪裡？」我問。

他猶豫了片刻才說：「你不需要降落。我們沒有幫它設計回航功能，它現在只是累贅；回收它太浪費資源了。」

「那我怎麼辦？我才剛拯救完地球，難道我要在這裡窒息而死嗎？」

他點點頭，「對，差不多就是這樣。」

艙裡的燈光開始暗下，操控裝置一個接一個失靈，我失去了與飛船連接的三百六十度感知力，只覺得自己像是待在一個會飛的茶杯裡，被安全帶綁在椅子上，茫茫然不知身在何處。

「我還能活多久？」

「我們正在關閉所有系統，不過你至少還能活一、兩個小時。我們不打算排出剩下的空氣，那樣太不人道了。」

「你知道嗎？在我住的那個世界，他們會頒給我一枚勳章。」

「當然，我們也很感激你的。」

「那就不能用實際的方式表示感激嗎？」

「不太可行，因為你只是一個拋棄式的部件，一個裝置，我們對你的哀悼有限，恐怕僅止於蜂巢對於屈屈一隻黃蜂死去的悲傷。把你帶回來既不明智，也不實際。」

「而且你們也不希望擁有這種火力的武器再回地球，免得被反咬一口？」

「你說的沒錯。」

接著螢幕就滅了，連一聲再見都沒有。請勿自行更改您的設定，我想著，現實發生錯誤。

我突然十分清楚地意識到自己的呼吸，畢竟目前剩下的空氣只能再撐一、兩個小時。吸氣、屏氣、呼氣、屏氣、吸氣、屏氣、呼氣、屏氣……

我被安全帶綁在座位上，四周一片昏暗。我靜靜等待、思考，然後開口說：「喂？有人在嗎？」

輕聲一響，螢幕上再度閃出畫面，「什麼事？」

「我有個請求，聽我說一下，你們……你們這些人……這些機器——不管你們是什麼——你們都欠我個人情，對吧？畢竟我救了你們大家一命。」

「你繼續。」

「我只剩下一、兩個小時好活，對不對？」

「約五十七分鐘。」

「你可以把我接回……真實的世界嗎？就是另一個世界，我住的那個地方。」

「嗯？我不知道，我看看。」螢幕又陷入黑暗。

我坐在那裡呼吸，一邊吸呼吸呼一邊等待。我覺得非常平靜，要不是只剩不到一小時好活，我甚至可以算得上感覺愉悅。

螢幕亮起，上頭沒有畫面也沒有圖案，但也不是空蕩蕩的；它散發柔和的光芒。有個半來自我腦海、半來自外頭的聲音說：「成交。」

我的顱底傳來一陣劇痛，接著是持續好幾分鐘的黑暗。

然後是──

我回到十五年前，也就是一九八四。我又回到電腦堆中，在圖騰漢廳路上擁有一家自己的電腦門市。在我寫下這些文字的當兒，我們正要邁進千禧年。這次，我娶了蘇珊。我花了一、兩個月才找到她；我們還生下一個兒子。

我快四十歲了。一般而言，像我這樣的人很難活到這個歲數。我們的心臟會突然停止，然後猝死。因此，當妳讀到這些文字，我已經死了。妳會知道我已死去，妳會看見一口大得足以容納兩個人的棺材被放進墓穴。

不過蘇珊吾愛，妳要知道，我真正的棺材正繞著月球軌道；它長得就像個會飛的茶杯。他們將這個世界、將妳還給了我，雖然時間很短暫。上次我將真相……或我所知的事實告訴妳……或告訴某個長得跟妳很像的人……妳離開了我。但也許那個妳不是妳，我也不是我。不過我不敢再冒險，所以我將這一切寫下，等我死後，這篇筆記會連同我其他文件一起交到妳手中。

再見了。

他們也許冷酷無情、無血無淚，是一群電腦化的混蛋，人腦中僅存的人性都壓榨殆盡，但我還是不得不感激他們。

我就要死了，不過，臨終前的這二十分鐘，是我一牛中最美好的歲月。

在一輛停在奧克拉荷馬州圖沙市和肯塔基州路易斯維爾市之間某個地方的灰狗巴士上的鞋盒裡找到的幾頁日記

二十八日　星期一

我猜我已經追蹤紅很長一段時間。昨天我來到拉斯維加斯，走過一間賭場的停車場，撿到一張明信片，上頭用深紅色口紅寫著兩個字：記得，另一面則印著一條蒙大拿州的公路。我不記得我究竟該記得什麼。現在我又上路了，一路開車往北。

二十九日　星期二

我現在到了蒙大拿州，但也可能是內布拉斯加州，正在一間汽車旅館裡寫下這些字。房間外在颳風，我啜飲汽車旅館提供的黑咖啡，一如我明晚乃至後晚會做的事。我今天在一家小鎮餐館裡聽到有人提起她的名字，有個男人說：「紅在路上。」那男人是個交通警察。但我一走近想聽，他卻轉移了話題。

他在談一起相撞車禍，碎玻璃像鑽石一樣灑得滿地。他彬彬有禮地稱我為「女士」。

三十日　星期三

「讓妳覺得糟的不是工作，」那女人說：「而是別人異樣的眼光。」她在發抖。今夜很冷，她的打扮不適合待在這種氣溫下。

「我在找紅。」我告訴她。

她握了握我的手，然後非常溫柔地碰碰我的臉頰。「繼續找吧，寶貝，」她說：「等妳準備好，就會找到。」說完她便沿著街離開。

我現在身處的地方已經不是小鎮，也許是聖路易斯吧。但你要怎麼知道自己是不是在聖路易斯？我尋找著連接美東和美西的拱門地標。不過就算有，我也沒看到。

後來我便過了河。

三十一日　星期四

路旁野藍莓蔓生，樹叢裡纏著一條紅線。我很怕自己追尋的東西早不存在；也許它從來不曾存在。

今天我在沙漠裡一家咖啡館跟愛過的某個女人說了話。很久以前，她當過那兒的女侍。

「我還以為我是妳最終的歸宿，」她對我說：「沒想到我只是途中的休息站。」

我說不出什麼安慰的話，反正她也聽不進去。我想我應該問她知不知道紅在哪裡。

三十二日　星期五

昨晚夢到紅，巨大又狂野的她正在獵捕我。在夢裡，我知道她長什麼模樣。我在一輛停在路邊的小貨車裡醒來，有個男人從車窗外拿手電筒照我，他喊我「先生」，並要我亮出身分證。

我告訴他我認為自己是什麼身分，還有我正在找什麼。他聽了只是哈哈大笑，搖著頭走掉，邊走邊哼著一首我沒聽過的歌。天一亮，我便開著小貨車南下。有時我害怕這已變成一種偏執。明明她走路、我開車，為什麼她還是遠遠超前？

一日　星期六

我用一個撿到的鞋盒裝東西。在傑克遜維[101]的一家麥當勞裡，我一邊吃夾起司的四分之一磅大漢堡、喝巧克力奶昔，一邊把放在鞋盒裡的家當全部攤在桌上：包括藍莓叢裡找到的紅線、那張明信片、我在日落大道旁某塊長了茴香的荒地上撿到的一張拍立得，相片上有兩個女生在說悄悄話，但臉龐模糊不清；一捲錄音帶、在華盛頓市時別人給我的一個小瓶子，瓶裡金光閃閃。還有我從書上和雜誌上撕下的紙頁、一枚賭場籌碼，以及這本日記。

「現在啊，」隔壁桌一個深色頭髮的女人說：「你死後他們可以把你做成鑽石，科學技術啊。我就是想以這種方式被人記得；我想閃閃發光。」

二日　星期日

鬼魂行經的軌跡會以古老的文字寫在地上。鬼魂不使用州際公路，它們是步行。我現在行經的路徑也是這樣的嗎？有時，我彷彿透過她的雙眼看東西，有時彷彿是她透過我的雙眼看東西。

我到了北卡州的威爾明頓，在一片空蕩蕩的海灘寫下這些字句；太陽把海面照得波光粼粼，我感覺好孤獨。

只要時間一久，這個問題就能自然解決，不是這樣的嗎？

三日　星期一

我在巴爾的摩，站在人行道上淋著細細的秋雨，想知道自己是往哪裡去。我好像在一輛車上看見了紅，她是車上的乘客。我看不到她的臉，不過她的頭髮是紅的。那是一輛老爺小貨車，駕駛是個快樂的胖女人；黑色長髮，膚色也黝黑。

當晚我在一個陌生男子的家裡借宿。我醒來後，他說：「她在波士頓。」

「誰？」

---

101 Jacksonville，佛羅里達州的一個海港。

「妳找的人。」

我問他是怎麼知道的，可是他不肯說。一會兒後，他要我離開，於是我匆匆離去。我想回家——如果我知道家在哪裡，就會回去的。可惜事與願違，於是我再度上路。

四日　星期二

中午經過紐華克，那時我可以遠遠看見被空中微塵染黑的紐約市一隅，不過它現在已被一片雷雨雲吞進夜色。搞不好這就是世界末日。

我認為世界會在黑與白中終結，就像老電影那樣。（頭髮黑得像煤、像砂糖，皮膚白得像雪。）也許，只要色彩還在我們就死不了。（脣紅如血。我一直提醒自己。）

傍晚抵達波士頓。我發現自己一直在鏡子和各種倒影中尋找著她。在某些日子裡，我記得白人來到這片土地的時候，也記得黑人被鐵鏈踉踉蹌蹌拖上岸的時候；我記得紅人行走在這片土地上的時候。那時這片土地還很年輕。

我記得這片土地孤伶伶的時候。

「你怎能賣掉自己的母親？」當人們要求第一批居民出售他們行走的大地，他們如是答。[102]

五日　星期三

她昨夜跟我說了話，我很肯定那是她。我經過路易斯安納州梅塔里市街上一具公共電話，電話響起。我拿起話筒。

「妳還好嗎？」一個聲音說。

「妳是誰？」我問道，「妳可能打錯電話了。」

「也許吧，」她說：「不過——妳還好嗎？」

「我不知道。」我說。

「妳要知道，是有人愛著妳的。」她說。而我知道那是她，我想告訴她我也愛她，不過她已經掛了電話。如果那真是她，那她只會待個一下子。也許那是一通撥錯的電話，不過我不這麼認為。

都這麼靠近了……我向人行道上一名帶著一捲鋪蓋的流浪漢買了張明信片，用口紅寫下記得二字，以免遺忘。不過一陣風吹來，將它捲走，而此時此刻我猜自己將繼續走下去。

---

102 出自西雅圖宣言。美國政府在十九世紀時欲以十五萬美金向印地安人收購華盛頓州的普傑峽灣，索瓜米西族（Suquamish）酋長到西雅圖發表演說拒絕，這段演說在生態保育史上影響極大。

那天，飛碟來了

那天，飛碟來到地球，好幾百艘飛碟，金光閃閃，
無聲無息，像巨大的雪花般從天而降，
地球人站起來，
　目瞪口呆地望著它們降落，
口乾舌燥地等著，想知道飛碟裡有什麼在等著我們
沒人知道我們有沒有明天
但是你不會注意到，因為

那天，飛碟來的那天，碰巧
也是墳墓釋放死人的日子
殭屍鑽出柔軟的地面
或直接破土而出，瞪著死魚眼跌跌撞撞往前走，誰也攔不住，
朝我們活人走來，我們尖叫奔逃，
不過你不會注意到，因為

飛碟降臨兼殭屍復活之日，同時也是
諸神的黃昏，電視螢幕上出現
一艘由死人指甲做成的船、一條巨蛇、一匹狼，
全都大得不可思議，
　而攝影記者
離得不夠遠，接著諸神就跑出來了
可是你沒有看見祂們出場，因為

飛碟降臨殭屍復活諸神大戰那天，
　地獄之門破了
每個人都被妖魔鬼怪團團包圍
它們願意幫我們達成願望與奇蹟，賜予我們永生
魅力、才智、
　勇敢無畏的心、大筆黃金
同時巨人噢嗚噢嗚鬼叫著踏過
　大地，連殺人蜂也來湊熱鬧，
然而這些你都渾然不覺，因為

那天，飛碟降臨殭屍復活那天
諸神黃昏群魔亂舞之日，也是
　狂風來襲之日
大雪紛飛，城市全凍成冰晶，那天，
植物死盡，塑膠分解，那天，
電腦造反，螢幕要
　大家服從命令，那天，
天使、醉漢與酒鬼一起搖搖晃晃走出酒吧，
全倫敦的鐘一起敲響，那天，
動物對我們說亞述語，喜馬拉雅山雪人現身，
超人飄著披風駕臨，終於有人發明了
　時光機，
這些你都不會注意到，因為
你正坐在房間裡，啥事也不幹
甚至沒在讀書，沒有真的在讀，只是
盯著電話，
想知道我會不會打來。

創造阿拉丁

那晚她與他一同躺在床上，就像每個夜晚一樣，
妹妹坐在他們腳邊，她結束了故事，
然後等著。妹妹很快就領會她的暗示，
於是說：「我睡不著，拜託再說一個吧？」
莎赫札德緊張地輕輕
　吸了一口氣，
開始說：「在遙遠的北京，
有個與媽媽住在一起的懶惰青年。
他的名字？叫阿拉丁。他爸爸已經死了……」
她告訴他們邪惡的魔法師如何找上門，
他自稱阿拉丁的伯父，卻心懷鬼胎：
他把那小子帶去一個偏僻的地方，
給他一個據稱能保平安的戒指，
把他吊進一個裝滿寶石的洞窟，

「把油燈拿給我！」當阿拉丁拒絕後，
他就把他丟在黑暗中等死……

到了。

阿拉丁被鎖在地底下，
她戛然住口，丈夫又被她吊著胃口，讓她多活了
一夜。

第二天
她做飯
她餵小孩
她做夢……
她知道阿拉丁掉進陷阱，
也知道她的故事
只能讓她多活一天。
接下來呢？
她真希望自己知道。

直到夜幕降臨，
丈夫說——他永遠都會那麼說，
「明天早上我會砍掉妳的頭。」
這時，杜雅札德妹妹開口求情：「拜託別這樣，
不然阿拉丁怎麼辦？」直到這時，她才知道……

裝滿珠寶的洞窟裡
阿拉丁擦擦油燈，燈裡跑出一個精靈。
故事急轉直下，阿拉丁得到
公主和一座珍珠蓋成的宮殿。
注意了，邪惡的魔法師回來了：
「新燈換舊燈。」他沿街吟唱。
就在阿拉丁變得一無所有時，
她戛然住口。

他會再讓她多活一晚。

妹妹和丈夫睡著了。
她清醒地躺在床上望著黑暗
在心裡設想各種可能：
要怎麼讓阿拉丁拿回他的世界，
他的宮殿，他的公主，他的一切。
然後她睡了。故事需要一個結尾，
可是現在卻在她的腦海裡與夢境交融。

她醒了，
她餵小孩
她梳頭髮
她走去市場
買一些油
油販把油倒出來給她，
從一個好大好大的甕裡
傾出油。
她想，
在裡面藏一個人怎麼樣？

那天，她還買了一些芝麻。

妹妹說：「他還沒有殺妳。」
「還沒有。」言下之意是：「他將會。」
她躺在床上跟他們說魔戒，
阿拉丁擦擦魔戒，戒指精靈現身了……
魔法師死了，阿拉丁得救了，她戛然住口。
但只要故事一說完，說故事的人就得死，
她唯一的希望是趕緊開始說另一段故事。
莎赫札德搜索枯腸，
不成熟的點子和夢境，加上
大到剛好能裝下一個人的甕，
她心裡想著芝麻開門，然後微笑了。
「話說，阿里巴巴是個正直的人，
可惜他很窮……」她開始說，而且越說越長，
所以她又可以安然度過一夜，
直到她讓他厭倦，或創作失敗。
在還沒說出口前，

她不知道故事在哪裡等著她（我也不知道）。
不過四十大盜聽起來很棒，所以就決定是四十
大盜吧。她祈禱自己再次拿到
　能多撐好幾天的點子。
我們救自己一命的方式，多不可思議。

幽谷之王　美國眾神外篇

「她本身便是一幢鬼屋，不歸自己所有。祖先有時會來，以她的眼睛為窗朝外看。那感覺非常嚇人。」

——安潔拉・卡特，〈愛之宅的女主人〉

一

「如果要我說，」小個子對影子說：「你是某種怪物，對吧？」

這裡是蘇格蘭北海岸某小鎮的旅館酒吧，除了酒吧女侍，只有他們兩人。影子原先一人獨坐，喝著拉格啤酒[103]，但這男人走過來坐進他這桌。夏日將盡，影子覺得一切都又冷又渺小又溼，他面前攤著一本《本地快樂健行指南》小手冊，正在研究出行路線。他打算明天沿海岸朝憤怒角前進。

他闔上手冊。

「我是個美國人——」影子說：「你是這個意思嗎？」

小個子歪歪頭，戲劇化地眨眨眼。他有一頭鐵灰色頭髮，臉孔灰白，身穿灰色外套，模樣像是小鎮律師。他說：「哈，我可能就是這個意思。」影子才到蘇格蘭不久，要聽懂當地人的口音還很吃力。這裡人說話帶有很重的小舌音，用詞奇怪，還有顫音。不過這個人說的話他倒是毫不費力就聽懂了。這小個子講話簡短爽脆，每個字的發音都非常完美，相形之下，影子反倒覺得自己說起話像是含了滿口麥片粥。

小個子啜了口酒，「所以說你是美國人嘍？縱欲過度、太多鈔票、橫行霸道[104]，是不是？你鑽井上討生活的嗎？」

「你說什麼？」

「你是不是石油商？外面有個大油井平臺，時不時會有石油商來這兒。」

「不，我不是做那行的。」

小個子從口袋掏出菸斗和小刀，開始刮除斗缽裡的菸渣，刮下後便把菸渣敲到菸灰缸裡。「你知道的，德州有石油。」他頓了頓，好像揭露了什麼天大的祕密，「德州是美國的一個地方。」

「是。」影子說。

---

103 lager，一種採低溫槽底發酵而成的窖藏啤酒類型，因為易於大量生產，且酒性溫和、口感清淡，易為大眾接受，是啤酒市場的主流，一般市面上常見的品牌如海尼根、可樂娜與臺灣啤酒等均屬拉格啤酒。

104 本為二戰時英國人諷刺美國盟軍之語。

他本想說德州人認為德州就屬於德州，不過又覺得這樣太浪費口水，還是算了吧。

影子離開美國快兩年，雙子星塔倒掉時他人在國外；有時他會對自己說，他才不在乎要不要回去，而且有時他差點就要相信自己的話了。兩天前，他抵達蘇格蘭本島，從奧克尼上渡輪，在圖索上岸，又轉乘巴士到現在落腳的鎮上。

小個子繼續說：「有個德州石油商來到亞伯丁，跟一個在酒吧裡遇到的老傢伙聊天——其實就跟你和我現在很像。他們聊著聊著，德州佬說，在我們德州，我早上起床，坐進車裡——噯，我學不來那口音，你就多包涵吧——轉動鑰匙、發動車子，腳踩加速器。噢，你們叫它——」

「油門。」影子幫他說。

「對。早餐時踩下油門，午餐還碰不著我家油田的邊呢。然後那個機靈的蘇格蘭老頭聽了只是點點頭，說，唉唉，是啊是啊，我以前也有過一輛這樣的車。」

小個子發出嘎嘎的大笑聲，表示笑話說完了；而影子微笑點頭，表示他聽懂了。

「你在喝什麼？拉格？又一個在這兒橫行霸道的東西。珍妮愛死那玩意兒了；我喝拉加維林[105]。」小個子從一只小袋中拿出菸草、填進菸斗，「你知道蘇格蘭比美國還大嗎？」

影子下樓時，旅館酒吧裡還沒有人，只有一個瘦瘦的女侍在抽菸看報。他下樓是為了坐在爐火旁取暖。他的臥房很冷，臥房的金屬電暖器比房間更冷，他真的沒想到，都跑到這裡還會有人來搭訕。

「不知道。」影子向來樂意裝傻、配合演出，「我不知道。你是怎麼發現的？」

「都是因為碎形啊，」小個子說：「看起來越小，表示沒展開的部分越多。只要用對方法，你開車穿越美國的時間會跟穿越蘇格蘭一樣。好比你看地圖，上頭的海岸線只是單純的線條，但等你走過去就會知道，真正的海岸彎彎曲曲、綿延無盡。有天晚上，我看到一個電視節目在講這個，很不錯喔。」

「真的。」影子說。

小個子點起菸斗專用的打火機，吸了又吐、吐了又吸，直到菸絲燃透，變成他滿意的程度，才把打火機、菸草袋和小刀收進外套口袋。

「總而言之、言而總之，」小個子說：「我想你應該是打算整個週末都待在這兒？」

「對，」影子說：「你……你是旅館工作人員嗎？」

「不不，不是，老實說，你來的時候我止好站在走廊，聽到你在櫃臺跟高登說話。」

影子點點頭，他還以為登記入住時接待廳裡只有他一個人，不過也有可能這小個子是正好經過。然而……這段對話還是不大對勁。一切都不大對勁。

女侍珍妮將他們的酒放上吧檯，「五鎊二十便士。」說完，她重新拿起報紙閱讀。小個子走到吧檯付帳，然後把酒拿回來。

「你打算在蘇格蘭待多久？」小個子問道。

105 Lagavulin，蘇格蘭艾拉島的拉加維林蒸餾廠生產的麥芽威士忌，此區的威士忌酒體厚重，氣味極濃，具有獨特的泥煤味與海鹽味。

影子聳聳肩，「我想看看這裡到底是什麼模樣，好好走一走，看看風景。也許待個一星期，也許一個月。」

珍妮放下報紙。「這裡雞不生蛋、鳥不拉屎，」她開朗地說：「你該去些更有趣的地方。」

「妳這麼說就不對了，」小個子說：「妳是因為看法偏差，才會覺得這裡雞不生蛋鳥不拉屎。女士，看到那張地圖沒？」他指著對面牆上一張黏滿蒼蠅屎的北蘇格蘭地圖，「知道妳錯在哪裡了嗎？」

「不知道。」

「妳掛反了！」他得意洋洋。「北在上，就表示這裡是世界的盡頭；世界就到此為止，不能再過去了。但是你看，情況可不是這樣，這裡不是蘇格蘭北部，是維京世界的最南。你知道蘇格蘭第一北的郡叫什麼嗎？」

影子瞥了地圖一眼，可惜太遠，看不見。他搖搖頭。

「薩瑟蘭！」小個子咬著牙說：「南地[106]啊。對世上其他地方的人來說，它不是南方，但對維京人來說是南方。」

女侍珍妮走到兩人身邊。「失陪一下，」她說：「我回來前你們若有什麼需要，就叫一下前臺。」她往火裡添了根木柴，速速閃進走廊。

「你是歷史學家嗎？」影子問。

「是很棒的歷史學家，」小個子說：「也許你是怪物，不過你很有趣。這點我敢確定。」

「我不是怪物。」影子說。

「哈，怪物都會這樣說。」小個子說：「我當過專科醫生，在聖安德魯斯；現在則是全科——呃，曾經是啦，現在我半退休了——我每週去一、兩次門診，只是要保持手感不生疏。」

「你為什麼說我是怪物？」影子問。

「因為，」小個子舉起他的威士忌玻璃杯，以不容置疑的氣勢說：「我自己也是某種怪物，同類相吸，我們都是怪物，對吧？光榮的怪物，跌跌撞撞，走過非理性的沼澤……」他啜了口威士忌，繼續說：「告訴我，像你這樣的大塊頭有沒有顧過場子？像是那種會說『抱歉老兄，今晚你恐怕不能進來，這裡頭有私人聚會，滾，好走不送！』的工作？」

「沒有。」影子說。

「總做過類似的吧？」

「是有。」影子說，他當過一位舊神的保鏢，不過那是在另一個國家發生的事。

「你……呃，我這麼問你別介意，我絕對沒有惡意……你需要錢嗎？」

「誰不需要？不過我還夠。」這不完全是實話。因為實話是：只要影子缺錢，這世界似乎就會自動將錢奉上。

「要不要賺點外快？幫忙顧場子？非常簡單，很好賺的。」

106 薩瑟蘭（Sutherland）意為「南地」（Southland）。

「舞廳？」

「不完全是。是個私人聚會，他們在這附近租了一棟大古宅，夏末時大家會從各地跑來相聚。去年眾人都玩得很開心，在露天的環境喝香檳什麼的，怎麼也沒想到會惹上麻煩，一群混帳跑來搞砸了大夥兒的週末。」

「本地人嗎？」

「我覺得不是。」

「與政治有關？」影子問。他實在不想捲入地方政治鬥爭。

「絕對不是，只是些混混、流氓和白痴。總之，他們今年大概不會來了，八成會去什麼荒郊野外示威作秀，兼抗議國際資本主義。不過為了安全起見，宅子裡那夥人要我找個能壓得住場的。你是個大塊頭，他們要的就是你這樣的人。」

「多少錢？」影子問。

「要是真得出手，你能打嗎？」

影子什麼也沒說。小個子上上下下地打量他，又咧嘴一笑，露出一口被菸熏黃的牙齒，

「五百鎊包你一整個週末。這價錢挺好，還付現，連報稅都省了。」

「這個週末？」影子說。

「星期五早上開始。那是一座很大的古宅，有部分以前是城堡，在憤怒角西邊。」

「我還沒答應呢。」影子說。

「只要你答應，」小個子說：「就可以在歷史悠久的古宅裡度過一個美妙的週末，而且

我保證你可以遇到形形色色、各種有趣的人物。這真是好到挑不出缺點的假日打工啊，要是年輕點我就自己來了——不過也得長高很多很多啦。」

影子說：「好吧。」可是話才一出口，他就開始懷疑自己可能會後悔。

「好傢伙，我一有消息就跟你說。」那個一身灰的小個子起身，經過影子身旁時在他肩上輕輕一拍，然後走了出去，留他一人在酒吧。

II

影子上路大概有十八個月了。他揹著背包橫越歐洲，南下北非；他採過橄欖、捕過沙丁魚、開過卡車、在路邊賣過葡萄酒。最後，幾個月前，他搭便車回到挪威的奧斯陸，也就是他三十五年前出生的地方。

他不確定自己在找什麼，只知道他還沒找到。不過有幾個瞬間，在高地上、危崖飛瀑間，他很肯定不管自己尋覓的究竟是什麼，一定就在附近，在一塊花崗岩背後，在最近的松林中。

然而這依舊是一趟讓人深感不滿的旅程。在卑爾根時，有輛雙人摩托快艇要開往戛納與船東會合，有人問他要不要湊個人頭、一起搭船，他答應了。

他們從卑爾根開到昔德蘭群島，再到奧克尼，在史瓊內思的一家早餐民宿過夜。可是隔天一早才剛出港引擎就掛了，而且掛得無藥可救，他們只好把船拖回港口。

比昂（船長兼雙人快艇上的另一位船員）留在船上和保險員討論，還要應付船東怒氣沖沖的電話。影子覺得自己似乎沒必要再待下去，於是搭渡輪到蘇格蘭北岸的圖索。

他整個人焦躁不安。晚上夢到高速公路，夢到進入一座外圍泛著霓虹光的城市，裡頭的人都說英語。那座城市有時在中西部，有時在佛羅里達；有時在東岸，有時在西岸。

下船後他買了本健行導覽手冊，拿了張公車時刻表，就這麼進入這個世界。

女侍珍妮回來了，開始用抹布擦拭所有器物的表面。她的頭髮金得泛白，在後腦杓盤成一個髻。

「話說，這裡的人都怎麼打發時間啊？」

「喝酒、等死，」她說：「不然就是去南方。除此之外也沒得選了。」

「妳確定？」

「唉，你想想嘛，這裡除了羊和山丘之外什麼也沒有──當然，我們還可以靠像你這樣的觀光客吃飯。不過還是不夠呀，很慘吧？」

影子聳聳肩。

「你從紐約來的嗎？」她問。

「最先是芝加哥，不過我是從挪威過來的。」

「你會說挪威語？」

「會一點。」

「有個人你該見見，」她突然說，然後看看手錶，「一個很久以前從挪威來的人。跟我來。」

她放下抹布，關掉酒吧的燈，走向門口，又說：「快來吧。」

「妳這樣沒關係嗎？」影子問。

「我愛怎樣就怎樣，」她說：「這是個自由的國家，不是嗎？」

「我猜是吧。」

她用一把黃銅鑰匙鎖上酒吧門，他們走進接待廳，她說：「等我一下。」接著她走進一扇寫著「非請勿入」的門，幾分鐘後才出來，披了一件棕色長外套，「好了，跟我來。」

他們來到大街上，影子問：「話說，這裡算是村莊還是小鎮？」

「算是該死的墳場，」她說：「往這邊走。來。」

他們走上一條小徑，大大的月亮棕中帶黃。影子可以聽見海的聲音，不過卻看不見。他開口說：「妳叫珍妮？」

「對，你呢？」

「影子。」

「是真名嗎？」

「大家都這樣叫我。」

「那就來吧，影子。」她說。

他們在山丘頂停下。這裡是村莊邊界，有棟灰石農舍。珍妮打開籬笆門，領著影子沿通往前門的步道前行，他掠過道旁的小灌木叢，空氣中漾滿薰衣草甜香。農舍裡不見燈光。

「這是誰家？」影子問，「看起來像棟空屋。」

「別擔心，」珍妮說：「她馬上就回來了。」

她推開沒上鎖的前門，他們進到屋內。珍妮打開門旁的電燈開關，客廳兼廚房已占去農舍大半空間；裡面有道小樓梯，影子猜想，應該可以通往閣樓臥房。松木餐桌上擺著一臺CD音響。

「這是妳家。」影子說。

「甜蜜的家，」她同意，「你要咖啡嗎？還是喝點別的？」

「都不要。」影子說。他不知道她在打什麼主意，但她幾乎沒正眼看過他，連一個微笑都不曾給過。

「我沒聽錯吧？蓋斯凱爾醫生要你週末去某場宴會顧場？」

「應該沒錯。」

「那你明天和週五要幹什麼？」

「健行，」影子說：「我買了本書，裡頭有些風景優美的健行路線。」

「有些是很美，可是有些變幻莫測。」她告訴他，「這地方到現在都還能看見冬雪——在陰影下、夏天裡。在陰影底下東西都能保存很久很久。」

「我會小心謹慎。」他告訴她。

「維京人就是那麼說的，」她笑了，脫下外套，扔在亮紫色的沙發上，「搞不好我們會不期而遇呢。我也喜歡健行。」她解開後腦杓的髮髻，放下那頭淡金色的髮絲。她的頭髮長得出乎影子意料。

「妳一個人住嗎？」

她從餐桌上的菸盒取出一根菸，用火柴點著。「關你什麼事？」她說：「難道你要留下來過夜嗎？」

影子搖搖頭。

「旅館就在山腳下，」她對他說：「一定找得到；謝謝你陪我走回家。」

影子道了聲晚安便離開。他穿過薰衣草香瀰漫的夜晚，走上小徑，在那兒站了一會兒，凝視海上月色，滿腹疑竇。然後他順坡而下，回到旅館。她說的對，一定找得到。他走上樓，用一把繫在短棍上的鑰匙開門進房。房裡比走廊還冷。

他脫掉鞋子，在黑暗中的床上伸了伸懶腰。

III

用死人指甲做成的船，穿越迷霧、蹣跚前行，在驚滔駭浪間起伏跌宕、顛簸翻騰。甲板上有朦朧的人影，是巨大如山如屋宇的男子。影子只要靠近，便能看見他們的臉，人人傲然挺拔、身材高大。他們似乎毫不在意船的晃動，全都僵立在甲板上等候。

其中一人舉步上前，用一隻巨掌攫住影子的手。於是影子走上灰濛濛的甲板。

「歡迎來到這片受詛咒之地。」握住影子的手的男人說。他的聲音低沉又沙啞。

「萬歲！」甲板上眾人齊呼，「光明之神萬歲！博杜萬歲！」

影子出生證明上的名字正是博德・沐恩。但他搖搖頭，說：「我不是他，」他對他們說：「我不是你們在等的人。」[107]

「我們要死在這裡了。」聲音沙啞的男人說。他不肯放開影子的手。

陰陽界間的迷霧地帶非常寒冷，鹹腥海水在船頭砸出陣陣浪花。影子被澆得全身溼透。

「帶我們回去，」握著他手的男人說：「帶我們回去，不然就讓我們走。」

影子說：「我不知道該怎麼做。」

眾人聽見這句話後開始痛哭失聲，有人用長矛柄撞擊甲板，有人拿短劍脊敲打毛皮盾牌中央的銅缽，交織出一片帶節奏的喧囂，起落應和的哭泣逐漸從悲傷啜泣轉為扯開喉嚨的狂嘯……

一隻海鷗在清晨的空氣中鳴叫，臥房窗戶在夜裡被風吹開，這會兒正碰碰亂撞。影子躺在狹小旅館房間的床上，渾身溼淋淋。但也可能是汗水。

又是一個夏末冷日的開始。

旅館為他用保鮮盒裝了幾個雞肉三明治、一顆全熟的蛋、一小包起司洋蔥脆片和一粒蘋果，站櫃臺的高登把盒子遞給他，問他什麼時候回來，然後解釋說，要是他超過預定時間一、兩個小時後都沒出現，他們就會通知救難隊。另外他還跟影子要手機號碼。

影子沒有手機號碼。

他朝海岸出發。那裡很美，蒼涼的美在影子心中的空洞共鳴、迴響。他曾想像蘇格蘭是個溫柔的地方，舉目皆是石南叢生的矮丘。可是北海岸這裡的一切卻顯得突兀崢嶸，就連在淡藍色天空下飛奔而過的灰雲也如怪石嶙峋，彷彿世界的骨架在此冒出。他按著書上寫的路線，穿過灌木叢生的牧草地，涉過水花飛濺的小溪，登上岩石丘頂，又往回走。

有時候，他會想像自己站在原地不動，世界在腳下運轉，而他只是單純用雙腿把世界推移到身後。

這條路走起來比預期更耗費體力。他本來打算下午一點用餐，可是才到正午腿就痠了；影子想休息。他沿著小徑走到山側，那裡正好有塊巨岩能擋風。他蹲下來吃午餐，遠遠就能望見前頭的大西洋。

他還以為自己是一個人。

她說：「蘋果給我好不好？」

說話的是酒吧女侍珍妮，她金燦燦的髮絲在臉側四散飛揚。

「哈囉，珍妮。」影子把蘋果遞給她。她從棕色外套的口袋裡掏出一把摺疊刀，坐到他身旁。「謝謝。」

「是說，」影子說：「聽妳的口音，妳從挪威來時一定還是小孩——在我聽來妳的口音

---

107 光明之神博德（Baldur）是北歐神話中主神奧丁與神后芙瑞嘉之子，被洛基陷害，遭自己的學生兄弟黑暗之神侯德（Hoer）以槲寄生樹枝刺死。博杜為古諾爾斯語發音，英語則稱博德（Balder）。

很道地。」

「我幾時說過我來自挪威？」

「啊？妳沒說過嗎？」

她叉起一塊蘋果，講究地從刀尖上叼起，只讓牙齒碰到蘋果。她看了他一眼，「那是很久以前的事了。」

「家人呢？」

她動動肩膀、聳了聳，彷彿要說那不足為外人道。

「那妳喜歡這裡嗎？」

她看看他，搖了搖頭，「我覺得自己像是森林女妖。」

他在挪威聽人說過這個詞，「那是一種巨魔嗎？」

「她們跟巨魔一樣，都是山中生靈，不過是來自森林，而且非常美麗——就像我一樣喔。」她邊說邊咧嘴一笑，好像知道自己太蒼白、太陰沉又太瘦削，無論如何都稱不上美麗。「她們會跟農夫談戀愛。」

「為什麼？」

「我怎麼知道？」她說：「反正就是那樣。有時農夫會突然發現自己是在跟森林女妖說話，因為她身後垂著一條牛尾巴。有時則更恐怖：她身後什麼也沒有，整個人就像個貝殼，空空洞洞。然後農夫就會一邊祈禱一邊逃跑，逃回媽媽身邊，或自家農場。

「不過有時候農夫不會跑，反而會拿刀架在女妖脖子上，或乾脆面帶微笑把她娶回家。

如此一來她的尾巴就會脫落，但她還是比所有人類女子都強壯，而且會深深思念山林裡的家。她永遠不可能真的快樂，永遠都不可能變成人類。」

「然後呢？她接下來會怎樣？」影子問，「會跟農夫相守至死嗎？」

她已把蘋果削到只剩果核，然後手腕輕輕一抖，彈出去，果核在半空中畫了道弧，落下山坡。「等農夫死後……我想她會回到山林吧。」她凝視著山坡，「有個故事說的就是一個森林女妖，她的丈夫待她不好，整天對她咆哮，不但不幫忙打理農場，還常從村裡醉醺醺地回家發酒瘋；有時候甚至會毆打她。

「結果，有天她一大早在農舍裡生火，他一進門，見到早餐還沒準備好，於是破口大罵，怒氣沖沖地數落她一無是處，真不知道自己當初幹麼娶她。她默默聽著，什麼也不說。好一會兒後，她伸手從壁爐旁拿起撥火棍，不費吹灰之力就把那根笨重的黑鐵棒彎折，弄成一只跟她的婚戒一樣圓的圈圈——臉不紅氣不喘，汗也沒流一滴，就跟折斷一根蘆葦那樣簡單。農夫一看，登時嚇得臉色如土，絕口不敢再提什麼早餐。他目睹她怎麼擺弄那根撥火棒，也明白過去五年她隨時都可以這麼對付他。於是他到死都不敢再動她一根寒毛，也不敢對她撂一句狠話——好，影子先生——畢竟大家都這樣叫你——現在換你告訴我了：要是她真有這種本事，當初究竟為何容許那男人對她揮出第一拳？她怎麼會想跟這種傢伙在一起？你說說。」

「也許……」影子說：「也許她只是太寂寞。」

她將刀鋒在牛仔褲上揩了揩。

「蓋斯凱爾醫生一直說你是怪物，」她說：「你真的是嗎？」

「我認為我不是。」影子說。

「可惜。」她說：「你知道要到哪裡去見怪物，對吧？」

「那妳知道嗎？」

「當然。反正最終你都會去那場晚宴。說到這個，給你看個東西。」她站起來，領他走上丘頂，「瞧那兒——看到了嗎？在那座山離我們較遠的那側，坡勢陡降到山谷的地方，正好可以看見你週末去打工的那間宅子——就在那兒，看見了嗎？」

「看不見。」

「看啊，我指給你看，你順著我指的方向看過去。」她靠近他，伸手指向遠方山脊的一側。他看見頂上的太陽反射出一片粼光，猜測那是一座湖泊（或者湖灣。他糾正自己的說法，畢竟這兒可是蘇格蘭啊），再上方的山坡有個灰灰的隆起物，他本以為是岩石，不過它的形狀非常規則，絕對是建築物。

「那是座城堡？」

「我可不會這麼叫它。那只是一幢幽谷大宅。」

「妳參加過那裡的宴會嗎？」

「他們不邀本地人，」她說：「自然也不會邀我。總之你不該去，你應該拒絕。」

「他們出的價錢很好。」他告訴她。

然後，她第一次碰了他；她將蒼白的手指放在他黝黑的手背上，微笑著問：「對怪物來說，錢有什麼好？」影子不得不承認，此刻的她也許稱得上美麗。

然後她放下手、退開來。「怎麼樣？」她說：「你該繼續上路了吧？抵達終點後還得回去呢，時間不多了。這個季節天黑得很快。」

她站著看他扛起背包、啟程下山。他下到山腳時轉身抬頭一望，她依然看著他。他朝她揮揮手，她也朝他揮了揮。

他再次回頭時，她已經不見了。

他乘小渡輪穿過狹海峽，抵達海角，一路走向燈塔，然後在燈塔搭上回渡口的小巴士。他在晚上八點回到旅館，雖然筋疲力盡，卻感到心滿意足。傍晚時下了場雨，他在一座破爛棚屋裡躲避，一邊聆聽屋頂上的咚咚雨聲，一邊讀一張五年前的舊報紙。半小時後，雨停了，影子慶幸自己有雙好靴，因為地上已一片泥濘。

他飢腸轆轆，走進旅館餐廳卻發現裡頭空無一人。他開口問道：「有人嗎？」

一個老婦從餐廳和廚房之間的門走出來。「啊？」

「晚餐還有供應嗎？」

「嗯，」她不以為然地上下打量他，從泥濘的靴子看到亂糟糟的頭髮，「你是住客嗎？」

「是，我住十一號房。」

「唔……用餐之前你先去換個衣服吧，」她說：「這樣對其他客人來說比較好。」

「所以**還有**供餐嘍？」

「嗯。」

他上樓回房，把背包放在床上，脫下靴子，換上運動鞋，用梳子梳梳頭髮，便下了樓。

餐廳裡不再空無一人。有兩個人坐在角落一張餐桌旁，他們的模樣說有多特出就有多特出：一個是年近六十的小老太婆，像鳥一樣駝著背，伏在桌上；另一個是笨拙的大塊頭，頭髮全禿光。影子猜想，這兩人是母子。

他坐在餐廳中央的一張桌前。

老女侍拿著托盤過來，給另外兩名用餐者各上了一碗湯。那男人開始對著湯猛吹，想把它吹涼，卻被母親用湯匙在手背上狠狠敲了一下。「不准這樣！」她說，開始把湯舀進嘴裡，喝得咂咂響。

禿頭男人哀傷地環顧四周，對上影子的視線，影子朝他點點頭，他嘆口氣，轉頭回去看著熱氣騰騰的湯。

影子興趣缺缺地瀏覽菜單，正準備要點，那女侍又消失了。

一抹灰影閃過，蓋斯凱爾醫生從餐廳門口探頭進來。他走進廳裡，來到影子這桌。

「不介意我坐這兒吧？」

「當然不會。請坐。」

他在影子對面坐下，「今天玩得愉快嗎？」

「很愉快。我去健行了。」

「那樣促進食欲最好了。對了，明天一早他們會派車來接你。帶上行李，他們會載你去那棟大宅，告訴你該注意什麼。」

「錢呢？」影子問。
「他們會處理；事前付一半，事後付一半——還有什麼想知道？」
女侍站在餐廳一角看著他們，沒有過來的意思。「有——這裡有什麼好吃的？」
「你想吃什麼？我推薦羊排，羊是本地自產。」
「聽起來不錯。」
蓋斯凱爾大聲說：「抱歉啊茱拉，麻煩來兩份羊排好嗎？」
她噘著嘴走回廚房。
「謝了。」影子說。
「別客氣，還有什麼需要協助的嗎？」
「有。這些來參加宴會的人……他們幹麼不自己請保全？為什麼要找我？」
「他們當然也有請保全，這我一點也不懷疑，」蓋斯凱爾說：「自己的人要帶，不過當地人才也得招攬。」
「即使這位當地人才根本是外國來的觀光客？」
「正是如此。」
茱拉端上兩碗湯，放在影子和醫生面前，「這是主餐附湯。」湯非常燙，嘗起來有些脫水番茄和醋的味道。影子餓壞了，喝下大半碗後才發現自己並不喜歡。
「你說我是怪物。」影子對這位渾身鐵灰色的男人說。
「我說過嗎？」

「你說過。」

「好吧。在世界一角本來就有很多怪物。」他朝角落那兩人歪歪頭。小老太婆拿餐巾在水杯裡沾了沾，猛力揩掉兒子嘴巴和下顎的猩紅色湯汁，後者一臉尷尬。「這裡太偏僻了，除非有健行者或登山客失蹤或餓死，我們才可能上電視。大多數人都忘記這裡還有我們了。」

羊排來了，盤裡的配菜是煮過頭的馬鈴薯和沒煮透的胡蘿蔔，還有一坨溼答答的褐色玩意兒，影子猜測它**之前**可能是菠菜。影子著手切羊排，醫生則徒手一抓，直接嚼了起來。

「你待過。」醫生說。

「待過什麼？」

「監獄，你待過監獄。」這不是疑問句。

「沒錯。」

「所以你一定知道怎麼打架，必要時也能夠傷人。」

影子說：「如果你想找個能傷人的傢伙，也許找錯了。」

小個子用油膩膩的灰色雙唇咧嘴一笑，「我很肯定你就是我要找的人，我只是問問，別那麼小心眼嘛。總之，他是個怪物。」他抓著一塊已經啃得差不多的羊排，指指餐廳對面，禿頭男人正在用湯匙吃某種像是白布丁[108]的東西。「他母親也是。」

「我看他們不像。」影子說。

「逗你玩的啦，抱歉，這是本地幽默。進村時他們該先警告你要小心我才對！警告：內有神經病老醫生，開口閉口就說怪物。噯，原諒我這老頭吧，別管我說什麼。」他被菸草熏黃的牙齒閃現，然後再用餐巾擦擦手和嘴，「茉拉，埋單！這年輕人吃的算在偶帳上。」

「好的，蓋斯凱爾醫生。」

「別忘了，」醫生對影子說：「明天早上八點十五分門廊見。別遲到，他們都是大忙人，要是你沒到，他們就會直接閃人，不會等你，那麼一個週末就能賺到的五百鎊就飛了——是說，如果他們高興，搞不好還會另外給獎金。」

影子決定去酒吧裡喝杯餐後咖啡（畢竟那裡有爐火可取暖），而且希望能驅散他骨子裡的寒氣。

站櫃臺的高登在酒吧後頭，影子問他：「珍妮今晚不當班？」

「什麼？——喔，不是的。她在外面幫忙，偶爾忙的時候會這樣。」

「我可以自己添木柴到火爐裡嗎？」

「請自便。」

如果蘇格蘭人是這麼對待夏天的，影子心想，他記得王爾德曾說：那他們就不配擁有夏天。

禿頭年輕人走了進來，緊張地對影子點頭打招呼，影子也點頭回禮。在他身上，影子看

108 蘇格蘭與愛爾蘭式早餐常有黑布丁或白布丁，黑布丁為豬血混合穀麥、動物軟骨及內臟灌製成的一種香腸，白布丁則以牛奶取代豬血。

不見半根毛髮；沒有眉毛、沒有睫毛，這使他看起來像個小嬰兒一樣稚嫩。影子不知道這是不是什麼疾病，抑或是化療副作用。他聞起來有股潮溼的味道。

「我聽到他說什麼了，」禿頭男子結結巴巴地說：「他說我是怪物，還說我媽也是。我耳朵很好，什麼都聽得見。」

他耳朵的確很好；那對半透明的粉色耳朵從兩側探出，宛如大魚的雙鰭。

「你的耳朵確實不賴。」影子說。

「你笑我？」禿頭男人的語氣突然一觸即發，像是準備要開打。他只比影子矮一點點，而影子可是個大塊頭。

「我只是老實說出心裡話，絕對沒有笑你的意思。」

禿頭男人點點頭。「那就好。」他嚥了口水，兀自猶豫。影子不知道是不是該說點什麼安撫他，不過禿頭男人繼續說：「又不是我的錯……弄出那麼多噪音……我是說，大家來這裡都是想躲開噪音的……也躲開人。總之，來這裡的人他媽的太多，你們幹麼不滾？哪裡來就滾回哪裡去，別再製造那些噪音。」

男人的母親來到門口，緊張地對影子笑笑，匆匆走到兒子身邊，拉著他的袖子。「夠了，」她說：「別沒事找事，一切都好。」她抬頭看著影子，像隻小鳥。她打著圓場。「抱歉，我相信他不是有意的。」她鞋跟下黏著一截衛生紙，卻渾然不覺。

「一切都好，」影子說：「大家認識一下也不錯。」

她點頭說：「那就好。」她兒子看起來好像鬆了一口氣。他怕死她了，影子心想。

「寶貝，來吧。」女人對兒子說，並拉扯他的袖子；他跟著她走向門口，卻在門口突然固執地停下來，轉過身。「你告訴他們，」禿頭男人說：「不要製造那麼多噪音。」

「我會轉告他們的。」影子說。

「其實我都聽得見。」

「別擔心。」影子說。

「他其實是個好孩子。」禿頭男人的母親邊說邊拉著兒子的袖子，帶他從走廊離開，腳下依然拖著那截衛生紙。

影子跟進走廊，說：「等一下。」

母子倆一起轉身。

「妳鞋底黏到東西了。」影子說。

她低頭一看，用另一隻鞋踩住衛生紙條，然後抬腳把它甩開，對影子點頭道謝後才離去。

影子走到櫃臺。「高登，你們有好一點的本地地圖嗎？」

「像地形測量局那種的嗎？當然有，我待會兒拿去交誼廳給你。」

影子回去酒吧把咖啡喝完，高登拿了地圖過來。地圖之詳細，還真是出人意料，似乎連山羊步道也標出來了。他沿著自己健行的路線仔細檢查，找到他停下來吃午餐的那座山丘。

他用手指往西南方一劃，「這附近有沒有城堡之類的建築？」

「恐怕沒有，東邊倒有一些。我有本蘇格蘭城堡導覽可以給你看——」

「不不，這就夠了。這一帶有大宅嗎？就那種可以算是城堡的大宅？或者大莊園？」

「呃，有間憤怒角旅館，就在這兒。」他指著地圖上的一處，「不過這一帶幾乎是空的，更確切一點說，如果要看人類使用的情況……他們稱作什麼吶……人口密度？那裡可以說是荒漠，恐怕連值得一看的廢墟也沒有。健行到那裡你會大失所望的。」

影子謝過高登，順便訂了明天一大早的電話起床服務。他真心希望能在地圖裡找到山丘上看到的那棟宅邸。不過也可能他根本就看錯地方；這種事也不是第一次發生了。

而隔壁房間的情侶究竟是在打架還是在做愛？影子弄不清楚，但每當他要進入夢鄉，就會被吼聲和哭叫驚醒。

後來的事他始終無法確定是真是幻。她究竟是真的來找過他？抑或一切只是他當晚的第一個夢？但不管是怎樣，床頭鬧鐘收音機顯示剛過午夜，他臥室外響起一陣敲門聲。他起身問：「誰？」

「珍妮。」

他打開門，雙眼被走廊的燈光刺得瞇了起來。

她身上裹著那件棕色外套，猶豫地抬頭看他。

「有事嗎？」影子說。

「你明天就要去那棟宅子了。」她說。

「對。」

「我覺得應該跟你說聲再見，」她說：「因為我搞不好再也見不到你了。如果你不再回旅館，直接到別的地方去，我就見不到你了。」

「嗯，那……再見了。」影子說。

她上上下下地打量他，端詳著被他拿來當睡衣的汗衫和平口褲、自己赤裸的腳丫，然後是臉。她看起來憂心忡忡。「你知道我住哪兒，」最後她終於說：「有需要就來找我。」

她伸出食指，輕觸他的雙唇：她的手指非常冰冷。然後她後退一步，回到走廊上，就站在那兒面對著他，沒有離去的意思。

影子關上房門，聽著她的腳步聲沿走廊漸漸遠去。他爬回床上。

不過，他很確定下一個夢真的是夢。那是他的一生，亂麻般糾纏不清：一下子在監獄，正練習硬幣戲法，告訴自己只要憑藉對妻子的愛就能熬過去。但蘿拉死了，他出獄了，當了一個老騙子的保鑣。老騙子要影子叫他「星期三」。接下來他的夢中充滿神：古老的神、被人遺忘的神，沒人愛、遭人拋棄的神。還有新神——那些轉瞬即逝又嚇人的玩意兒，被騙了還一頭霧水的傢伙們。各種不可思議的事物糾結成一團，從花繩變成蛛網，從蛛網變羅網，最後成為無止無境的亂麻……

夢中，他死在樹上。

夢中，他死而復生。

再後來就是一片黑暗。

IV

床邊的電話七點響起。他淋浴、刮鬍子、換衣服，把所有家當收進背包，然後下樓去餐廳吃早餐——過鹹的麥片粥、軟趴趴的培根，還有油膩膩的煎蛋。不過咖啡出奇好喝。

八點十分，他在門廊等待。

八點十四分，一個穿著羊皮外套的男人走進來，嘴裡叼著手捲菸，愉快地伸出手。

「你一定是沐恩先生，」他說：「我叫史密斯，來接你去大宅。」男人握起手來很有力。

「你**真的是**個大塊頭啊。」

而他沒說出口的話就是：「即使這樣還是打不贏我。」就算他不說出口影子也懂。

影子說：「他們告訴我你不是蘇格蘭人。」

「當然啦老兄，我只是來這裡待一星期，以確保一切順利。我是倫敦人吶。」他馬臉上白牙一閃。影子猜想，這個男人應該四十五歲左右。「上車吧，帶你好好飆一下。這是你的背包？」

影子揹著背包出門上車。那是一輛沾滿泥巴的路虎，沒熄火。他把背包往後一丟，爬進乘客座。史密斯抽完最後一口菸，把剩下的一小段白紙菸頭從駕駛座車窗丟到路上。

車子開出村外。

「你的名字怎麼念？」史密斯問，「博德還鮑德？還是別的？就像那個，Cholmondely實際上要念成Chumley。」

「影子，」影子說：「大家都叫我影子。」

「好。」

一陣沉默。

「話說，」史密斯說：「影子，不曉得蓋斯凱爾那傢伙跟你說了多少週末宴會的事？」

「說的很少。」

「好，那麼，最重要的就是：不管發生什麼，你都得**保密**到家，了嗎？不管你看見什麼，都只是大夥兒在玩，對誰都不能說，即使宴會上有你認識的人也一樣，懂嗎？」

「我誰也不認識。」影子說。

「很好，你懂了。我們之所以來這裡，就是為了確保大家都能不受打擾、好好玩一場，他們可是大老遠跑來歡度週末的呢。」

「知道了。」影子說。

他們抵達海角旁的渡輪。史密斯把路虎停在路邊，拿起兩人的行李，把車上鎖。渡輪把他們載到另一頭。在這兒等著他們的依然是那輛路虎，一模一樣。史密斯打開車門，把兩人的包包扔到後頭，接著開車順著泥土路駛去。

他們還不到燈塔時就轉了彎，靜靜開了一會兒後拐進一條山羊步道。有好幾次，影子得下車打開柵欄門，好讓路虎通過，之後再把門關上。

田野中、矮石牆上，都有烏鴉；巨大的黑鳥用嚴厲的眼神瞪著影子。

「話說，你蹲過苦窯？」

「什麼？」

「進監獄、坐牢、服刑，之類的，那就表示食物難吃、沒有夜生活、公廁難用，活動機會有限。」

「是。」

「你好像不太健談啊？」

「我覺得這是一種美德。」

「算你說的對。不過只是聊聊而已，沒關係吧？都不說話我會緊張。你喜歡這裡嗎？」

「我想喜歡吧，但我才來幾天而已。」

「這鬼地方令我毛骨悚然，太偏僻了。我去過西伯利亞，就連那裡有些地方都沒這麼陰森。你去過倫敦嗎？沒？等你哪天往南走我帶你去逛逛。那裡有超棒的酒吧和真正的食物，你們美國人喜歡的觀光花招一樣不缺——不過那裡的交通簡直是地獄。這裡至少還能開車，沒有他媽的紅綠燈。你知道攝政街從頭到底有多少紅綠燈嗎？我得說，當你苦苦等了五分鐘的紅燈，綠燈卻只亮了十秒！最多只能讓兩輛車通過——真的是鳥到不行。但人家說這就是進步的代價，是吧？」

「是啊，」影子說：「我想是這樣。」

他們已經離開道路，此刻正在兩座高丘之間灌木叢生的山谷中顛簸前進。「你們宴會的貴賓，」影子說：「也是搭路虎過來嗎？」

「不，他們搭直升機，今晚會準時來用晚餐；今天飛進來，星期一早上又飛出去。」

「就像住在島上。」

「我還真希望是座島呢，這樣就不會有瘋瘋癲癲的木地人來找麻煩，對吧？只要是在島上，就不會有隔壁鄰居抱怨什麼太吵。」

「你的宴會很吵嗎？」

「老弟，那不是我的宴會，我只是提供服務，確保一切都順利進行……不過這樣說也沒錯，我想他們要是高興起來確實會很吵很吵。」

蓊鬱山谷變成山羊步道，山羊步道又變成直通山中的車道。路一拐，一個急轉彎，他們朝一棟宅子前進。影子認得那棟宅子。昨天午餐時珍妮有指給他看過。

只消一眼就能看出宅了很古老，有些地方更是老上加老：宅邸其中一側的翼樓有一道牆，是用又重又硬的灰岩和石塊砌成。那道牆突出來，延伸進另一道褐色磚牆裡；暗灰色的石板屋頂覆蓋整棟宅邸，連兩側翼樓也不例外。宅外是一條碎石路，順坡而下就會通到那片湖灣。影子爬出路虎，看著眼前這座宅邸，覺得自己好渺小，彷彿回到家一樣……這種感覺就不怎麼好了。

還有另外幾輛四輪傳動車停在碎石路上。「車鑰匙掛在食品室裡，你說不定用得著。待會兒經過時我再指給你看。」

他們穿過一扇大木門來到中庭，這裡有部分鋪了地板；庭院中央有一座小水池和一小塊草地，長條形的草地既凌亂又陰森，周圍還砌著灰石板。

「週六晚上的活動就在這裡舉行，」史密斯說：「我帶你去看你房間。」

我們穿過一扇不起眼的門，走進較小的翼樓，經過一個掛著鑰匙的房間（每串鑰匙都連著一張紙標籤），我們又經過一個滿是空架子的房間，再往下走到一條暗沉沉的走廊，又爬幾道階梯——階梯上沒鋪地毯，牆上除了白色石灰粉外什麼也沒有。（「好吧，畢竟是僕人的住所嘛？他們當然不會把錢花在這種地方。」）這裡很冷，不過對於室內比室外冷這件事，影子已經慢慢見怪不怪。真不知他們是怎麼辦到的，八成是英國建築的祕密。

史密斯帶著影子來到頂樓，進入一個深黑暗沉的房間，裡頭有座古董級衣櫥，還有一看就知道過小的鐵架單人床，像是古人用的臉盆架。此外還有一扇能俯瞰內庭的小窗。

「走廊盡頭有廁所，」史密斯說：「僕人專用的浴室在下面一層，一間男用、一間女用；不能淋浴，這側翼樓的熱水供應恐怕非常有限。你的晚禮服掛在衣櫥裡，現在就穿穿看吧，試試合不合身，試好就脫下來，等晚上客人來再換上——要知道，乾洗設備也是有限的，火星上再好也不過是這樣。要找我就到廚房，那裡沒那麼冷——但也得要阿加爐沒故障才行；廚房是下樓梯左轉再右轉，迷路就大叫幾聲，沒人吩咐不要到另一側的翼樓去。」

他離開了。留影子一個人。

影子試穿黑色燕尾服、白色禮服襯衫、黑色領結，以及擦得亮晶晶的黑皮鞋，發現都很合身，好像專為他量身訂做一樣。他把它們一一掛回衣櫥。

他走下樓，發現史密斯正在樓梯轉角，拿銀色小手機怒氣沖沖地猛按。「去他的收不到信號，剛剛手機都響了，我正要回撥就沒信號。這裡是他媽的石器時代嗎？——欸，你的禮服怎樣？還可以嗎？」

「可。」

「好小子，惜字如金啊？我認識的一些死人都比你多話。」

「真的嗎？」

「沒啦，誇飾法而已。來，想吃午餐了嗎？」

「當然，謝了。」

「好，跟我來。這裡有點像迷宮，不過你很快就會摸熟的。」

他們在寬大無人的廚房裡吃午餐，影子和史密斯在琺瑯馬口鐵盤上堆滿食物：酥脆的白麵包上鋪著半透明的橘色燻鮭魚切片、味道刺鼻的起司片，還有一杯杯濃郁香甜的茶。影子發現所謂阿加爐原來是個大金屬箱，半烤箱半熱水器，側邊開有許多扇小門。史密斯打開其中一扇，剷進幾大把煤炭。

「話說，其他食物在哪兒？侍者和廚師呢？」影子問，「總不可能只有我們倆。」

「問得好：那些東西正從愛丁堡火速趕來。就跟鐘錶的裝置一樣，餐飲和宴會工作人員會在三點準時抵達、卸貨拆封，六點把客人接過來，八點自助餐開始上菜，大家好好聊，好好吃喝，說說笑笑，沒什麼大不了；明天早餐從七點供應到中午，客人一整個下午都可以散散步、欣賞風景什麼的；中庭會架好柴火，等到晚上點燃，大夥兒就可以來場週六狂歡營火晚會——但希望鄰居不要找麻煩才好。星期日早上，我們走路腳步得放輕一點，不能吵到宿醉的客人。到下午直升機就會過來接他們回去，而你也拿到酬勞，我載你回旅館。要是你想換換心情，跟我一起南下也行。聽起來不錯吧？」

「確實，」影子說：「週六晚上會有人來找碴嗎？」

「就是些掃興鬼啦。本地人就是見不得大家開心。」

「哪來的本地人？」影子問，「方圓幾英里內只有羊。」

「本地人啊，這裡到處都是呢。」史密斯說：「只是你沒看到罷了。他們躲躲藏藏，跟梭尼・賓恩一家似的。」

影子說：「我好像聽過這個人。這名字好像……」

「他是**歷史人物**。」史密斯「嗖」一聲吸了口茶，靠回椅背，「那是……大概六百年前的事了。那時維京人要不是滾回斯堪地納維亞，就是經過多年聯姻和皈依，變成另一支蘇格蘭人。不過伊莉莎白女王還沒駕崩，詹姆士也還沒從蘇格蘭南下兼任兩國國王，大概是在這之間的某段時候吧，」他又灌了一大口茶，「話說，到蘇格蘭旅行的人一直失蹤也不是什麼稀罕的事。我是說，這年頭出遠門不見得都能回得了家，有時得等上好幾個月才會有人發現你回不來了，於是大家就會怪罪狼群啦、天氣啦，並說以後旅行都要結伴，而且只能在夏天去。

「不過呢，有個旅人跟幾名同伴穿越某座幽谷時突然從山坡跑下來、從樹上跳下來、從地底下鑽出一大群、一整窩或一狗票小鬼，他們拿著匕首、刀子、骨頭棒和粗棍，把旅人從馬上揪下來，撲上去宰掉，一個都不留。只有一個怪老頭，因為騎得比別人慢所以逃過一劫。結果只剩下他一個——不過一個也就夠了，你說是不是？他逃到最近的城鎮呼天搶地討救兵，當地人集結了一隊鎮民和士兵，帶著狗回到現場。

「他們花了好幾天都沒找到賊窩，正要準備放棄，狗突然對著海岸的一個岩洞狂吠，於是他們就下去看看。

「一看才發現地下有好多洞穴，最大最深的那個裡面住的就是梭尼．賓恩老頭一家，屍體還吊在鉤子上慢火燻烤，男男女女、老老少少的小腿啦、胳膊啦、大腿啦、手腳啦，風乾豬肉似的排排掛，還有些肢體像醃牛肉一樣泡在鹽水裡。錢財堆積如山，金的銀的都有，包括手錶、戒指、劍、手槍和衣服，價值超乎想像——因為他們連一便士也沒花，只是窩在洞穴裡吃東西、生小孩，滿腦子仇恨。

「梭尼老頭在那裡住了好多年。他是自家這個小小王國的王，王國裡有他和他老婆、他們的兒孫，孫輩裡有些也算是兒子，因為有一小窩傢伙是亂倫的產物。」

「這是真實事件嗎？」

「據說是，有法庭紀錄的。他們把這一家人押去里斯受審，法庭的判決很有意思：他們認定，依據梭尼．賓恩的惡行，他已經自絕於人類之外，所以法院宣判他是禽獸，沒有處他絞刑或斬首，只是生起一堆大火，把他們一家丟進去活活燒死。」

「全家？」

「我忘了。小孩子也許燒了，也許沒燒……大概燒了吧。這個角落裡的人對待怪物通常是毫不留情。」

史密斯把他們的杯盤拿到水槽洗乾淨，放在架上晾乾，兩人走進庭院，史密斯熟練地給自己捲了根菸。他先舔舔捲紙，用指頭撫平，然後用Zippo打火機點燃。「我想想——關於今晚你還有什麼要知道的？嗯，原則很簡單：有人跟你說話，你才開口。但我想這對你來說大概沒什麼問題吧？」

影子悶不吭聲。

「就是這樣子！如果有客人跟你要什麼，盡量滿足他們的要求；有什麼疑問，就來找我。反正聽客人的就對了。只要沒妨礙到你手邊的工作，或違反最高指導原則，就沒問題。」

「什麼指導原則？」

「不、准、搞、上、交、際、花。一定會有些年輕小姐灌下半瓶酒腦子就昏了，想玩點刺激的。這種時候你就得學《週日人物》。」

「我不懂你在說什麼。」

「本報記者藉故抽身離開[109]——懂沒？可以看、摸不得，懂吧？」

「懂。」

「聰明。」

影子發現自己有點喜歡史密斯。而他對自己說，喜歡這傢伙可不是明智之舉。他碰過史密斯這種人：無良知、無顧忌、沒感情，而且有多討人喜歡就有多危險——無一例外。

午後不久，僕人到了。他們搭著運兵機似的直升機降落，以驚人的效率拆開打包好的一箱箱紅酒、一盒盒食物、食物籃和器皿。機上有裝滿餐巾和桌布的箱子；有廚師、侍者、女侍還有清潔女工。

但最先下機的卻是保全：高大結實的男人，並且戴著耳機。他們夾克下鼓鼓的東西絕對是槍，影子毫不懷疑。他們一一向史密斯報到，他則派他們去檢查全宅和周圍。影子也去幫忙，把裝滿蔬菜的箱子從機上搬進廚房，他一個人搬的東西可抵兩個人。他二度經過史密斯身邊時還停下來說：「喂，你們既然有這麼多保全人員，為什麼還需要我？」

史密斯親切地微笑。「孩子，你聽著，這些貴客的身價比你我這輩子見過的人還要高，他們得確定自己有人保護才行。綁架時有耳聞，大家都有敵人，意外難免發生。只有讓這些小夥子陪在身邊，他們才覺得自己安全無虞。可是呢，若讓小夥子去對付那些壞脾氣的本地人，就跟拿地雷防入侵者一樣。懂沒？」

「懂。」影子說。他回到直升機旁，拿起一只寫著「櫻桃茄子」的盒子，裡頭裝滿黑黑小小的茄子。影子把它疊在一口裝甘藍菜的條板箱上，一起拿進廚房。他知道史密斯一定在撒謊。雖然他的回答合情合理，甚至可信度極高——只可惜並非實話。他根本毫無理由待在這裡——至少不是對方告訴他的那個理由。

他反覆思索，試著推敲出自己會在這座宅子的原因，也希望自己可以做到外表不動聲色。他把一切都藏在心中，至少在那裡會比較安全。

109《週日人物》（SundayPeople）為英國八卦小報，記者會假扮嫖客去跟伎女打聽小道消息，報導常以「本報記者藉故抽身離開」作結。

V

天色才剛開始轉紅、甫入傍晚，更多的直升機降臨。二十多名打扮入時的人物步下飛機，有幾人或微笑或大笑，大多三、四十歲，影子一個也不認得。

史密斯自然又圓滑地穿梭在一個個賓客間，不亢不卑地迎接他們。「是，穿過這邊，然後左轉，到大廳等候。那裡會有溫暖的爐火，有人會來帶諸位去房間，大家的行李應該已經等在那兒了。如果不在，請通知我——不過一定是會在的——您好，女士，您看起來真美啊——要我叫人幫您拿手提包嗎？期待明天的活動嗎？大家都很期待呢。」

影子著迷地看著史密斯招呼每位賓客，他的態度之專業，融合親暱、尊敬、和藹與倫敦人的魅力。他的H音、子音和母音會隨說話對象的不同改變，轉換自如。

影子幫一位非常漂亮的深色短髮女子提包包進門，她對他露出微笑。「交際花，」史密斯經過時悄悄地說：「不准碰。」

最後一位下飛機的是個大胖子，影子估計他大概六十出頭。胖子拄著一根廉價的木頭枴杖來到史密斯身邊，低聲說了些什麼，史密斯也低聲回答。

他才是負責的老大，影子心想。從身體語言就能看出來。史密斯不再微笑、不再哄人，他在報告事情，有效率而迅速報告，把應該告訴這位老人的一切告訴他。

史密斯朝影子勾勾手指，影子連忙過去。

「影子，」史密斯說：「這位是艾利斯先生。」

艾利斯先生伸出紅潤的胖手，握住影子黝黑的大手，搖啊晃的。「很高興見到你，」他說：「久仰久仰。」

「幸會。」影子說。

「好好好，」艾利斯先生說：「你忙你的吧。」

史密斯對影子點點頭，示意他離開。

「要是你不反對，」影子對史密斯說：「我想趁天還沒暗時到附近走走，也好調查一下當地人可能會從哪兒冒出來。」

「別走太遠。」史密斯說。他提起艾利斯先生的公事包，領他走進宅邸。

影子繞著大宅外圍走。他被人算計了，而他不明白為什麼，但他知道自己沒猜錯。有太多事都兜不起來——為什麼要雇個背包客當保鑣，同時又找一堆專業保全人員？這根本沒道理。更沒道理的是：史密斯為何要將他介紹給艾利斯先生？畢竟先前二十幾個賓客根本沒把他放在眼裡，完全待他如點綴用的擺飾。

屋前有一道矮石牆，屋後則有座幾乎算是小山的丘陵，前方有道緩坡往下通到湖灣，一旁正是他早上來時經過的車道。影子走到宅子另一端，找到一個像廚房菜園的地方，高高的石牆後便是荒野。他步下臺階、走進菜園，趨前檢查牆壁。

「你在偵察這個地方嗎？」一位身穿黑色燕尾服的保全人員說。影子剛剛根本沒看見他，他猜想，這也許表示這位老兄非常專業。他與多數僕人一樣，一口蘇格蘭腔。

「只是到處看看。」

「——先摸清楚地形，明智之舉。你不必擔心屋子這邊，畢竟一百碼外就是一條下通湖灣的河，再過去是直直往下延伸一百英尺左右的溼岩帶，地形非常變幻莫測。」

「喔，那麼當地人——就是會過來吵鬧的那些人——都是從哪兒過來的？」

「我毫無頭緒。」

「那我直接過去瞧瞧，」影子說：「看能不能找出連外的通路。」

「我可不會過去，」保全說：「雖說你不是我，但那裡的地形真的很詭異，要是隨便過去東摸摸、西看看，只要一不小心滑倒，就會跌到岩石上、掉進湖灣裡。要是你搞成這樣，包管別人永遠找不到你的屍體。」

「我知道了。」影子確實知道了。

他繼續繞著宅子走，一路上看見五個保全，他會特別留意這些人，但他也很確定，應該還有一些是他沒看到的。

透過落地窗，影子可以看見宅子主棟有一間鑲嵌木頭壁板的大餐廳，眾賓客圍坐桌邊，有說有笑。

他走回僕人住的翼樓。當每道菜從宴席上撤下，托盤都被拿出來放在一個餐具櫃上，工作人員會自己動手把食物在免洗紙盤上堆成小山。史密斯正坐在木製餐桌邊，埋頭大吃一盤沙拉和嫩牛肉。

「那裡有魚子醬，」他對影子說：「金黃奧西特，最頂級的，十分特別。以前共黨幹部都會留著自己享用。我從來就不喜歡，不過你可以自便。」

出於禮貌，影子挖了點魚子醬擱在盤子邊緣，又拿了少許白煮蛋、沙拉和雞肉，坐到史密斯身邊開始吃。

「我看不出本地人還能從哪兒過來，」他說：「你的人已經封了車道，想進來只能從湖灣那裡。」

「所以你已經把附近都好好探勘過了？」

「對。」影子說。

「有遇到幾個我手下的小夥子？」

「對。」

「你覺得怎樣？」

「我不想跟他們有摩擦。」

史密斯訕笑。「連你這麼大塊頭都不敢？你自己就能顧好自己了啊。」

「他們是殺手。」影子簡要地說。

「必要時才是。」史密斯不再微笑，「要不然你就待在自己房間？有需要時我會叫你。」

「好。」影子說：「要是不需要我，我這週末就輕鬆了。」

史密斯凝視著他。「錢會照付。」

影子爬上後方樓梯，穿過頂樓長廊，回到房間；他能聽見宴會的喧鬧。從小窗往外探看，他只見對面的落地窗大剌剌敞開，賓客已經添了外套和手套，來到中庭，手裡還端著酒杯。他聽見零星對話，然而是變形又重組過的隻字片語；喧鬧聲雖清楚，字詞意義卻已流失。不過偶爾還是會有幾句詞語從這片喧囂中冒出頭。有個男人說：「我就跟他說啊，像你這種法官我才不承認，我賣……」影子聽見一個女人說：「那是怪物，親愛的，真正的怪物。但你還能怎樣呢？」另一個女人說：「哼，要是我也能這樣說我男友就好了！」然後現場爆出一陣大笑。

他有兩個選擇：留下，或想辦法離開。

「我會留下。」他大聲說。

VI

一整夜都是危險的夢。

在第一場夢裡，他回到美國，站在街燈下；他步上臺階，推開玻璃門，走進一間餐車式小餐館——是那種真的由火車餐車廂改裝成的餐館。他聽見一個老頭在唱歌，聲音低沉粗啞，用〈我的邦妮遠在重洋海外〉[110]的曲調唱著：

我爺爺賣套子給水手，
套子頭頂用針扎洞。
我奶奶在暗巷幫人墮胎，
我的天哪，鈔票滾滾來。

影子從車廂頭走到車廂尾。車廂尾的一張桌前坐了個頭髮花白的男人，手拿一瓶啤酒，嘴裡唱著：「滾滾來，滾滾來，我的天哪，鈔票滾滾來。」他一瞥見影子，臉上登時咧出大大的笑容（活像隻猴子），然後晃著酒瓶說：「坐啊，坐。」

影子在男人對面坐下。就他所知，眼前這位人士名叫星期三。

「好啦，你是惹了什麼麻煩？」星期三問。他已經死去兩年——又或者說，像他這種傢伙能死多透就死多透。「我很想請你喝一杯，可惜這裡的服務太差勁。」

影子說沒關係，他不想喝啤酒。

「怎麼回事？」星期三搔著鬍子問。

「我跟一狗票有錢到流油的傢伙待在蘇格蘭一棟大宅裡，他們心懷鬼胎，而我惹上了麻煩——雖然不知道是什麼麻煩，不過八成相當棘手。」

星期三灌下一大口啤酒，好一會兒才說：「有錢人跟我們是不一樣的，孩子。」

「你**這話**他媽的是什麼意思？」

「嗯哼，」星期三說：「首先，他們八成都是終有一死的凡人，所以**你**用不著擔心。」

「別跟我來這套。」

---

110 My Bonnie Lies Over the Ocean，蘇格蘭民謠，據說歌詞是影射光榮革命後復辟失敗流亡海外的查理王子（Charles Edward Stuart, 1720-88）。

「但你**不是**凡人，」星期三說：「你死在樹上，影子，而且你死而復生。」

「那又怎樣？我甚至不記得自己是怎麼做到的。要是這次被他們宰了，我還是會死。」

星期三喝完啤酒，拿著酒瓶晃來晃去，好像在指揮一支看不見的樂隊，又唱起另一段歌曲：

我兄弟是個傳教士，
他拯救墮落女人脫離原罪。
五塊錢就幫你救個紅髮妹，
我的天哪，鈔票滾滾來。

「你根本沒幫到忙。」影子說。小餐館現在真的變成了一節車廂，正在雪夜中隆隆奔馳。

星期三放下酒瓶，用眼睛——是真的那隻，不是玻璃眼珠——盯著影子。「那是一個模式，」他說：「要是他們把你當作英雄，那就錯了。你死後也不會變成貝武夫、柏修斯或羅摩[111]，規則完全不同。那是西洋棋，而非跳棋；是圍棋，不是西洋棋。懂嗎？」

「完全不懂。」影子沮喪地說。

人群，在大宅的走廊上吵吵鬧鬧，醉醺醺走來走去，傻笑著一路跌撞，還不忘「噓」一聲要別人安靜。

影子不知道這些人究竟是僕人，還是另一邊翼樓來的迷途者，傻傻地跑來這兒跟下人胡混。他再次被夢境攫走……

他又回到昨天躲雨的那間棚屋，地上有具屍體，是一個頂多五歲的男孩；全身光溜溜，四仰八叉地躺在那兒。一道強光閃過，有個人從影子的身體穿過，好像他根本不在這裡。那人重新調整了一下男孩的手臂位置；又一道光閃過。

影子認得這個正在拍照的男人：是蓋斯凱爾醫生，旅館酒吧裡那位鐵灰色頭髮的小個子。

蓋斯凱爾從口袋拿出一只白色紙袋，從裡面掏出個東西丟進嘴巴。

「彩色什錦糖，」他對躺在石頭地板上的小孩說：「好好吃，是你最愛的喔。」

他微笑著蹲下，又幫死去的男孩拍了張照。

影子穿過小屋石牆，如風一般從石間隙縫掠過，飄下海岸。浪花碎在岩石上，影子繼續橫越水域，穿過灰色大海，順著波濤起伏，朝死人指甲做成的船前進。

船很遠，飄盪在茫茫大海中，影子宛如雲朵陰影般掠過水面。

船很大，他沒想到竟然會這麼大。有一隻手垂下來攫住他的胳膊，把他從海裡拖上甲板。

「帶我們回去，」氣急敗壞的聲音像海水潰堤，震耳欲聾，「帶我們回去，不然就讓我們走。」布滿鬍鬚的臉上，有顆獨眼怒火中燒。

---

111 Rama，印度傳說中的英雄，也是印度教主神毗溼奴的化身。

「我並沒有扣留你們。」

船上都是巨人，是由陰影和凍結的浪花聚成的彪形大漢，是夢境與泡沫的造物。最高大的那位是個紅鬍子。他走上前。「我們無法上岸，」他聲如雷鳴，「我們無法離開。」

「回家吧。」影子說。

「我們隨著人民來到這個南國，」獨眼男人說：「他們卻丟下我們，轉而投向更溫馴的神；他們的心靈與我們一刀兩斷，他們拋棄了我們。」

「回家吧。」影子重複。

「太多歲月流逝，」紅鬍子說，因為他身側的槌子，影子認出他來。「太多鮮血拋灑，博杜，你是我們的血脈，釋放我們吧。」

影子想說自己不是他們的血脈，不是任何人的血脈，但薄毯從床上滑下，他的腳從毯子底下露出，淡淡的月光灑滿整個閣樓房間。

現在大宅中已一片寂靜，山丘上有個東西在嗥叫；影子打了個冷顫。

他躺在這張過於狹小的床上，把時間想像成一種可以匯合、攪拌的東西，想著會不會有什麼地方的時間其實過得特別慢，會不會有什麼地方，時間是可以聚沙成塔、積少成多。城市。他想，城市裡一定充滿了時間，人會聚集在那裡，帶著時間來來去去；影子思忖，如果真是如此，有些地方人口可能太稀薄，而土地堅忍不拔、苦苦等待，千年好似一瞬之於山丘，一掠之於浮雲，一盪之於奔流，如此而已。在這樣的地方，時間就和大地上的人一樣稀薄……

「他們要殺你。」女侍珍妮悄聲說。

影子現在坐在她身邊，這裡是月光下的山坡。「他們為什麼要那麼做？」他問，「我根本不重要。」

「他們就是這樣對付怪物的，」她說：「他們必須，他們一向如此。」

他伸手碰觸她，可是她轉身離開（她身後是個空洞）。但她又轉回來面對他，悄聲說：「你走吧。」

「妳可以來找我。」他說。

「我不能，」她說：「路上有東西，路途又艱險，戒備森嚴。但你可以呼喚。你呼喚我，我就會來。」

接下來，天就亮了，一大片蚊蚋從山腳下的沼地升起。珍妮用尾巴驅趕牠們，可惜沒什麼用。牠們像雲團般落向影子，直到他的呼吸都充斥著蚊子，口鼻塞滿這些爬來爬去的刺人小東西，在黑暗中慢慢窒息……

他再次把自己帶回床上、回到自己的軀體、自己的生命，拉回清醒的世界。他的心臟在胸口碰碰狂跳，他大口喘息。

VII

早餐是燻鮭魚、烤馬鈴薯、炒蛋、吐司、兩根拇指一樣又粗又短的香腸，還有幾片黑黑圓圓又平平的東西。影子看不出那是什麼。

「那是什麼？」影子問。

「黑布丁，」坐在他隔壁的男人說。他也是保全，這會兒正邊吃早餐邊看昨天的《太陽報》。「用血和藥草做的。他們把血加上藥草拿去熬，熬到它凝成烏漆抹黑的血塊。」他又了些蛋到吐司上，用手抓著吃。「不過誰知道呢？人家是怎麼說的？絕對不要看製造香腸或法律的過程——大概是這樣。」

影子把早餐全部吃完，獨留黑布丁沒碰。

終於有一壺真正的咖啡了。他喝下一杯又濃又燙的咖啡，好提神醒腦。

史密斯走進來說：「影子老弟，可以占用你五分鐘嗎？」

「付錢就是老大。」影子說。他們去了走廊。

「艾利斯先生找你，」史密斯說：「他想跟你說幾句話。」他們穿過僕人專用翼樓（這裡塗著白色石灰粉、死氣沉沉），來到古宅那個鑲嵌木頭壁板、宏偉氣派的區域。他們登上巨大的木頭階梯，走進寬闊的圖書室，裡頭空無一人。

「他馬上就到。」史密斯說：「我去通知他你在等了。」

圖書室裡的藏書深鎖在鐵絲網玻璃門後，以免遭老鼠、灰塵或人類侵犯。牆上掛著一幅油畫，畫上是一頭雄鹿。影子走上前去細看，只見雄鹿威風凜凜，高貴非凡；畫的背景則是迷霧繚繞的山谷。

「《幽谷之王》，」艾利斯先生拄著枴杖緩緩走來，「維多利亞時代摹本最多的畫作。這幅雖不是原作，但也是原繪者蘭塞爾[112]在一八五〇年代末自己臨摹的。我很喜歡，儘管我覺得實在不該如此——特拉法加廣場的獅子也是他的傑作——蘭塞爾，就那個傢伙。」

他走到凸窗前，影子也跟上來。窗下便是庭院，僕人正在擺放桌椅；庭院中央的水池邊則是另一批人：宴會賓客。他們正在用原木和柴薪搭建營火。

「幹麼不叫僕人生火呢？」影子問。

「幹麼把樂趣給**他們**呢？」艾利斯先生說：「就好比派手下在狂風暴雨的下午出門替你獵野雞。搭建營火其實是別有一番趣味的，當你把木柴拖過來，放到完美的位置，那感覺會很特別——至少他們是這麼告訴我的。我是從來沒做過。」他從窗口轉過身。「你坐吧，」他說：「抬頭看著你說話我脖子會抽筋的。」

影子坐下。

「我聽說過你很多事蹟，」艾利斯先生說：「早就想見你一面了。大家都說你是個四處闖蕩的聰明小夥子——至少大家是這麼說的。」

---

112 Edwin Henry Landseer（1802-73），英國畫家與雕刻家，擅畫動物，也精於動物解剖，深得維多利亞女王賞識。

「所以你不是隨便找個觀光客顧場，以防鄰居打擾宴會？」

「是，也不是。我們當然還有幾個人選，只是你最適合——尤其是在我發現你是什麼身分後，更覺得適合。你果真是眾神賜予的禮物，是吧？」

「我不知道。是這樣。是這樣嗎？」

「絕對是這樣。你瞧，這個聚會的歷史非常悠久，已經舉行將近千年，一次也沒中斷過。我們每年都有一場戰鬥，我們的人和他們的人對戰，而我們年年獲勝。今年，我們的人是你。」

「誰？」影子說：「**他們**是誰？**你們**又是誰？」

「我是你的主人，」艾利斯先生說：「我想應該是吧？」他停了一會兒，用枴杖輕輕敲著木頭地板。「很久以前**他們**就是輸家，**我們**贏了；我們是騎士，他們是龍；我們是巨怪獵人，他們是食人魔；我們是人類，他們是怪物。**我們贏了**，現在他們明白了自己的處境，今夜只是要讓他們更加謹記在心。今夜，你將為人類而戰。我們不能讓他們占上風，就算一點也不行；我們與他們勢不兩立。」

「蓋斯凱爾醫生說我是怪物。」影子說。

「蓋斯凱爾醫生？」艾利斯先生說：「你朋友嗎？」

「不是，」影子說：「他是你的手下——或你手下的手下。我認為他殺了個小孩，還幫屍體拍照。」

艾利斯先生掉了枴杖，他吃力地彎腰撿起，然後說：「影子，我不認為你是怪物，我認為你是英雄。」

不，影子心想，你認為我是怪物，只不過是你的怪物。

「好了，今晚就加油吧，」艾利斯先生說：「我知道你一定行的——價碼隨你開。是說，你有沒有想過，為什麼有些人可以當電影明星、名人或有錢人？你一定有想過：**那傢伙根本不是那塊料。我有什麼比不上他的**？有時候呢，答案其實是：因為那些傢伙有我這樣的人助他一臂之力。」

「你是神嗎？」影子問。

艾利斯先生聞言，發出一陣低沉又宏亮的笑聲。「好問題，沐恩先生——我絕對不是。我只是個來自史崔漢、白手起家的男孩。」

「那我要跟誰打？」影子問。

「你今晚就會見到他。」艾利斯先生說：「好了，有些東西得從閣樓上搬下來。你不如去幫史密斯吧。對你這樣的大塊頭來說，這件事應該不費吹灰之力。」

謁見結束了，彷彿早就經過演練。史密斯走了進來。

「我剛剛才在說呢，」艾利斯先生說：「這個小子會幫你把東西從閣樓搬下來。」

「太好了，」史密斯說：「來，影子，我們到樓上去。」

他們穿過宅子，爬上幽暗的木頭階梯，來到一道有掛鎖的門前。史密斯開鎖，他們進入一間滿是灰塵的木造閣樓，裡頭堆得高高的物品似乎是……

「鼓？」影子說。

「鼓。」史密斯說。這些鼓是用木頭和動物毛皮製成，大小各異。「好啦，動手搬吧。」

他們把鼓搬下樓。史密斯一次搬一個，彷彿伺候珍寶一樣小心翼翼；影子則一次搬兩個。搬到第三次還第四次時，影子問：「所以今晚到底會發生什麼事？」

「嗯，」史密斯說：「基本上，就我了解，你最好自己去推測。反正到時候就知道了。」

「你和艾利斯先生是扮演什麼角色？」

史密斯橫了他一眼。他們把鼓放在大廳的樓梯腳下，有幾個人在那裡的爐火前聊天。

當他們再度爬上樓，走出賓客的聽力範圍，史密斯說：「艾利斯先生快到傍晚就會離開，我會在附近晃晃。」

「他要走？他不參一腳？」

史密斯彷彿有些受到冒犯。「他是主人，」他說：「不過……」但接下來他就不說了。

影子明白史密斯不想談論他的老闆。他們把更多鼓搬下樓，搬完鼓又接著搬些沉甸甸的皮革包裹。

「這些是什麼？」影子問。

「鼓槌。」史密斯說。

史密斯繼續說：「他們出身古老世家，樓下那些都是歷史悠久的舊富階級。雖然他們知道誰是老大，但不代表他們會承認他是其中一員。今晚只有他們會出席宴會，而且不要艾利斯先生在場，懂吧？」

影子確實懂了，但他真心希望史密斯沒告訴他艾利斯先生的事。如果他還有命好活，他不覺得史密斯會跟他講這些是是非非。

不過他只說：「這鼓槌好重。」

VIII

快傍晚時，來了一架小直升機接走艾利斯先生，工作人員則由路虎載走，史密斯開走最後一輛。留下來的只有影子、賓客，以及賓客漂亮的衣服和漂亮的微笑。

他們盯著影子，彷彿他是一隻被帶來用作娛樂的籠中獅。但他們沒有跟他說話。剛抵達時曾對影子微笑的深色頭髮女子拿食物給他：那是一塊幾乎全生的牛排。她把牛排裝在盤子裡遞給他，卻沒有附上餐具，似乎期待他用雙手和利牙對付那塊肉。然而影子很餓，所以真的那麼做了。

「我不是你們的英雄。」他對他們說，但他們卻不肯與他對上目光。沒人跟他說話，至少沒有直接交談；他覺得自己像一頭動物。

夜幕降臨，他們領著影子來到內庭的廢棄噴泉旁。在槍口下，影子被剝得精光，女人用一種厚重的黃色油脂塗滿他全身，按摩進他皮膚裡。

他們將一柄刀放在影子面前的草地，晃晃槍示意著；影子撿起刀，黑色金屬打造的刀柄質地粗糙，很好握；刀刃看起來極為鋒利。

他們猛力扯開由內庭通往外面世界的大門；兩個男人點起高聳的營火堆，火焰頓時嗶嗶剎剎、熊熊燃起。

他們打開皮革包裹，每位賓客手裡都拿著一根有著雕刻的黑色棍棒，沉甸甸，滿是節瘤，就像狼牙棒。影子發現自己正想著梭恩・賓尼的孩子。他們手持人類大腿骨做成的棍棒，自黑暗中一擁而上……

賓客在庭院周圍繞成一圈，開始用棍子打鼓。

鼓聲起初很慢、很平靜，低沉的陣陣搏動宛如心跳。接著他們開始加重力道，擊出奇怪的節奏，斷斷續續、盤旋交織，越來越大聲，直到將影子整個心靈與世界都填滿；他甚至覺得火焰也在隨著鼓聲的節拍跳動。

宅子外開始響起嗥叫。

那聲音中夾雜疼痛與苦厄，蓋過了鼓聲，迴蕩在群山間；那是一種疼痛、失落與仇恨的悲鳴。

那身影踉踉蹌蹌走進庭院大門，抱頭掩耳，彷彿這麼做能停住鼓聲。

火光照亮了牠。

那龐然大物比影子還高大，渾身赤裸，從頭到腳沒有一絲毛髮，身上溼淋淋地滴著水。牠放下摀住耳朵的雙手，環顧四周，面容扭曲成瘋狂而怪異的鬼臉。「夠了！」牠咆哮著說：「別再製造那種噪音！」

然而這些衣冠楚楚的人們只是把鼓敲得更響更快，噪音塞滿了影子的腦袋和胸膛。

怪物走到庭院中央，看著影子。「你，」牠說：「我跟你說過——我跟你說過噪音的事。」牠咆哮了一聲，低沉沙啞的喊聲中飽含恨意和挑釁。

那怪物逼近影子，但在見到刀後便停下腳步。「來跟我打！」牠吼道，「公平地打一架！不要用寒鐵！跟我打！」

「我不想跟你打。」影子說完便把刀扔到草地上，舉起雙手，表示自己手無寸鐵。

「太遲。」全身光禿的非人怪獸說：「現在說這些已經太遲了。」

牠撲向影子。

事後影子回想這場戰鬥，只能記得一點零碎片段。他記得自己被摔到地上，翻滾幾圈後被拋了出去；他記得鼓聲鼕鼕，記得篝火間眾鼓手凝視火光中的兩人，滿臉飢渴的表情。

他們在戰鬥，兩人扭打成一團。

怪物與影子扭打時，臉上流下鹹鹹的淚水。影子覺得他們似乎是旗鼓相當。

怪物振臂，狠狠擊中影子的臉，影子嘗到自己的血，感到自己的怒火正在上升，彷彿一堵由恨意砌成的紅牆。

他一掃腿，勾住怪物的腿彎，趁牠向後跌去時狠狠一拳砸中牠肚子，牠哀號一聲，又痛又怒地大吼。

影子瞥了賓客一眼，在他們臉上看見嗜血的渴望。

一陣冷風襲來，是海風。影子彷彿感到天空中飄著巨大的陰影，是那些他曾在死人指甲做成的船上看過的偉岸身形；他們俯瞰他，正是這場戰鬥將他們困在船上，使他們無法上岸，也無法離開。

這場戰鬥的歷史真的相當悠久，影子心想，比艾利斯先生所知的還悠久。就連那怪獸的爪子劃過他胸膛時他依然這麼想著。這是人類與怪物之間的戰鬥，跟時間一樣古老。這是忒修斯對抗米諾斯，這是貝武夫對抗格蘭德爾。這場戰鬥屬於每一位曾站在火光與黑暗間擦拭著劍上非人怪物之血的英雄。

篝火熊熊，鼓聲陣陣，鼕鼕響起，如一千顆心臟的跳動。

怪物衝向影子，影子在溼漉漉的草地上滑了一下，跌倒了。怪獸的十指掐在影子的脖頸上，越收越緊，影子可以感到眼前一切開始模糊，越來越遙遠……

他揪住一束草，用力拔，手指深深插進地下，抓起一把草和溼溼冷冷的泥土，將這團爛泥朝怪物臉上一扔，暫時蒙住牠的視線。

影子撐起身，翻身滾到怪物身上，用膝蓋狠狠撞擊牠的鼠蹊，怪物痛得像胎兒般蜷成一團，嚎啕大哭。

影子發現鼓聲已經停下。

賓客放下了鼓。

男男女女一擁而上，朝他圍過來，手上還抓著鼓槌，但拿的姿勢彷彿是狼牙棒。然而他們並沒有看向影子，這些人注視的是地上的怪物。他們舉起手中的黑棍，走向躺在兩堆篝火中間的牠。

影子說：「住手！」

第一棍落在怪獸頭上，牠哀號著扭成一團，舉起手要擋住下一擊。

影子撲到牠身前，用自己的身體保護牠。那名曾對他微笑的深髮色女子現在卻無情地拿棍子抽他的肩膀。接著他又挨了一棍，這次下手的是一個男人。影子的腿被打得麻痺；第三棍正中腰側。

他們會把我們一起宰了，他心想，先是牠，再來是我。他們就是會那麼做，他們一直都是那樣。然後他想，她說只要我呼喚她，她就會來。

影子低聲說：「珍妮？」

無人回答，一切都發生得那麼緩慢。又一棍落下，這次是打在手上。影子吃力地翻滾避開，看著沉重的棍子砸進草地。

「珍妮，」他在心中想像著她金燦泛白的頭髮、瘦削的臉龐、她的微笑，「我呼喚妳，過來吧，就是現在，**求求妳**。」

一陣冷風拂過。

深髮色的女子高舉棍棒，瞄準影子的臉，又快又狠地往下一揮。

而這一擊遲遲沒落下。一隻小手握住沉重的棍子，彷彿那只是一根嫩枝。

冷風中，她的金髮在臉側飄動；他說不出她穿的是什麼。

她望著影子，影子覺得她看起來很失望。

有個男人提棒朝她後腦揮去，那棍棒永遠也不可能擊中。她轉過身……

一陣撕扯，好像有什麼東西被扯成兩半……

接著篝火就爆炸了——至少看起來是這樣。燃燒的木頭滿院滾，有的還飛進宅子，賓客在刺骨寒風中尖叫。

影子搖搖晃晃地站了起來。

那怪物躺在地上，血淋淋地蜷成一團。影子不知道牠是死是活，他把牠抱起來，扛在肩頭，搖搖晃晃走出庭院。

他蹣跚地走進鋪著碎石的院子，巨大的木門在他們身後轟然關上。不會再有人出來了。影子繼續順坡而下，一次一步，朝湖灣而去。

到了水邊，他停下腳步，跪下來，盡可能輕柔地把禿頭男子放在草地上。

他聽到某個東西碎裂的聲音，回頭往山丘上望。

大宅著火了。

「他怎麼了？」一個女人的聲音說。

影子轉過頭。那名膝蓋以下沒入水面的女人正是怪物的母親，她涉水上岸。

「我不知道，」影子說：「他受傷了。」

「你們都受傷了，」她說：「你全身血淋淋，又青又紫。」

「是啊。」影子說。

「不過，」她說：「他沒死，這個改變還不錯。」

她上了陸地，坐在河岸邊，將兒子的頭抱在自己腿上，從手提包裡取出一包紙巾，吐口唾沫、沾溼一張，開始用力擦洗兒子的臉頰，把血跡揩去。

山丘上的宅子中正傳出大聲咆哮，影子從沒想過屋子著火會發出這麼大的噪音。

老婦抬頭望天，喉嚨深處響了一下，那是一聲輕笑；然後她搖搖頭。「你知道嗎？」她說：「你把他們放進來了。他們被束縛了那麼久，你卻讓他們進來了。」

「這算好事嗎？」影子問。

矮小女子說：「親愛的，我不知道。」她再次搖頭，低聲哼歌給兒子聽，彷彿他還是個小娃娃，接著又用唾沫輕敷他的傷口。

影子一絲不掛地站在湖灣邊，不過宅子燃燒散發的熱度讓他保持溫暖。他看著倒映在明鏡般湖面上的火光；天上升起一輪黃月。

他開始感到痛了；他知道自己明天會痛得更厲害。

身後的草地傳來腳步聲，他抬頭一看。

「哈囉，史密斯。」影子說。

史密斯低頭看著他們二人。

「影子，」他搖著頭，「影子、影子、影子、影子、影子啊，事情不該是這樣的。」

「抱歉。」

「這會讓艾利斯先生非常難堪，」史密斯說：「這些人是他的賓客。」

「他們是禽獸。」影子說。

「即便如此，」史密斯說：「也是有錢有勢的禽獸。只有孤兒寡母和上帝知道惹火艾利斯先生會有什麼下場。」他的語調好像在宣判死刑。

「你恐嚇他？」老婦問。

「我從不恐嚇別人。」史密斯淡淡地說。

她微笑了。「啊，」她說：「我倒是會呢：如果你或你那個死胖子老闆敢傷害這個年輕人，你們的下場絕對會悽慘百倍。」她又露出微笑，齜出一口尖牙，影子覺得頸後寒毛都豎了起來。「世上有些事情比死更慘，」她說：「而我對那些事都滿清楚的。我不年輕了，也不喜歡說大話，所以，如果我是你，」她哼了一聲，「就會好好照顧這小夥子。」

她單手抱起兒子，就好像他只是個洋娃娃，另一手拎起手提包。

她對影子點點頭，走進平靜幽暗的水域，迅速與兒子一起沉入湖灣底下。

「他媽的。」史密斯喃喃咒罵。

影子一語不發。

史密斯在口袋裡摸索了一陣，掏出菸草袋，替自己捲了一根，點上，說：「好。」

「好？」影子說。

「我們最好給你洗個澡，幫你找身衣服，不然就死定了——你也聽見她說的話了吧。」

IX

那天晚上回到旅館，他們為影子準備了最好的房間，而且回來不到一小時，站櫃臺的高登就帶給他一只新背包、一箱新衣服，甚至還有一雙新靴子。他一句話也沒多問。

衣服堆上有一只大大的信封。

影子撕開信封，裡頭裝著他有點燒焦的護照、皮夾和錢：幾把嶄新的五十鎊鈔票，用橡皮筋紮得整整齊齊。

我的天哪，鈔票滾滾來，他想著，不帶一絲愉悅。影子試圖回想自己是在哪裡聽過這首歌，可惜想不起來。

他泡了很久的澡，想把疼痛給泡掉。

然後他就睡著了。

到了早上，他穿好衣服，踏上旅館旁的小巷，也就是那條可以走出村莊、上通山丘的小徑。他很肯定之前丘頂有間農舍，花園內開滿薰衣草，屋裡有一張去皮松木製成的餐桌，還有一張紫色沙發。但這時無論他怎麼找，山丘上就是沒有農舍，除了青草和一棵山楂樹外，沒有任何東西存在過的痕跡。

他叫喚她的名字，可是無人回應，只有海上吹來的風，帶來冬天的第一聲問候。

不過她卻在等他。當他回到旅館房間，她穿著那件棕色的舊外套，正坐在床上端詳自己的指甲。影子打開門鎖走進房裡，她沒有抬頭。

「哈囉，珍妮。」他說。

「哈囉。」她的聲音非常輕。

「謝謝妳，」他說：「妳救了我一命。」

「你呼喚，」她幽幽地說：「我便來。」

他說：「怎麼了？」

她這才抬頭望向他。「我本來可以屬於你，」她含著淚說：「我以為你會愛我，也許有一天你會。」

「呃，」他說：「那我們不妨試試看。也許明天我們可以一起去健行，但恐怕不能走太遠，我的身體狀況有點糟。」

她搖搖頭。

影子心想，最怪的地方在於她看起來不再像人類：她現出了原形。一個野生的生靈、來自森林的生靈。她外套下的尾巴在床上抽動，她非常美麗，而且他發現自己想要她，非常非常想要她。

「做森林女妖最困難的一件事，」珍妮說：「甚至對離家極遠的森林女妖來說也不例外，就是：若妳不想寂寞，就必須愛上某個男人。」

「那就愛我，和我在一起。」影子說：「求求妳。」

而她終於哀傷地說：「你並不是人類。」

她站起來。

「不過，」她說：「一切都在改變，也許我現在可以回家了。都過去一千年了，我甚至不知道自己還記不記得挪威語。」

她用兩隻小手執起他的雙手，用她那雙能折彎鐵條、碾石為沙的小手，溫柔地握了握他的，然後便消失。

他又在旅館裡待了一天，接著搭上前往圖索的巴士，再從圖索坐火車到因弗內斯。

他在火車上打瞌睡，不過沒有做夢。

他醒來時發現隔壁多了個人。那個馬臉男人正在看一本平裝書，他見到影子醒來，便闔上書本。影子低頭看看封面：尚．考克多的《存在之難》[113]。

「這書好嗎？」影子問。

「嗳，還可以。」史密斯說：「都是散文，應該很個人，可是你每次讀，都會覺得作者正無辜地抬起頭看著你說：『這就是我。』這樣似乎有點矯情。不過我倒是很喜歡《美女與野獸》，比這裡任何一篇文章更貼近作者。」

「封面上都說了。」影子說。

「什麼意思？」

「尚．考克多的存在之難。」

史密斯搔搔鼻子。

「喏，」他遞給影子一份《蘇格蘭人報》，「第九版。」

第九版底下有則小小的報導：退休醫生自殺。蓋斯凱爾的屍體在自己的汽車裡被人發現，車子停在濱海公路上的知名野餐地點。他拿了一大堆五花八門的止痛藥，和著大半瓶拉

---

113 Jean Cocteau（1889-1963），法國藝術家，多才多藝，集導演、劇作家、詩人、小說家及設計師於一身，是六〇年代法國電影新浪潮運動的重要人物，代表作品為《詩人之血》、《奧爾菲》、《奧爾菲的遺囑》和《美女與野獸》。《存在之難》為其自傳體散文集。

加維林吞下肚。

「艾利斯先生討厭有人對他撒謊，」史密斯說：「尤其是雇來的幫手。」

「跟那場火有關嗎？」影子問。

「什麼火？」

「好吧。」

「不過，要是接下來幾個月有政商名流接二連三出意外，我也不會驚訝——汽車車禍啦、火車相撞啦，搞不好還會有飛機栽下來。孤兒寡母和許多男友傷心欲絕，真令人難過。」

影子點點頭。

「你知道的，」史密斯說：「艾利斯先生非常關心你的健康；他擔心我也擔心。」

「所以？」

「我是說，要是你在國內有個三長兩短——例如過馬路時沒看路、在酒吧時不小心錢財露白——誰知道？重點是，要是你受了傷，那個叫什麼來著的……格蘭德爾的老娘……難保她不想歪。」

「所以？」

「所以我們認為你應該離開英國，這對大家來說都安全，對吧？」

影子沉默片刻，火車開始減速。

「好吧。」影子說。

「到站了，」史密斯說：「我要下車了。機票包在我們身上，當然是頭等艙，去哪裡隨你挑，單程票，你只要告訴我想去哪裡就行了。」

影子揉揉頰上的瘀青，這疼痛幾乎有種安撫作用。

火車完全停下來了。這是個小站，似乎前不著村、後不著店。車站旁有一輛大大的黑頭轎車停在淡淡的陽光下，車窗是有色玻璃，影子看不見裡面。

史密斯推開火車車窗，伸手出去搆車廂門，打開跳上月臺。他回頭透過打開的車窗看著影子，「如何？」

「我想，」影子說：「我還要多花一、兩個星期逛逛英國，所以你們只能祈禱我過馬路時會記得看路了。」

「然後呢？」

影子知道然後會怎樣；也許他一直都很清楚。

「芝加哥。」他對史密斯說。這時火車晃了一下，開始離站。說出這句話後，他感覺自己頓時老了些，可是他總不能一直拖下去。

然後，他用只有自己才聽得見的音量輕聲說：「我想我要回家了。」

不久下起滂沱大雨，斗大的雨滴敲打車窗，世界融成一片灰綠。在往南方的旅途上，影子身邊一直伴著深沉的雷聲隆隆、暴雨嘩嘩、狂風呼呼；閃電拋出橫跨天際的巨大陰影。在它們的陪伴下，影子漸漸覺得不那麼寂寞。

繆思系列 024

易碎物：尼爾．蓋曼短篇精選 3
Fragile Things

作者　尼爾．蓋曼（Neil Gaiman）
譯者　林嘉倫、吳維剛
執行長　陳蕙慧
主編　張立雯
編輯　林立文
行銷　闕志勳、廖祿存
電腦排版　極翔企業有限公司

社長　郭重興
發行人兼出版總監　曾大福
出版　木馬文化事業股份有限公司
發行　遠足文化事業股份有限公司
地址　231新北市新店區民權路108之4號8樓
電話　02-2218-1417　傳真　02-8667-1891
email: service@bookrep.com.tw
郵撥帳號　19588272　木馬文化事業股份有限公司
客服專線　0800221029
法律顧問　華洋國際專利商標事務所　蘇文生 律師
印刷　成陽印刷股份有限公司
初版二刷　2022年4月
定價　新台幣350元

ISBN　978-986-359-583-0

國家圖書館出版品預行編目(CIP)資料

易碎物：尼爾．蓋曼短篇精選. 3 / 尼爾．蓋曼（Neil Gaiman）著；林嘉倫, 吳維剛譯. -- 初版. -- 新北市：木馬文化出版：遠足文化發行, 2018.09
面；　公分. --（繆思系列；24）
譯自：Fragile things
ISBN 978-986-359-583-0（平裝）

873.57　　107013343